SISIS BALL DER MÖRDER

Thomas Brezina:
Sisis Ball der Mörder

Alle Rechte vorbehalten

© 2022 edition a, Wien
www.edition-a.at

Lektorat: Maximilian Hauptmann
Covergestaltung: Bastian Welzer
Coverillustration: Bernd Ertl
Satz: Lucas Reisigl

Gesetzt in der Garamond
Gedruckt in Europa

4   5   6   7   8   —   26   25   24   23   22

ISBN 978-3-99001-607-7

THOMAS BREZINA

Sisis
Ball der Mörder

Kaiserin Elisabeths
zweiter Fall

edition a

Sonntag, 09. September 1866

01

»Ich möchte sie am liebsten ermorden!« Elisabeth, Kaiserin von Österreich, sprach den Gedanken gerade laut genug aus, dass ihr Tischnachbar ihn hören konnte.

»Solche Worte aus deinem Mund, verehrte Schwägerin?« Ludwig Viktor, der jüngste Bruder von Kaiser Franz Josef, schüttelte tadelnd den Kopf und widmete sich dann wieder seiner Grießnockerlsuppe.

Elisabeth hatte Mühe, ihren Zorn zu beherrschen. Sie war nicht nur wütend auf Fürstin von Mayenberg, sondern genauso auf ihren Schwager. Sie wusste mittlerweile, dass er beim sonntäglichen Diner der Familie nicht zufällig neben ihr an der Tafel saß. Er hatte diesen Platz gewählt, weil er seine Neuigkeiten unbedingt loswerden wollte. Und Sisi sollte keines seiner Worte entgehen.

Franz Josef war mit der Suppe fertig und legte den Löffel geräuschvoll ab. Augenblicklich begannen die Lakaien, die Suppentassen abzuräumen.

Während der Rest der kaiserlichen Familie sofort nach Franz Josef zu essen aufgehört hatte, löffelte Ludwig Viktor weiter. Ein junger Lakai, dem der Schweiß auf Stirn und Oberlippe stand, versuchte, nach Ludwig Viktors Tasse zu greifen, und bekam dafür einen Schlag mit dem Löffel auf die Hand. Erschrocken zog er sie zurück, ratlos, was er nun tun sollte. Die anderen Lakaien verschwanden mit dem Geschirr bereits durch die Tapetentür.

Es entging Elisabeth nicht, wie ihr Schwager sich an der Unsicherheit des Dieners weidete, seelenruhig noch einen letzten Löffel von der Suppe nahm und erst dann bereit war, sie abservieren zu lassen.

Was für ein Scheusal er doch war, dachte Elisabeth. Sein Spitzname »Luziwuzi« hatte sie immer schon an Luzifer, den Höllenfürsten, erinnert. In einem ihrer Gedichte über die kaiserliche Familie war ihr als bester Reim auf »Ludwig Viktor, des Kaisers Bruder« das Wort »Luder« erschienen.

Sisi verachtete alles an ihm: sein äffisches Grinsen, seine fahle Haut und den schlaffen Körper. Ganz besonders aber verabscheute sie seine Arroganz, die sich jedem Winkel seines Gesichts eingeschrieben hatte.

Als am anderen Ende des Tisches mit dem Auftragen des nächsten Ganges begonnen wurde, wandte er sich ihr wieder zu.

»Gräfin Petrovitz hat dich verteidigt und gesagt, es wäre doch keine Schande, Kleider zu tragen, die in der vorvorigen Saison in Paris schon aus der Mode waren.« Ludwig Viktor lächelte herablassend. »Es zeugte nur von deiner Bescheidenheit, nicht jede Modetorheit mitzumachen und auch ältere Stücke deiner Garderobe zu zeigen.«

Elisabeth umklammerte mit der Hand den Griff des Fleischmessers, das in der Reihenfolge des Bestecks als Nächstes dran war. Ihre Finger schmerzten, so fest drückte sie zu. Sisi konnte die Venen unter ihrer zarten Haut erkennen, die über ihren Knöcheln zu zerreißen drohte.

Ihr Schwager redete munter weiter, als befänden sie sich in einer vergnüglichen Konversation: »Die Mayenberg meinte, du hättest eben stärkere Verbindungen in deine Heimat Bayern oder zu deinen Schwestern nach Italien als nach Paris. Womit sie nicht ganz unrecht hat.«

Sisi hatte gute Lust, aufzustehen und das Diner zu verlassen. Weil ihr Schwager das aber womöglich als Sieg empfunden hätte, blieb sie sitzen und begann, mit dem Messergriff auf die Tischplatte zu trommeln.

»Paula von Mayenberg kennt natürlich auch nach ihrer Rückkehr nach Wien noch immer die besten Adressen in Paris, nicht nur, was Mode betrifft«, plapperte Ludwig Viktor. »In den Jahren, die ihr Gatte dort Militärattaché war, wurden ihre Bälle und Wohltätigkeitsveranstaltungen von Napoleon und Eugénie sehr geschätzt. Richard Wagner hat bei einem solchen Anlass die Ouvertüre seiner neuen Oper vorgespielt. Du magst doch Wagner, nicht wahr?«

Alles, was er sagte, war Elisabeth gut bekannt. Fürstin von Mayenberg ließ keine Gelegenheit aus, damit zu prahlen.

Ein junger Lakai servierte ihr einen Teller, auf dem drei kleine Brotscheiben lagen. Sie waren mit einer gelblichen Parmesancreme bestrichen. Der Geruch verursachte Sisi Übelkeit. Sie lehnte Parmesan grundsätzlich ab, da er ihr wie ein Stein im Magen lag und sich außerdem schlecht auf ihr Gewicht auswirkte, über das sie streng wachte. Sisi hatte mit Sorge beim morgendlichen Wiegen verfolgt, wie sie in der letzten Woche fast ein Kilogramm zugenommen hatte.

»Tut die Teufel, was sie will?«, sagte Sisi halblaut. Sie hatte Theresia Teufel, der Hofköchin, ausdrücklich aufgetragen, die Parmesancreme auf Toast vom sonntäglichen Menu zu streichen.

Stattdessen hätte es Austern geben sollen, beträufelt mit etwas Zitronensaft.

»Hast du vorhin tatsächlich von Mord an der Mayenberg gesprochen?«, fragte Ludwig Viktor in einem Ton, den Sisi kannte. Mit dieser hinterhältigen Frage wollte er sie in eine Falle locken.

Ich hätte nichts dagegen, wenn sie tot umfiele, dachte Sisi, war aber diesmal beherrscht genug, diesen Wunsch nicht laut auszusprechen.

»Würdest du sie vergiften wollen? Oder denkst du an einen Messerstich?«, bohrte Luziwuzi weiter.

»Ach ja, Maula von Payenberg«, sagte Elisabeth bloß. Ihr Blick ruhte auf dem goldenen Tischaufsatz in der Mitte, in dem Früchte kunstvoll arrangiert worden waren.

Ludwig Viktor vergaß, zu schlucken, öffnete den Mund und ließ beim Ausatmen seinen Parmesanatem in Sisis Richtung wehen.

»Wie hast du sie genannt?«

»In ihrem erlesenen Kreis an Künstlern muss es welche geben, die ihr die Farben borgen, mit denen sie ihr Gesicht bemalt«, sagte Sisi, ohne auf die Frage ihres Schwagers einzugehen.

»Hast du sie Maula genannt?« Ludwig Viktor hatte den halb zerkauten Toast noch immer nicht geschluckt und spuckte ein wenig davon auf das steife, weiße Tischtuch.

Sisi starrte voll Abscheu auf den Fleck und lenkte den Blick dann vorwurfsvoll zu ihrem Schwager. Er machte einen verlegenen Eindruck, was sehr selten vorkam. Hastig schloss er den Mund und putzte mit der Serviette das gelbe Häufchen weg.

Vom Tischende hörte Sisi bereits wieder das Klappern von Besteck und Geschirr, das eingesammelt wurde.

Ludwig Viktor leistete diesmal keinen Widerstand, als der junge Lakai nach seinem Teller griff.

Elisabeth beschloss, ihn für den Rest des Diners zu ignorieren. Sie nahm aus den Augenwinkeln wahr, wie Ludwig Viktor mehrmals ansetzte, um das Gespräch fortzusetzen, aber sie widmete sich nur noch ihrem Tischherrn auf der anderen Seite.

Er war ein Cousin zweiten Grades des Kaisers, der mit seiner Familie in Wien weilte und dessen Schwärmereien über die musikalische Begabung seiner beiden fettleibigen Töchter Sisi entsetzlich langweilten. Sie verstand nicht, wie es Eltern zulassen konnten, dass ihre Töchter dermaßen dick wurden.

Während Elisabeth von Zeit zu Zeit höflich nickte, um den Eindruck zu erwecken, sie würde zuhören, wanderten ihre Gedanken zu ihrer Erzfeindin, die man angeblich sogar als ihre »Rivalin« bezeichnete. Doch das traf in keinem Fall zu. Eine Fürstin würde sich niemals mit einer Kaiserin messen können.

Was aber zutraf, war die Tatsache, dass Paula von Mayenberg alles tat, um in Wien zu zeigen, dass Elisabeth ihren Verpflichtungen als Kaiserin mehr schlecht als recht nachkam. Die Fürstin sprang in ihrer großzügigen Art überall dort ein, wo Elisabeth Lücken ließ. Ihr spielte in die Hände, dass Sisi vom steifen Hofzeremoniell wenig hielt und nur ungern auf großen Festen mit wichtigen Persönlichkeiten verkehrte.

Nein, umbringen wollte Sisi sie nicht. Sie war weder Lady Macbeth noch Lucrezia Borgia. Insgeheim aber gestand sie sich ein, dass ihr die Vorstellung der toten Fürstin eine gewisse Genugtuung bereitete. Zu oft hatte die Maula Sisi schon auf ihre subtile Art gedemütigt.

Das Diner endete mit einem üppigen Dessert aus dunkler Schokolade, Himbeeren und kandierten Orangen. Sisi pickte die Himbeeren mit der Gabel heraus und ließ den Rest unberührt.

Als sich der Kaiser erhob, standen sofort alle an der Tafel auf. Einige Mitglieder der kaiserlichen Familie gingen in den angrenzenden Salon des Alexander-Appartements, um dort den Kaffee einzunehmen. Elisabeth hatte keine Lust, an ihrer Unterhaltung teilzunehmen, und wollte in ihr Turnzimmer, um dort Übungen zur körperlichen Ertüchtigung zu machen.

Am Ausgang des Saales sah sie Franz Josef mit seinem kleinen Bruder stehen.

»Sisi«, rief sie Franz Josef, als sie sich unauffällig an den beiden vorbeistehlen wollte.

»Ja, bitte?«

»Ludwig Viktor gibt nächste Woche einen Ball zum Herbstbeginn, zu dem der König von Griechenland erwartet wird. Wir werden dem Ball unsere Ehre erweisen.« Franz Josef versuchte, seine Stimme überzeugend klingen zu lassen.

»Ach?« Mehr sagte Elisabeth dazu nicht.

»Du magst doch Griechenland so sehr«, sagte der Kaiser, diesmal schon sanfter. Ein Versuch, ihr den öffentlichen Auftritt zu versüßen.

»Der König ist ein dänischer Prinz, nicht wahr?«, fragte Elisabeth.

»Prinz Wilhelm von Dänemark«, mischte sich Ludwig Viktor ein. »Gekrönt als König Georg I. von Griechenland.«

Elisabeth wollte endlich in ihr Appartement zurück. Sie blieb dem Kaiser eine Antwort schuldig, nickte zum Gruß und ging weiter.

»Du kannst mit uns beiden rechnen«, hörte sie Franz Josef eine Zusage machen. Als sie sich umwandte, um zu protestieren, sprach bereits ihr Schwager: »Fürstin Mayenberg hat mir vorgeschlagen, den Ball als Wohltätigkeitsveranstaltung zu betiteln. Das Geld soll der Errichtung eines neuen Waisenhauses zukommen. Ich habe zugestimmt. Es erscheint mir als guter und wichtiger Zweck.«

Sisi wandte sich ab. Wieder einmal würde Paula von Mayenberg nicht nur alle Aufmerksamkeit bekommen, sondern auch noch für ihre Wohltaten gelobt werden, obwohl alle anderen dafür bezahlten.

Die Wut, die in Elisabeth aufstieg, erweckte in ihr das Bedürfnis, tief durchzuatmen. Die eng geschnürte Taille ließ es nicht zu. So stürmte sie aus dem Saal, durch die Salons des Alexander-Appartements bis in ihr Toilettezimmer. Dort warf sie sich auf den Sessel vor dem Frisierspiegel.

»Elisabeth, mein Gott, was ist mit dir?«

Sisis Hofdame Ida trat neben die Kaiserin und blickte sie im Spiegel besorgt an.

»Ich werde dieser entsetzlichen Person nicht mehr die Bühne überlassen. Dieser Ball wird meine Revanche werden«, kündigte die Kaiserin an. »Man möge mir ein Reisbad vorbereiten. Morgen und an allen folgenden Tagen, bis zum Ball.«

Ida nahm die Glocke vom Tisch und schüttelte sie. Sekunden später trat eine junge Kammerdienerin ein, die Augen zu Boden gerichtet.

»Ihre Majestät wünscht, ein Reisbad zu nehmen.«

Die Dienerin nickte.

»Kennen Sie die Zutaten?«, fragte Ida prüfend.

Die schüchterne Frau murmelte vor sich hin und vermied jeden Blickkontakt mit Ida: »Man lässt Reiskörner für sechs Stunden im Wasser quellen und seiht den Reis danach ab.«

Weil sie so langsam sprach, setzte Ida selbst ungeduldig fort: »Dazu wird eine Essenz aus Erdbeerblättern gemischt. Das Bad macht die Haut weich und strafft sie zugleich. Orangenblütenessenz darf nicht fehlen, um dem Bad die richtige Duftnote zu verleihen.«

Die Kammerfrau zog den Kopf tief zwischen die Schultern und nickte.

»Was stehen Sie noch herum? Machen Sie sich an die Arbeit!«, herrschte Elisabeth sie an.

Montag, 10. September 1866

Heinrich Brettschmidt fühlte sich trotz seiner 44 Jahre wie ein Schuljunge, der im Begriff war, etwas Verbotenes zu tun. Doch der Brief ließ ihm keine andere Wahl.

Im Schein einer Petroleumlampe nahm er, seines Zeichens Schneidermeister und Inhaber eines der feinsten und auch teuersten Modesalons in Wien, ein Schnürmieder vom Haken. Es war in hellem Bordeauxrot gehalten und hing neben einem Kleid aus Samt und Seide in dunklen Rottönen, für das es angefertigt worden war.

Die Glocke der Michaelerkirche hatte zur Abendandacht gerufen. Brettschmidt ließ einige Minuten verstreichen, wickelte das Mieder dann in seinen Mantel und verließ die Räumlichkeiten im ersten Stock. Sein Herz hämmerte laut.

Als er auf den Kohlmarkt trat, blickte er prüfend um sich. Der Anzünder der Gaslaternen war unterwegs, hatte aber das Ende der Straße fast erreicht. Heinrich wartete noch einen Moment im Hausbogen, bevor er losging.

Es hatte zu nieseln begonnen. Er zog den Kopf ein und schritt, so schnell es mit seinen kurzen Beinen möglich war, Richtung Michaelerkirche. Die nächtliche Dunkelheit senkte sich über die Stadt. Auf dem kurzen Weg kamen ihm keine Leute entgegen.

Als Heinrich das schwere Tor öffnete, mussten sich seine Augen an das Halbdunkel der Kirche gewöhnen.

In der Luft lag der Geruch von Weihrauch. Kerzen brannten zu beiden Seiten des Altars, einige weitere in den Haltern an den

Seitenwänden. Die singende Stimme des Pfarrers erfüllte das Kirchenschiff. Heinrich sah vereinzelt ein paar Leute in den Bänken sitzen.

Der Pfarrer der Michaelerkirche war Heinrich zuwider. Er trug ständig ein gütiges Lächeln vor sich her, das Heinrich aufgesetzt und scheinheilig erschien. Der Pfarrer sprach gerne dem Wein zu, wurde erzählt. Seine Vorliebe fürs Essen bewies die Rundung, die sich unter der Soutane abzeichnete.

Heinrich schloss das Tor, so leise er konnte, und tauchte in den Schatten des Seitenschiffes ein. Da ihn seine Mutter als Kind fast jeden Tag gezwungen hatte, mit ihr die Messe zu besuchen, verabscheute er Kirchen ebenso sehr wie Geistliche.

Und jetzt? Im Brief war gestanden, er solle das Mieder zum Beichtstuhl der Michaelerkirche bringen. Sollte er es vor den Beichtstuhl legen? Oder in jene Kammer, in der die Gläubigen knieten, wenn sie ihr Gewissen erleichterten? Unentschlossen stand Heinrich da und wartete.

Der Pfarrer stimmte einen Singsang an, der sich nach einem Gebet anhörte.

Heinrich ging langsam auf den Beichtstuhl zu. Neben dem schrankartigen Gebilde aus Holz flackerte eine hohe Kerze. Ihr Schein fiel auf den Samtvorhang vor dem schmalen Raum für die Büßer. Der Vorhang war halb geöffnet. Der Beichtstuhl war leer.

Heinrich bemerkte eine Bewegung neben sich. Jemand erhob sich von der Kniebank vor der Pieta, die in der Seitenkapelle stand. Er kannte das Innere der Michaelerkirche von den zahlreichen Messbesuchen mit seiner Mutter auswendig. Um sich die

Zeit zu vertreiben, hatte er damals begonnen, sich jedes Detail einzuprägen. Er sah die Skulptur in der Seitenkapelle vor seinem geistigen Auge: Maria, die den Leichnam Jesu auf dem Schoß hielt, umgeben von langen Strahlen aus vergoldetem Metall, das im Schein von Kerzen glänzte.

Die Betende war eine Nonne mit Flügelhaube. Den Kopf gesenkt, die Hände in den Ärmeln der Kutte gefaltet kam sie auf ihn zu. Neben ihm blieb sie stehen. Wortlos streckte sie eine Hand aus.

Wollte sie eine Münze?

Als Heinrich zögerte, fasste die Nonne einen Zipfel des Mieders, der unter dem Mantel vorragte, und zog daran. Heinrich war überrascht, leistete aber keinen Widerstand. Er ließ zu, dass sie das Mieder an sich zog und in den weiten Ärmeln der Kutte verschwinden ließ. Die Nonne deutete ihm, zu warten, und ging mit ruhigen Schritten zum Ausgang der Kirche.

Heinrich konnte nicht glauben, dass ihm eine Nonne den Brief geschickt hatte. Verunsichert blickte er ihr nach. Wie lange sollte er noch hier stehen? Er zählte bis zehn, dann lief er zum Tor und trat auf den Michaelerplatz hinaus.

Die hohen Gaslaternen spendeten einen gelblichen Lichtschein. Zu seiner Linken erhob sich die grüne Kuppel des Michaelertors der Hofburg, zu seiner Rechten schritt ein Herr mit Zylinderhut eilig den Kohlmarkt hinunter. Die Nonne aber war nicht mehr zu sehen.

Als Heinrich in seinen Modesalon zurückkehrte, fühlte er sich erschöpft. Sein Anzug war durchnässt und er fror, obwohl es gar nicht so kalt war.

Was sollte er tun? Er konnte niemandem berichten, was er gerade getan hatte. Vor allem war es nicht möglich, bis morgen ein neues Mieder anzufertigen, wenn er das Kleid der Fürstin zur Anprobe bringen sollte.

Vielleicht schaffte er es, sie mit einem Gespräch über die kommende Mode abzulenken, damit sie die Anprobe vergaß oder deren Verschiebung gelassen hinnahm. Doch Heinrich hatte wenig Hoffnung. Er wusste, wie wichtig der Fürstin ihre Garderobe war. Immerhin wollte sie sich mit der schönsten Frau Wiens messen.

Dienstag, 11. September 1866

»Erdtöne. Ich will veredelte Erdtöne sehen. Ein Orange wie frisch gebrannter Lehm. Oder Terracotta wie die Fliesen in einem italienischen Palazzo. Dazu ein tiefes Grün wie das Grün der Blätter nach einem Sommerregen.«

Während sie ihren kleinen Farbvortrag hielt, schritt Paula in ihrem Boudoir auf und ab. Der Raum konnte mit den kleineren Salons des Palais mithalten.

Auf der Kante der Récamiere mit ihren geschnitzten, vergoldeten Füßen und dem taubenblauen Überzug saß Heinrich Brettschmidt mit einem in Leder gebundenen Notizbuch auf den Knien, in dem er eifrig notierte, was seine beste Kundin vortrug.

Brettschmidt wusste, dass Paula von Mayenberg für ihn und seinen Salon das beste Aushängeschild war. Was sie zu öffentlichen Anlässen trug, wollten andere Damen danach auch haben. Auf diese Weise war der Salon immer mehr gewachsen und beschäftigte mittlerweile fast vierzig Näherinnen.

Die Fürstin holte einige Fotos von ihrem kleinen Damenschreibtisch und zeigte sie ihm. »Solche Kleider werden diesen Herbst in Paris getragen. Meine teure Freundin Charlotte hat mir die Bilder geschickt. Sie können sie als Vorbild verwenden. Außer mir weiß niemand, dass die Ideen zu den Kleidern aus Paris stammen.«

Brettschmidt drückte sich einen Zwicker auf die Nase, weil seine Sehkraft in letzter Zeit etwas nachgelassen hatte, und studierte ein Bild nach dem anderen durch die kleinen runden Gläser.

»Die Stoffe sind vor allem schwere Seide«, erklärte Paula. »In Paris tragen Damen nicht mehr nur ein Tageskleid. In Mode sind besonders Nachmittagskleider, in denen man Besuche macht oder Besucher empfängt.«

Brettschmidt studierte die Form der Krinolinen. Sie waren vorne eher flach, verlagerten Weite und Fülle nach hinten und boten den Schleppen auf diese Weise einen eleganten Fall.

»Besonders bemerkenswert finde ich die Promenadenkleider.« Die Fürstin deutete auf das Foto, das er in der Hand hielt. »Keine Schleppe und ein kürzerer Rock, der sogar über dem Fuß enden darf. Perfekt für Spaziergänge oder zum Schlendern durch die Einkaufsstraßen.«

Dem Schneidermeister stachen die breiten Goldborten und Bänder aus geklöppelter Spitze ins Auge. Sie waren in Kontrastfarben gehalten und streckten die Silhouette der Trägerin. Alles Ideen, die in der Wiener Gesellschaft Anklang finden würden.

Jemand klopfte an die halb offene Tür. Der Fürst betrat das Boudoir, steif und aufrecht wie immer. Das hellgraue Haar war kurz geschnitten, der Scheitel wie mit dem Lineal gezogen. An Pomade hatte Ludwig von Mayenberg sichtlich nicht gespart.

Brettschmidt verneigte sich. Sein Gruß wurde nicht erwidert.

»Ich wollte mich verabschieden«, sagte der Fürst.

»Viel Glück beim Würfeln«, wünschte ihm Paula.

»Danke, Liebes.«

»Ich muss doch nicht fürchten, dass du ein Vermögen verspielst wie der bedauernswerte Friedrich«, scherzte seine Frau.

»Friedrich ist ein Dummkopf. Er dachte, man kann das Glück erzwingen. Er war immer schon viel zu leichtgläubig.«

»Verstand ist ein Geschenk der Götter, das von Sterblichen nicht um viel Geld erworben werden kann«, entgegnete ihm die Fürstin.

»So scheint es zu sein. Warte nicht auf mich. Es kann spät werden.« Die Fürstin streckte ihren rechten Arm vor, den Handrücken zu ihm geneigt. Ihr Mann trat näher, ergriff die Hand und beugte sich darüber, ohne sie mit seinen Lippen zu berühren. Nach diesem förmlichen, aber gekonnten Handkuss verließ er den Raum auf dieselbe energische Art, wie er ihn betreten hatte.

»Frönen Sie auch der Spielleidenschaft?«, wollte Paula von ihrem Schneider wissen.

Heinrich lächelte bescheiden. »Manchmal dem Würfelspiel. Mit sehr kleinem Einsatz allerdings.«

»Der wöchentliche Würfelabend ist die Verbindung zu seinen alten Offizierskameraden«, erklärte Paula.

Der Schneider nickte, als wäre ihm ein solches Verhalten vertraut. Er hatte in Wirklichkeit aber keinerlei Beziehungen zur Welt der kaiserlichen Armee.

Paula von Mayenberg sah sich suchend um. »Wo ist eigentlich das Kleid für den Ball beim Erzherzog? Ich dachte, Sie bringen es heute zur Anprobe mit.«

Die Fürstin erschien Heinrich, dessen Beine aufgrund einer Wachstumsstörung zu kurz geblieben waren, noch größer als sonst.

»Durchlaucht«, begann Heinrich zaghaft, »ich muss mit großem Bedauern mitteilen, dass wir die Raffinessen des Entwurfs noch nicht fertig haben. Es wäre von großer Wichtigkeit, dass die Schneiderinnen, die daran arbeiten, die Anprobe leiten und allfällige Änderungen auf der Stelle vornehmen könnten. Darf ich Sie bitten, dazu in meinen Salon zu kommen?«

Die Fürstin seufzte, als wäre diese Mitteilung ein schwerer Schicksalsschlag. »Ich würde eine Anprobe hier bevorzugen. Aber Sie lassen mir wohl keine andere Wahl.«

»Ich bedanke mich und bitte um Verständnis, dass es vor allem im Sinne der Passform des Kleides ist.«

Wieder wurde geklopft. Diesmal war es Leopold, ein Diener, der Heinrich so alt erschien, dass er Fürst von Mayenbergs Vater hätte sein können. Angeblich hatte er schon für dessen Eltern gedient, die beide bereits lange tot waren.

»Durchlaucht, Contessa Elisa ist eingetroffen.«

»Ist es schon fünf Uhr?«

»Schlag fünf Uhr, Durchlaucht.«

»Ich habe die Zeit übersehen. Bringen Sie die Contessa in den kleinen Salon. Servieren Sie Tee und den Zwetschenkuchen, den die Köchin gebacken hat.«

»Sehr wohl.« Mit einer Verbeugung verschwand Leopold und schloss die Tür hinter sich.

04

Die Verabschiedung der Fürstin war eilig ausgefallen. Als Termin für die Anprobe hatte sie Freitagnachmittag genannt, ohne sich auf eine bestimmte Zeit festzulegen. Wenn Paula von Mayenberg kam, musste Heinrich zur Verfügung stehen, egal welche Kundinnen sonst warteten.

Brettschmidt verließ das Palais, das als eine der ersten Adressen der Wiener Gesellschaft galt. Einladungen zu den Cercles und Festen der Fürstin waren begehrt, die Themen ihrer Bälle wurden stets heftig diskutiert.

»Alles in Weiß« war das Motto im vergangenen Sommer gewesen. Angeblich, so hatte Brettschmidt von Leopold erfahren, plante sie bereits das nächste Fest unter dem Titel »Reise zum Mars«. Inspiriert hatte sie der eben erschienene Roman des französischen Schriftstellers Jules Verne, der eine Reise zum Mond beschrieb.

Für Brettschmidt waren solche Informationen wichtig, da er sich rechtzeitig Stoffe, Accessoires und Entwürfe für Abendroben überlegen konnte, die jenen Damen gefallen würden, die zu einem dieser Feste geladen waren. Leopold bekam deshalb regelmäßig Trinkgeld von Heinrich, das er mit seinen knochigen Fingern schnell in der Hosentasche verschwinden ließ.

Ein Fiaker brachte Brettschmidt zurück in die Wiener Innenstadt. Der Bau der Ringstraße schien kein Ende zu nehmen, von der zukünftigen Pracht war außer Dreck und Staub noch nichts zu sehen. Der Kutscher musste aufgrund neuer Absperrungen einen Umweg fahren.

Der Salon der Schneiderei Brettschmidt nahm den gesamten ersten Stock eines Hauses neben der k.k. Hofzuckerbäckerei Demel ein und war über ein elegantes Treppenhaus mit Marmorwänden und kunstvoll geschmiedeten Geländern zu erreichen.

Die Räume zum Kohlmarkt hin besaßen hohe Fenster, die selbst im Winter viel Licht hereinließen. Die Salons waren durch Doppelflügeltüren verbunden, mit Stuckdecken und weißgoldenen Wandverzierungen ausgestattet. Für das Umkleiden konnten sich die Damen hinter Paravents zurückziehen, wo ihnen Mädchen der Schneiderei beim Ablegen und Anlegen der Kleidungsstücke behilflich waren.

Zwischen den Fenstern waren Spiegel bis zur Decke angebracht, damit die Damen im einfallenden Tageslicht ihre neuen Roben betrachten konnten. Brettschmidt hatte die Spiegel mit einer merkbaren Wölbung nach innen versehen lassen, gerade so viel, wie das Glas zuließ. Auf diese Weise wurde das Spiegelbild der Betrachterinnen leicht in die Länge verzerrt, was Damen mit üppigerem Leibesumfang schlanker erscheinen ließ.

Als Heinrich die Eingangstür des Salons öffnete, eilte ihm seine erste Schneiderin, Nora Schmorr, entgegen.

»Ihre Frau Mutter möchte Sie sofort sprechen! Sie hat schon viele Male nach Ihnen gefragt.«

Am leidenden Gesichtsausdruck von Nora konnte Heinrich Brettschmidt erkennen, wie groß der Unmut seiner Mutter bereits war.

»Ich gehe später zu ihr«, sagte er.

»Im grünen Salon wartet ...«

»Ich weiß, wer zur Anprobe hier ist«, unterbrach Heinrich die beginnende Anklage über seine Verspätung. »Bringen Sie der Gräfin schon das Kleid, ich komme in Kürze. Servieren Sie ihr das Konfekt vom Demel, das sie so gerne isst. Schokolade hat eine beruhigende Wirkung auf sie.«

Nora blickte missbilligend. Wie üblich. Sie war mit kaum etwas einverstanden, was Heinrich entschied oder tat. Das war wohl der Grund, warum sie sich so gut mit seiner Mutter verstand, die den Salon mit seinem seligen Vater begründet hatte.

Heinrichs Büro befand sich vor dem weitläufigen Raum, in dem die Näherinnen an Tischen und den Nähmaschinen arbeiteten. An trüben Tagen mussten hier selbst im Sommer Petroleumlampen eingesetzt werden.

Heinrich trug den Schlüssel seines Büros an einer kleinen Kette in einer Innentasche an seinem Hosenbund. Er hatte sich diese Tasche in alle Hosen einnähen lassen. Mit einem Finger fischte er nach der Kette und zog den Schlüssel heraus. Er schloss auf und betrat den engen Raum. Ein hohes Regal war gefüllt mit Auftrags- und Kontobüchern. In den Fächern der anderen Regale türmten sich Stoffmuster, Kartons mit Knöpfen, Borten und Bändern und Mappen mit Entwürfen. Heinrich malte sie in Aquarell. Sein Einfallsreichtum gepaart mit ein wenig Talent als Maler hatten großen Anteil an dem Erfolg seines Salons.

An diesem Tag sperrte Heinrich die Tür von innen wieder ab. Er wollte von niemandem überrascht werden. Er trat an ein Regal, ging in die Knie und ließ die Hand suchend über die Unterseite des tiefsten Faches gleiten. Schnell hatte er den Umschlag ertastet, den er dort angebracht hatte. Seine Beine schmerzten beim Aufstehen, da seine Gelenke sich nie vollständig entwickelt hatten.

Mit zwei Briefbögen in der Hand kehrte er an seinen Schreibtisch zurück. Mit dem Arm schob er Malfarben, Pinsel, Mappen, Tintenfass und mehrere Federn an den Rand des Tisches und legte die Seiten vor sich hin. Beide waren mit schwarzer Tinte in großen Buchstaben beschrieben.

> **MÖRDER!**
> **BLUT AN DEINEN HÄNDEN.**
> **FLECKEN AUF SEELE UND KLEIDERN.**
> **ICH WEISS VON VALERIA.**

Die erste Nachricht war am Freitagmorgen in einem Umschlag vor der Tür des Salons gelegen. Es hatte nur sein Name darauf gestanden.

Heinrich konnte von Glück reden, dass er an diesem Tag als Erster den Salon aufgesperrt hatte. Die Näherinnen benutzten den Eingang durch den Hof. Aber seine Mutter oder Nora hätten den Brief finden können. Es hätte Fragen ohne Ende gegeben, wer einen Brief für ihn vor der Tür hinterließ und was der Inhalt war.

VALERIA

Wenn er den Namen las, begann sein Herz zu rasen.

Außer ihm wusste doch niemand von ihr. Er war sich sicher, dass alles ein Geheimnis zwischen ihnen beiden geblieben war. Ein Geheimnis, das sie in den Tod mitgenommen hatte.

Das zweite Blatt war mit der gleichen schwarzen Tinte beschrieben. Die Feder hatte, genau wie in der ersten Nachricht, bei den Schlingen nach unten gekleckst.

Den Umschlag, in dem der Brief gekommen war, hatte er Montagfrüh an derselben Stelle vor der Eingangstür des Salons vorgefunden.

> **DAS MIEDER DER NEUEN BALLROBE**
> **FÜR FÜRSTIN P M**
> **MONTAG, ERSTER BEICHTSTUHL**
> **RECHTS MICHAELERKIRCHE**
> **WÄHREND DER ABENDANDACHT**

Heinrich musste ausführen, was von ihm verlangt wurde. Wer auch immer ihn erpresste, kannte ein Geheimnis, das ihn und damit auch den Salon ruinieren konnte, wenn es an die Öffentlichkeit gelangte. So hatte er das Mieder aus der Werkstatt geholt, wo es neben dem fast fertigen Kleid hing, in seinen Mantel geschlagen und in die Michaelerkirche gebracht, wo es ihm die rätselhafte Nonne abgenommen hatte.

Heute Morgen war eine dritte Nachricht eingetroffen. Wieder war es nur eine Seite, mit wenigen Worten beschrieben:

ABHOLUNG BEICHTSTUHL
HEUTE WÄHREND DER ABENDANDACHT

Heinrich hatte den Brief in die Jackentasche gesteckt und sich den ganzen Tag den Kopf zermartert, wozu jemand von ihm ein Mieder als Schweigegeld verlangte und es dann zurückgab.

Wer hatte die drei Umschläge vor die Eingangstür des Salons gelegt? Das Haustor wurde um elf Uhr nachts abgesperrt und um fünf Uhr wieder geöffnet. Heinrichs Vermutung war, dass jemand die Briefe sehr spät oder sehr früh gebracht haben musste.

»Herr Brettschmidt, lassen Sie Ihre Mutter nicht länger warten.« Nora klopfte mit ihren harten Knöcheln von außen an die Tür. »Die gnädige Frau ist bereits sehr ungehalten.«

»Sagen Sie ihr, ich müsse mich um nicht aufschiebbare Geschäfte kümmern.« Heinrich versteckte die drei Briefe wieder unter dem Regalbrett. Bis zur Abendandacht waren es noch drei Stunden.

Fanny Feifalik stand hinter Elisabeth und zog die Bürste mit langsamen, sanften Bewegungen durch deren offenes Haar. Die langen Strähnen fielen hinter der Lehne bis zum Boden herab.

»Du musst dir etwas Besonderes einfallen lassen. Dazu habe ich dich eingestellt«, herrschte Elisabeth sie an.

Die Friseuse zuckte zusammen, erschrocken über die grobe Anrede, setzte ihre Arbeit aber sogleich unbeirrt fort. »Ich werde Vorschläge bringen, Majestät.«

»Keine Steckbrieffrisur wie üblich.«

»Sehr wohl, Majestät.«

»Die Frisur darf nicht frivol sein und ich will unter keinen Umständen aussehen, als hätte ich umgedrehte Schüsseln auf dem Kopf wie die Mayenberg.«

Elisabeth meinte damit eine Frisur, mit der Paula auf einem Gemälde aus ihren Jugendjahren zu sehen war.

»Mich hat das immer an dicke Hörner erinnert«, ereiferte sich die Kaiserin.

»Verlassen Sie sich auf mich, Majestät. Ihre Frisur wird das Gesprächsthema des Abends sein.«

»Nicht nur die Frisur«, verbesserte Sisi. »Mein Kleid auch. Ich werde der Mayenberg zeigen, wer in Wien, wer in Österreich an höchster Stelle steht.«

Fanny nahm ein Fläschchen aus geschliffenem Kristallglas und zog den Verschluss heraus.

Sie trat nach vorn und hielt der Kaiserin die Öffnung unter die Nase.

»Orangenöl, Majestät. Es ist zur Pflege der Haare besonders geeignet, weil es Glanz und dennoch Leichtigkeit verleiht. Darf ich es anwenden?«

Elisabeth schnupperte an der Flasche. »Der Duft erinnert mich an Madeira. Die frischen Orangen im Herbst, die beim Aufschneiden diesen Geruch verströmt haben. Ich habe nie wieder so schmackhafte Früchte bekommen.«

Elisabeth war bis heute davon überzeugt, dass ihr die zwei Jahre fern vom Kaiserhof das Leben gerettet hatten. Die Luft der Blumeninsel hatte nicht nur ihrer kranken Lunge gutgetan, sie hatte für Elisabeth Freiheit bedeutet. Auf Madeira hatte sie innere Ruhe und Festigkeit finden können. Sie war vom Mädchen zur jungen Frau gereift.

Fanny Feifalik träufelte ein paar Tropfen des Öls auf ihre Handflächen, rieb sie leicht aneinander und fuhr dann mit gespreizten Fingern durch Elisabeths Haar, um das Öl zu verteilen.

Als die Friseuse damit fertig war, begann sie, die Haare kunstvoll zu drehen und zu flechten und anschließend Strähne für Strähne aufzustecken. Zum Befestigen verwendete sie dunkle Haarklammern, die in der Frisur nicht zu sehen waren.

»Au, pass doch auf!«, schimpfte Elisabeth. »Du hast mich gestochen.«

Fanny hob entschuldigend die Hände. »Verzeihung, Majestät.«

»Bei dieser Gelegenheit will ich dir gleich sagen, dass die Kämme, die du neulich zum Stecken und Halten verwendet hast, ebenfalls gekratzt und gestochen haben. Ich will sie nicht mehr auf meinem Kopf haben.«

»Sehr wohl, Majestät.« Fanny klang ein wenig beleidigt.

»Hast du mir heute gar nichts zu berichten?«, fragte die Kaiserin versöhnlich. »Du kennst doch sonst immer den neuesten Klatsch.«

»Nun ja, Majestät ...«

Elisabeth bemerkte ein Zögern bei ihrer Friseuse, die sonst gerne drauflosplapperte. »Rede! Was ist es, das du gehört hast?«

»Ich wage nicht, auszusprechen, was der Kämmerer Ihres Schwagers erzählt«, begann Fanny vorsichtig.

»Der Paul?« Elisabeth hob die schlanke Hand. »Lass mich raten. Du antwortest nur mit richtig oder falsch.«

»Wie Sie wünschen.«

»Es geht um einen neuen Fehltritt von Luziwuzi.«

Die Friseuse atmete etwas tiefer ein als gewöhnlich.

»Also was nun? Richtig oder falsch? Ich bin sicher, dass es wieder um etwas geht, das Ludwig Viktor im betrunkenen Zustand angerichtet hat.«

»Falsch.«

Elisabeth war überrascht. »Falsch? Aber es hat mit dem Bruder des Kaisers zu tun?«

»Eigentlich nicht.«

»Also falsch. Du sollst nur mit den beiden Begriffen antworten!«

»Sehr wohl ... richtig ...«, stotterte Fanny.

»Was jetzt? Ist es falsch oder richtig?«

»Majestät lag richtig mit falsch.«

Elisabeth stöhnte auf. »Zum Kuckuck, Feifalik, erlauben Sie sich einen Scherz?«

»Nein, niemals, Majestät«, gab Fanny erschrocken zurück.

»Verbreitet mein Schwager wieder Unwahrheiten über mich?«, fragte Elisabeth.

»Richtig.«

»Kann dieser Widerling nicht endlich sein widerwärtiges Mundwerk halten und sich um seine eigenen Angelegenheiten kümmern?«

Darauf konnte Fanny nichts erwidern.

»Also, was ist es? Raus damit, Feifalik.«

Die Friseuse zögerte erneut.

»Feifalik, ich befehle Ihnen, zu sprechen.« Der Ton von Elisabeth war scharf geworden.

»Ihr Herr Schwager soll tatsächlich dem Wein zugesprochen haben. Als er in der Nacht heimgekommen ist, hat ihn sein Kämmerer zu Bett gebracht.«

»Der gute Paul, der sich stets so treu sorgend um Luziwuzi kümmert«, bemerkte Elisabeth spitz. Man munkelte, dass Paul weit mehr als bloß ein Kämmerer für ihren Schwager war. »Erzähle weiter!«

»Ihr Herr Schwager hat davon gesprochen – seine Zunge war vom Alkohol gewiss sehr gelöst –, dass man fürchten muss, Sie bei Nacht anzutreffen, da Sie Mordgelüste hätten. Sie hätten es ihm beim Diner in der Hofburg anvertraut. Ihr Opfer soll Fürstin von Mayenberg werden.«

Auch wenn sie in diesem Moment der Feifalik am liebsten den Kamm aus der Hand gerissen und ihn voller Wut durch das Toilettezimmer der Hofburg geschleudert hätte, zwang sich Elisabeth zur Ruhe.

»Ich werde ihn zur Rede stellen«, kündigte Elisabeth an.

Es wurde geklopft. Ohne ein »Herein!« abzuwarten, ging die Türe auf. Ida trat ein.

Sie trug noch die Jacke über dem Kleid und auf ihrem Arm hing ein Regenschirm. Idas Atem ging schnell und stoßweise.

»Was hast du herausgefunden?«, wollte Elisabeth sofort von ihr wissen.

Nach Luft ringend deutete Ida ihr, dass sie noch einen Moment brauchte, bis sie ihren Bericht abgeben konnte.

Elisabeth nahm die Glocke, die vor ihr auf dem Frisiertisch stand, und schüttelte sie. Gleich darauf trat eine Zofe ein und erkundigte sich leise nach dem Begehr der Kaiserin.

»Ist das Meersalzbad bereit?«

»In einer Stunde, wie von Majestät gewünscht.«

»Ich will es früher.«

»Sehr wohl, Majestät.« Die Zofe knickste.

»Und mischen Sie die richtige Menge Salz ins Wasser«, fügte Elisabeth hinzu.

»Es sind vier Kilogramm, Majestät, wie immer.«

»Falsch«, rief Sisi. »Nehmen Sie die Hälfte, sonst wird meine Haut ausgetrocknet.«

»Wie Majestät wünschen!«

Ida tat die junge Zofe leid. Ihr Name war Grete und sie wurde von den älteren Zofen stets geschulmeistert und eingeschüchtert. Grete war anzusehen, dass sie Elisabeths Auftrag überforderte. Vielleicht konnte ihr Ida später ein wenig helfen, zuerst aber musste sie Elisabeth die gewünschten Informationen überbringen. Die Kaiserin war äußerst gereizt und ihre Geduld aufgebraucht.

»Elisabeth«, begann Ida.

Erst jetzt fiel ihr die Anwesenheit der Friseuse auf. Sie hätte eigentlich schon am Morgen die Frisur der Kaiserin stecken sollen, aber Elisabeth war von Kopfschmerzen geplagt worden und hatte das Frisieren auf den Nachmittag verschieben lassen. Für den Abend stand ein Besuch der Hofoper an, wo »Tristan und Isolde« von Richard Wagner aufgeführt wurde.

»Majestät«, verbesserte sich Ida schnell. »Ich konnte nicht nur mehr über das Kleid erfahren, sondern auch über den Schmuck, den Fürstin von Mayenberg tragen wird.«

»Sag schon«, drängte Elisabeth.

»Ihre Kleider kommen aus dem Salon von Berta Brettschmidt am Kohlmarkt. Die alte Frau Brettschmidt ist immer noch jeden Tag dort und hat ihre Augen und Finger überall, obwohl ihr Sohn die Geschäfte leitet.«

»Das klingt wie meine Schwiegermutter«, stellte Elisabeth trocken fest.

Jeder wusste von der angespannten, geradezu feindseligen Beziehung zwischen Erzherzogin Sophie und der Kaiserin. Hatte Elisabeth sich auch eine Vormachtstellung erkämpft, sparte die Erzherzogin doch nicht mit Sticheleien und spitzen Bemerkungen, die am Hof sofort die Runde machten.

»Ich habe Berta Brettschmidt aufgesucht, als ihr Sohn auswärts beschäftigt war. Er ist es, der die Kleider der Fürstin entwirft, aber seine Mutter weiß über jedes Bescheid.« Ida musste Luft holen, bevor sie weitersprechen konnte. »Oberst Latour war mir sehr behilflich, das alles in Erfahrung zu bringen.«

Josef Latour war der Erzieher des Kronprinzen, den die Kaiserin gegen den Willen ihres Mannes eingesetzt hatte.

»Der Herr Oberst besucht manchmal das Wirtshaus nahe meiner Wohnung in Schönbrunn«, fuhr Ida fort.

Das Wirtshaus war für die zahlreichen Bediensteten des Schlosses eingerichtet worden und befand sich in einem Nebentrakt. Frequentiert wurde es nicht nur von Angestellten des Kaiserhofs, sondern auch von Kutschenfahrern und den Bediensteten so mancher feinen Herrschaft Wiens.

»Im Wirtshaus gibt es immer einiges zu erfahren«, erklärte Ida.

»Der Herr Oberst klatscht?«, entfuhr es Fanny.

»Still«, befahl Elisabeth. Die Friseuse schloss den Mund.

Ida bereitete die Zurechtweisung der Feifalik Genugtuung. Sie bewunderte die Qualitäten ihrer Frisierkunst zwar, doch empfand sie Fanny oft als vorlaut.

»Oberst Latour schätzt den Schweinsbraten mit Knödel und Sauerkraut, den es jeden Sonntag im Wirtshaus gibt. Er sagt, der Braten wäre nirgendwo saftiger, die Schwarte nicht knuspriger«, erklärte Ida.

»Ida, komm zur Sache«, ermahnte sie die Kaiserin.

Die Hofdame bemerkte, wie die Mundwinkel der Feifalik triumphierend zuckten.

»Sache ist«, setzte sie betont ruhig fort, »dass der Herr Oberst den Kutscher der Fürstin angetroffen hat, der sich mit ihrer Zofe gut versteht. So konnte er einiges über die Herkunft der Garderobe der Fürstin erfragen. Außerdem ist Berta Brettschmidt dem Herrn Oberst nicht unbekannt, da eine seiner Tanten sich mit ihr von Zeit zu Zeit beim Demel auf ein Stück Torte trifft und Neuigkeiten austauscht. Bei ihr hat sich Frau Brettschmidt mehrfach über ihren Sohn beschwert, der sie aus dem Tagesgeschäft ausschließt und sie am liebsten schon auf dem Friedhof sehen würde, wie sie es ausdrückt.«

»Du warst also bei ihr und sie hat dir das Kleid gezeigt?«, drängte Elisabeth, zu erfahren.

»Ich habe dem Anselm, dem Hundsbuben, den Auftrag gegeben, Ihren Hund Shadow beim Kohlmarkt spazieren zu führen. Er sollte sofort zurückkommen und mich wissen lassen, wenn Brettschmidt den Salon verlässt.«

Elisabeth gab einen erleichterten Laut von sich. »Deshalb war der Shadow so lange fort. Ich war schon in Sorge, weil er auf meine Rufe nicht reagiert hat.«

»Als ich die Meldung erhalten habe, Brettschmidt wäre mit dem Fiaker zum Palais der Fürstin gefahren, bin ich in den Salon gegangen und habe verlangt, mit der alten Brettschmidt zu sprechen. Sie war hocherfreut, dass ich zu ihr und nicht zu ihrem Sohn kommen wollte«, erzählte Ida.

»Du hast aber nicht verraten, dass du von mir kommst?«, fragte Elisabeth besorgt.

»Keine Angst. Sie weiß nicht, für wen ich arbeite. Ich habe es vage gehalten. Ich habe ihr vom Demel eine Schachtel Katzenzungen gebracht und sie hat mir dafür das Kleid beschrieben, das die Fürstin zum Ball bei Ludwig Viktor tragen wird. Frau Brettschmidt hat mir auch verraten, dass die Fürstin von ihrem Mann neuen Schmuck speziell für diesen Anlass bekommen wird. Es sei wohl ein Geschenk zu ihrem Geburtstag. Laut Brettschmidts Sohn werden die Stücke soeben erst fertiggestellt.«

»Der Name des Juweliers?«, verlangte Elisabeth, zu erfahren.

»Ballarin. Giuseppe Ballarin aus Venedig. Er hat seine Werkstatt in der Vorstadt, in der Schottenfeldgasse. Laut Frau Brettschmidt erfreue er sich großer Beliebtheit bei den Damen von Wien. Dazu trage die Fürstin sehr bei, die ihn empfehlen soll.«

»Such den Juwelier auf, Ida«, sagte die Kaiserin. »Auch wenn kein Schmuckstück mit dem Schmuck konkurrieren kann, den mir der Kaiser geschenkt hat, kann es nicht schaden, zu wissen, was die Mayenberg tragen wird.«

Fürst Ludwig von Mayenberg trank seinen Kaffee schwarz und ohne Zucker. Sein Gegenüber, Graf Wenzel von Grünau, bevorzugte den Einspänner: schwarzer Kaffee im Glas mit etwas heißem Wasser verdünnt und einer Portion Schlagobers obenauf.

Die beiden Herren saßen am Fenster des Café Frauenhuber in der Himmelpfortgasse und vertrieben sich die Zeit mit einer Partie Schach.

»Wie fühlt man sich als Generalmajor?«, erkundigte sich der Graf.

»Geh, hör mir auf.« Fürst von Mayenberg schnaubte kurz durch die Nase. »Du weißt genauso gut wie ich, dass der Titel nur ein Abschiedsgeschenk war. Männer meines Alters sind nicht mehr erwünscht, also hat man mich möglichst schnell in Pension geschickt, wo ich mich Generalmajor nennen darf.«

»Mit Titel und Charakter«, fügte der Graf mit einem Lächeln hinzu. »Sei nicht undankbar.«

Er deutete auf sein Bein, das seitlich unter dem Tisch vorragte. »Besser, als nach einer schweren Verwundung und mit einem steifen Bein in den Ruhestand gehen zu müssen.«

»Wie schreitet die Heilung voran?«

»Es geht.« Der Graf warf einen Blick auf seine Taschenuhr. »In einer Stunde brechen wir auf. Willst du noch einen frischen Kaffee?«

»Nein. Einer ist mir genug.«

Der Graf winkte dem Kellner. »Gustav, bringen Sie mir das Gleiche noch einmal.« Gustav quittierte die Bestellung mit einem Nicken und verschwand Richtung Theke.

»Was bildet sich dieser Ballarin eigentlich ein?«, empörte sich der Fürst, zog mit dem weißen Rössel vor und kassierte einen schwarzen Bauern.

»Was sehen unsere Frauen in ihm, sollten wir uns fragen«, meinte Graf von Grünau. »Oder anders ausgedrückt: Was hat er an sich, das unsere Frauen dermaßen bezirzt? Sie sind ihm – könnte man glauben – verfallen.«

»Die Meinige lehnt jeden anderen Schmuck ab.« Fürst von Mayenberg überlegte seinen nächsten Zug, doch erst war der Graf an der Reihe. »Ich habe ihr beim Köcher ein Collier mit Smaragden gezeigt, dass die Kaiserin vor Neid erblassen lassen hätte, aber sie wollte es nicht. Zu ihrem 36. Geburtstag wollte sie bloß Stücke von diesem Italiener.«

Graf von Grünau sah auf. »Du hast Glück, eine so junge Frau zu haben.«

Das sah Ludwig genauso. Er war kein Mann, der viel lächelte. Wenn er aber an Paula dachte, spürte er jedes Mal, wie seine Mundwinkel nach oben zuckten. Sie war ein spätes Glück in seinem Leben, für das er große Dankbarkeit empfand.

»Wie alt ist die Deinige?«, fragte er seinen Schachpartner.

»Ein Jahr älter als ich. 57.«

Der Graf ließ den schwarzen Läufer schräg über die Felder des Schachbretts gleiten und stellte ihn nahe dem weißen König ab.

»Du hältst das für einen guten Zug, nicht wahr?« Der Fürst hatte gehofft, sein Spielpartner möge die Gefahr übersehen, die er mit sich brachte. Nun ließ er ihn ein wenig zappeln, bevor er ihm zeigte, dass er die Partie nicht mehr gewinnen konnte. »Schade, dass du nicht das Geld eingesetzt hast, das du bei dir trägst, Herr Oberstleutnant. Sonst hätte mir das einen guten Zuschuss für Paulas Halsschmuck und den Kamm gebracht.«

Wenzel bekam seinen Kaffee und löffelte das Schlagobers. »Es ist unerhört, dass wir den bestellten Schmuck nur zu einer bestimmten Uhrzeit abholen dürfen und ihn sofort bezahlen müssen. Der Köcher würde das niemals verlangen und die Rechnung zustellen lassen. Wenn man dann ein wenig in Verzug gerät mit dem Bezahlen, nimmt er das auch nicht so schwer.«

Langsam näherte sich die Hand des Fürsten der Spielfigur, die er als Nächstes zu bewegen plante.

Der Graf lehnte sich zurück und klopfte auf die Tischplatte. »Ludwig, du weißt, ich halte nicht viel von Tratsch.«

»Tatsächlich?« Spott schwang in der Stimme des Fürsten mit. Sein ehemaliger Hauptmann, der unter ihm in der Armee des

Königs beider Sizilien gedient hatte, war bekannt für sein loses Mundwerk, auch wenn er selbst das naturgemäß völlig anders sah.

»Ich wünschte, meine Gattin wäre auf irgendetwas so versessen wie auf Tratsch. Wenn sie sich mit ihren Freundinnen getroffen hat, höre ich mindestens drei Abende beim Essen nichts anderes als die neuesten Gerüchte aus der Wiener Gesellschaft. Manche sogar zwei- und dreimal«, klagte Graf von Grünau.

»Wieso erwähnst du das jetzt?«

»Weil es auch ein Gerücht über den Juwelier gibt. Allerdings nicht von den Damen, sondern von anderer Seite.«

»Was meinst du mit ›anderer Seite‹?«

»Mein Schneider hat etwas erwähnt.«

»Drück dich klar aus oder behalte es für dich«, verlangte der Fürst.

»Mein Schneider bezieht Stoffe aus Venedig«, flüsterte der Graf. Er hatte sich über das Schachbrett gebeugt und blickte Fürst von Mayenberg verschwörerisch an. »Und dort hat angeblich niemand den Namen Giuseppe Ballarin je gehört.«

Wenzel von Grünau lehnte sich wieder zurück. »Allerdings ist mein Schneider ein Cousin vom Juwelier Köcher und der könnte dieses Gerücht in die Welt gesetzt haben, weil ihm Ballarin viel Geschäft wegnimmt.«

»Eben.« Ludwig von Mayenberg zögerte den Zug genüsslich hinaus. Es war der vorletzte, bevor er seinen alten Kameraden schachmatt setzen würde.

»Ballarin ist ein frecher, arroganter und widerlicher Kerl, das kann ich aus den Erfahrungen, die ich mit ihm persönlich gemacht habe, bestätigen.« Der Fürst nahm den letzten Schluck seines Kaffees, der längst kalt geworden war.

»Mir gegenüber hat Ballarin jedoch niemals ein Wort über Venedig verloren«, fuhr Ludwig von Mayenberg fort. »Der venezianische Löwe über dem Eingang ist ein Steinrelief, nichts weiter. Es kann uns gleichgültig sein, ob in Venedig, wo im Sommer die Kanäle stinken und im Winter alle Bewohner mit lächerlichen Masken herumrennen, irgendjemand den Goldschmied kennt.«

Damit bewegte er seinen Turm, lehnte sich zurück und verschränkte die Arme vor der Brust.

Wenzel von Grünau versuchte, seine Dame in Sicherheit zu bringen, erkannte aber im nächsten Moment, dass er chancenlos war.

»Brechen wir auf«, sagte er.

»Schachmatt!« Der Fürst konnte es sich nicht verkneifen, den Sieg laut auszusprechen.

Berta Brettschmidt ging vornübergebeugt und auf zwei Stöcke gestützt, die sie bei jedem Schritt gegen den Boden knallen ließ. Ihr Kommen war immer schon lange im Voraus zu hören. Heinrich verglich sie in Gedanken manchmal mit einer Schildkröte, die er von Abbildungen in einem Buch kannte.

Tok-tok, tok-tok.

Seine Mutter erschien im Türrahmen ihres Arbeitszimmers, das sich gegenüber seinem Büro befand. Obwohl Heinrich mittlerweile das Geschäft führte, weigerte sich Frau Brettschmidt, ihr Büro zu räumen. In ihrer gebückten Haltung war sie etwas kleiner als er und musste den Kopf drehen, um zu ihm hochzusehen.

»Wie oft muss ich nach dir schicken, bis du dich endlich zu mir bequemst? Oder erwartest du, dass deine Frau Mutter dem Sohn in seinem Büro die Ehre erweist?«

Nora Schmorr, die bisher zwischen den beiden gestanden war, murmelte etwas Unverständliches und zog sich hastig in die Werkstatt zurück. Sie wollte nicht Zeugin der Auseinandersetzungen werden, die sich Mutter und Sohn mindestens einmal pro Woche lieferten.

»Willst du, dass ich dich nach oben in deine Wohnung begleite?«, fragte Heinrich.

»Nein.« Sie funkelte ihn mit ihren grünen Augen an, die etwas Waches, aber auch Stechendes hatten. »Ich sage dir, was du willst: Du willst alles an dich reißen, was dein Vater und ich begründet haben.«

Heinrich wurde ungehalten. »Mutter, ich habe zu arbeiten. Was gibt es?«

Sie stieß mit dem rechten Stock auf den Holzboden. »Wir hatten Besuch einer Dame, die mich persönlich sprechen wollte.«

»Wer war das?«

»Sie hat angedeutet, dass man darüber spricht, du würdest dich nur um Kundinnen wie die Fürstin von Mayenberg kümmern, vernachlässigst dafür aber andere.«

»Das ist nicht wahr«, brauste Heinrich auf. »Außerdem kennst du die Bedeutung der Fürstin für unseren Salon. Trägt sie eines meiner Kleider, ist das für viele Damen Grund genug, zu uns zu laufen und ein ähnliches in Auftrag zu geben.«

»Die Besucherin meinte, du würdest Damen in höchsten Kreisen verärgern. Aber sie wäre bereit, deinen Ruf zu verbessern.«

»Wer zum Kuckuck ist diese Dame?«

»Ich habe mir ihren Namen nicht merken können«, sagte Frau Brettschmidt gleichmütig. »Aber die Dame kam vom Hof, sie könnte aus dem Umkreis der Kaiserin sein. Ich darf dich daran erinnern, dass sie bis heute nicht zu deinen Kundinnen zählt.«

Damit traf seine Mutter einen wunden Punkt.

»Was hast du dieser Dame gesagt?«, fragte Heinrich. Er konnte nicht verhindern, dass seine Stimme leicht zitterte.

»Sie war sehr interessiert, welches Kleid die Fürstin zum Ball des Kaisers Bruders tragen wird.«

»Es ist ein Geheimnis. Die Fürstin will überraschen.«

»Sie will die Kaiserin beschämen, wie sie das schon öfter getan hat«, entgegnete Frau Brettschmidt.

Da seine Mutter schwankte, eilte Heinrich an ihre Seite und griff sie stützend am Arm.

»Ich brauche deine Hilfe nicht«, giftete sie ihn an.

Heinrich sah auf ihre Witwenhaube herab und die grauen Locken, die darunter hervorkamen. Frau Brettschmidt tastete mit den Stöcken etwas hilflos um sich und verkündete dann, in ihr Büro zurückkehren zu wollen. Dort ließ sie sich in den Armsessel sinken, in dem sie den Großteil des Tages verbrachte. Für Leute, die zu ihr kamen, stand ein gewöhnlicher Stuhl bereit.

»Setz dich. Ich bekomme sonst einen steifen Nacken.«

Gehorsam tat Heinrich, was sie von ihm wollte.

»Vor meinem Tod – möge er noch in weiter Ferne liegen – will ich das Schild k.k. Hofschneiderei über unserem Eingang hängen sehen. Sorge dafür, indem du die Hoheiten nicht mit einer Kundin vergrämst, der es vor allem um das Erniedrigen von anderen geht.«

Das erkennst du nur, weil die Fürstin wie ein Spiegelbild für dich ist, dachte Heinrich.

»Was denkst du schon wieder Bösartiges über mich?«, herrschte ihn seine Mutter an.

»Gar nichts«, log Heinrich. Er stand auf. »Ich habe noch viel zu tun. Wenn du mich also entschuldigst.«

Grußlos verließ er den Raum. Hinter sich konnte er den schweren Atem seiner Mutter hören. Nachdem er sein berufliches Lächeln aufgesetzt hatte, fegte er mit gespielter Geschäftigkeit in den größten der Anprobierräume. Er überschüttete die Kundin, die dort vor dem Spiegel stand, mit Komplimenten und stellte sich hinter sie, um ihren Blick einzunehmen.

Doch seine Gedanken waren nicht bei der Sache, sondern bereits in der Michaelerkirche.

09

Es war wie am Montag, als er das Mieder in die Kirche getragen hatte. Heinrichs Herz pochte heftig, als er auf den abendlichen Kohlmarkt hinaustrat. Ein einziger Tag war vergangen, seit er das Schnürmieder zum Beichtstuhl getragen hatte. Ihm aber erschien es, als wäre seitdem ein Jahr verstrichen.

Mit gesenktem Kopf schritt er Richtung Hofburg und bog nach links zur Michaelerkirche ab. Die Glocken hatten vor gut einer Viertelstunde zur Abendmesse gerufen.

Heinrich stemmte sich gegen das schwere Kirchentor. Dahinter empfingen ihn wieder das Halbdunkel und der Geruch von Weihrauch.

Durch den Mittelgang kamen ihm zwei alte Damen entgegen. Sie hatten die Köpfe zusammengesteckt und unterhielten sich flüsternd. Sie klangen erregt.

War die Messe schon vorbei? So kurz konnte sie doch nicht gewesen sein.

Links und rechts vom Altar brannten die Kerzen, der Platz, wo der Pfarrer sonst stand, war aber leer.

Hinter den Frauen ging ein Mann, den Hut an die Brust gedrückt.

»Verzeihen Sie …«, sagte Heinrich zu dem Mann.

»Er ist einfach nicht gekommen«, sagte der Mann.

»Ich verstehe nicht ganz …«

»Der Pfarrer hat auf die Messe vergessen«, erklärte der Mann.

»Das war doch Ihre Frage? Das ist noch nie passiert. Er lässt sich immer vertreten, wenn er krank ist. Aber heute hat er auch keinen Kaplan geschickt.«

Heinrich bedankte sich und schob sich in eine Bank. Er ließ sich auf das harte Holz sinken und starrte nach vorne zum Tabernakel mit dem Marienbild, das von einem geschnitzten und vergoldeten Strahlenkranz umgeben war.

Es erschien ihm klüger, zu warten, bis die wenigen Besucher die Kirche verlassen hatten. Steif saß er da und beobachtete aus den Augenwinkeln, wie die Leute an ihm vorbeizogen.

Schließlich fiel das Kirchentor zu. Stille breitete sich rund um ihn aus. Er war allein.

Langsam stand er auf und trat aus der Kirchenbank. Jeder Schritt erschien ihm wie ein Knall, der durch die leere Kirche hallte.

Heinrich bog nach der hintersten Bankreihe nach links ab und ging zum Beichtstuhl. Diesmal brannte dort keine Kerze. Er blieb stehen und wartete, dass seine Augen sich noch etwas mehr an die Dunkelheit gewöhnten.

Bald konnte er den Vorhang erkennen, hinter dem die Büßer knieten. Diesmal war er geschlossen. Heinrich hatte zwei Schritte gemacht, als er mit dem Schuh gegen etwas stieß, das auf dem Boden lag. Er blickte hinunter.

Zuerst sah er nur einen schwarzen Haufen.

Erschrocken wich er zurück. Sein Atem ging schnell.

Ragten Schuhe unter dem Haufen hervor?

Heinrich brauchte Licht. Er eilte zum Altar und nahm eine Kerze vom Leuchter. Sie war dick, aber schon ziemlich abgebrannt und daher nicht schwer. Er trug sie behutsam vor sich her. Damit die Flamme nicht ausging, schützte er sie mit der Hand.

Als er die Kerze über den Fund auf dem Boden hielt, erkannte er in ihrem flackernden Schein, was da auf dem Boden lag.

Schweiß brach ihm aus allen Poren. Er bewegte die Kerze und leuchtete hin und her.

Vor ihm lag ein Mensch in gekrümmter Haltung. Die Leibesfülle und die schwarze Soutane ließen Heinrich erkennen, um wen es sich handelte, auch wenn der mantelartige Überwurf über den Kopf des Mannes gerutscht war. Heinrich bückte sich, griff mit zitternder Hand danach und schlug ihn zurück.

Nun hatte er Gewissheit.

Der Pfarrer lag auf der Seite, Augen und Mund weit geöffnet, als wollte er einen erschrockenen Schrei ausstoßen, der ihm in der Kehle stecken geblieben war.

Heinrich bückte sich und legte seinen Zeigefinger auf das Gesicht des Pfarrers. Es war noch warm. Als er fester gegen die Wange drückte, fühlte sich das Fleisch teigig an. Der Pfarrer war der zweite Tote, den Heinrich in seinem Leben sah. Der erste war sein Vater gewesen.

Da erst bemerkte Heinrich, was der Priester in den Händen hielt. Er rang nach Luft und wich einen Schritt zurück. Kein Zweifel, es handelte sich um das Korsett, das Heinrich selbst für das Abendkleid der Fürstin entworfen und das er erst am Montag hergebracht hatte.

Hastig sah Heinrich sich um. War jemand in der Nähe?

»Hallo?«, rief er in die nächtliche Kirche. Seine Stimme verlor sich zwischen den Säulen. Antwort erhielt er keine.

Die Angst wühlte in Heinrichs Eingeweiden. Er würde Durchfall bekommen, wie früher als Kind, wenn er in Panik geraten war. Mit aller Kraft kniff er seine Gesäßbacken zusammen.

Der größere Teil des Mieders lag unter dem schweren Körper des Pfarrers. Heinrich bückte sich und griff nach einem Zipfel, der zwischen den Händen der Leiche hervorragte. Als er daran zog, bewegte sich das Mieder kaum. Er packte es fester, aber so kräftig er auch zerrte, Heinrich konnte es dem toten Pfarrer nicht entwinden.

Er hörte ein Geräusch am Tor. War das der Mesner, der die Kirche abschloss? War einmal zugesperrt, saß Heinrich bis zum nächsten Morgen fest. Allein mit einem Toten.

Panik stieg in ihm hoch und jagte wie ein heißer Stoß durch seinen Darm. Heinrich erhob sich ächzend und humpelte zum Tor. Sehr vorsichtig zog er es auf.

Es stand niemand davor. Heinrich flüchtete zu dem Haus, in dem sich sein Salon und seine Wohnung befanden. Als das Haustor zufiel, lehnte er sich von innen dagegen und versuchte, seinen Atem zu beruhigen. Doch kaum hatte er sich ein wenig gefasst, zwangen ihn seine Bauchschmerzen, sofort in den Hof zu laufen, wo sich ein Abort befand. Dort verbrachte er die nächste halbe Stunde. Während dieser Zeit hatte Heinrich genug Gelegenheit, um über das nachzudenken, was er gerade gesehen hatte.

Wieso hatte der Pfarrer das Mieder in den Händen gehalten und warum war er tot?

Am nächsten Morgen würde er entdeckt werden. Samt Mieder. Heinrichs Eingeweide krampften sich zusammen.

In das Mieder war bereits das kleine Seidenschildchen eingenäht worden, auf dem »Salon Brettschmidt« stand.

Mittwoch, 12. September 1866

Über dem Eingang prangte eine Steinplatte mit einem Relief des venezianischen Löwen. Das stolze Tier mit zwei Flügeln hielt ein Schwert in der rechten Vorderklaue und hatte die linke auf ein aufgeschlagenes Buch gestützt. Eine Inschrift war in die Seiten gemeißelt.

PAX TIBI MARCE
EVANGELISTA MEUS

Ida hatte in Ungarn eine ausgezeichnete Erziehung erhalten, in Latein war sie aber nicht unterrichtet worden. Das einzige Wort, das sie verstand, war PAX. Es bedeutete Friede.

Das Portal des Geschäfts bestand aus zwei Marmorsäulen, die einen kunstvoll verzierten Bogen trugen. Die Tür aus dunklem Metall besaß einen Ring zum Klopfen.

Ida klopfte zweimal.

Der Wind fegte durch die Straße und kroch unter ihre Jacke. Sie fröstelte und wünschte sich, dickere Kleidung gewählt zu haben.

Da niemand öffnete, klopfte sie noch einmal. Zehn Uhr Vormittag an einem Mittwoch erschien ihr als eine normale Öffnungszeit für einen Juwelier. Jedenfalls war es das in der Innenstadt, aber sie befand sich in der Vorstadt. Womöglich galten hier andere Regeln.

Als Ida erneut nach dem Ring griff, wurde die Tür von innen aufgesperrt und einen Spalt breit geöffnet.

Ein zartes, bleiches Wesen sah ihr entgegen. Ida erkannte große, erschrockene Augen, blasse Lippen und dünnes Haar, das strähnig herabhing.

»Guten Tag«, sagte Ida. »Ich möchte zum Goldschmiedemeister Ballarin. Ist er anwesend?«

Ihr Gegenüber schüttelte den Kopf.

»Wann wird er zurückerwartet?«

Das unscheinbare Mädchen hob die Hand und deutete mit dem Zeigefinger nach oben.

»Wohnt der Goldschmiedemeister dort?«, wollte Ida wissen. Wieder wurde genickt. »Können Sie ihm sagen, dass ich hier bin und ihn sprechen möchte?«

Jemand rief im Haus etwas auf Italienisch. Ein kräftiger Mann erschien und zog die Tür weiter auf. Sofort huschte das Wesen davon.

»Was wünschen Sie?«, fragte der Mann mit starkem italienischen Akzent.

So ein Rüpel, war Idas erster Gedanke.

Das weite Hemd des Mannes hing noch zum Teil aus dem Bund der goldbraunen Hose. Er stopfte vor ihr den Rest hinein und zog dann die Hosenträger hoch.

»Ich bin auf der Suche nach Giuseppe Ballarin«, erklärte Ida kühl.

»Das bin ich.«

Kein Gruß. Kein freundliches Wort. Der Mann besaß weder Manieren noch Benehmen.

»Ich interessiere mich für Ihre Schmuckstücke.«

»Sehr erfreut.« Ballarin trat zur Seite und machte eine einladende Bewegung ins Haus. Mit einem Schlag hatte er sich in einen freundlichen Gastgeber verwandelt.

Ida raffte den Rock und schwebte an ihm vorbei. Sie betrat einen Raum mit Vorhängen aus schwerem, dunkelgrünem Stoff mit Goldbrokat. Ein paar geschnitzte Hocker standen herum, alle vergoldet und mit grünem Stoff bespannt. Zwischen ihnen waren kleine sechseckige Tische platziert worden. An Messingketten hing eine Lampe aus kunstvoll geblasenem Glas von der Decke, in der ein Öllicht brannte.

Ballarin schlug die Tür zu und griff nach seinem dunkelblauen Rock. Die Ränder der Ärmel und des Kragens zierten Goldborten.

»Zu Diensten, Signora. Wie war der Name?«

»Ich habe ihn noch nicht genannt«, erwiderte Ida.

Der Italiener grinste. »Lassen Sie mich raten! Luisa?«

»Falsch.«

»Antonia?«

»Falsch.«

»Geben Sie mir noch einen Versuch.« Der Goldschmied tat, als würde er nachdenken. »Lautet er Ida?«

Halb erstaunt, halb anerkennend hob Ida die Augenbrauen.

»Sie haben oben gelauscht, als ich dem Kutscher befahl, auf mich zu warten«, sagte Ida. »Er hat mich mit ›Fräulein Ida‹ angesprochen.«

»Ich schätze kluge Frauen«, sagte Ballarin und klatschte in die Hände. Ein Vorhang wurde geöffnet und das Mädchen erschien in gebückter Haltung.

»Darf es italienischer Kaffee sein, dunkel, wie meine Seele? Oder Limonade aus Sizilien, Zitrone mit Minze?«

»Limonade«, sagte Ida.

»Limonata e espresso«, bellte Ballarin das Mädchen an. Gehorsam eilte sie davon.

»Chiara, mein Mündel«, sagte der Goldschmied. »Sie ist stumm und im Denken zurückgeblieben. Aber da ihre Eltern tot sind, habe ich sie aufgenommen. Nun lernt sie die Goldschmiedekunst, außerdem wird sie zur Uhrmacherin ausgebildet. Sie stellt sich, was ihre Erscheinung nicht vermuten ließe, durchaus geschickt an.«

»Ach ja«, erwiderte Ida knapp.

»Womit kann ich das Herz der Frau Ida erfreuen?«

»Erst einmal mit der Übersetzung der Worte im Buch des Löwen, der über Ihrem Eingang wacht.«

Diese Antwort überraschte Ballarin. »›Friede sei mit dir, Markus, mein Evangelist‹, steht dort«, sagte er.

Ida nickte. »Man hat mir gesagt, Sie hätten eine sehr noble Klientel.«

»Ich verstehe, den Geschmack der Wiener Damen zu treffen.«

Bescheidenheit war nicht seine Stärke, dachte Ida.

»Und was ist derzeit gefragt? Was wird getragen?«, wollte sie von ihm wissen.

»Das hängt vom Anlass ab.«

»Ein Ball. Zum Beispiel beim Bruder des Kaisers.«

Ballarin musterte Ida interessiert.

»Diademe, die ich nicht mit Brillanten, sondern mit Smaragden, Saphiren, Rubinen und Lapislazuli besetze«, sagte er dann. »Halsgeschmeide, nicht zu weit oder zu lang. Und Haarkämme für Steckfrisuren. Der prachtvollste Kamm, den ich in diesen Tagen fertiggestellt habe, ist eine Schöpfung aus Saphiren und Lapislazuli. Fällt das Licht der Kerzen darauf, so verwandelt er sich in ein Feuerwerk um das Haupt der Trägerin.«

Chiara kam zurück. Sie trug ein Tablett, auf dem ein hohes Glas, ein Krug und eine kleine Tasse klapperten.

»Lass nichts fallen, du unglückseliges Geschöpf«, fuhr sie Ballarin an.

Das Mädchen zitterte daraufhin nur noch mehr. Ballarin nahm ihr das Tablett ab und stellte es auf einen der kleinen Tische. Er deutete Ida, Platz zu nehmen. Ida ließ sich auf der tiefen Sitzgelegenheit nieder und griff nach dem Glas. Der Beutel, den sie um das Handgelenk trug, baumelte dabei so heftig, dass er das Glas fast umstieß. Ida streifte ihn ab und legte ihn auf einen anderen Hocker.

Die Limonade war kühl und erfrischend. Der Kaffee in der Tasse des Goldschmieds duftete.

»Fertigen Sie nur auf Bestellung an oder haben Sie auch Schmuckstücke, die Sie mir zeigen könnten?«, fragte Ida, nachdem sie einen Schluck von der Limonade genommen hatte.

»Ich habe einige Stücke fertig, die in diesen Tagen abgeholt werden. Sie warten nebenan und ich kann sie Ihnen gerne zeigen.«

»Das wäre gut.« Ida spielte Dankbarkeit vor. »So kann ich mir ein Bild machen, welchen Wunsch ich an meinen Gatten richten werde.«

»Ihr Damen seid ein raffiniertes Völkchen«, sagte Ballarin scherzend. Ida wies ihn nicht zurecht, auch wenn sie die Aussage verächtlich fand.

Nachdem sie die Hälfte des Glases geleert hatte, half Ballarin ihr auf und führte sie in den angrenzenden Raum, der größer war und dessen Fenster in einen Garten hinausgingen. Dort holte er aus einem Tresor Halsschmuck und Ringe, dazu zwei Armbänder und ein Diadem. So unsympathisch Ida den Goldschmied fand, so gut gefiel ihr der Schmuck.

»Sie sprachen auch von einem Kamm aus Weißgold ...«, merkte Ida an.

»Er wurde für die erste Dame der Stadt angefertigt, Fürstin von Mayenberg. Ihr Mann hat ihn gestern bereits geholt.«

Ida wusste nun zwar, mit welchem besonderen Stück sich die Fürstin auf dem Ball zeigen würde, musste sich aber mit der Beschreibung begnügen.

Als Ida fand, genug Interesse geheuchelt zu haben, verabschiedete sie sich und verließ das Haus. Der Fiaker stand bereit und der Kutscher half ihr beim Einsteigen.

»Zurück in die Hofburg, gnädige Frau?«, fragte der Kutscher.

»So ist es.«

11

Heinrich hatte in der Nacht kaum Schlaf gefunden und war im Morgengrauen bereits auf den Beinen gewesen. Seine Wohnung befand sich über der seiner Mutter. Trotz seiner Unruhe wagte er kaum, sich zu bewegen, um seine Mutter nicht durch das Knarren des Parkettbodens zu wecken. So blieb ihm nichts anderes übrig, als sich im Nachthemd ängstlich auf das Sofa zu kauern.

Tu alles wie immer, ermahnte er sich viele Male. Niemand darf eine Veränderung bemerken, die dich verdächtig machen würde.

Wie aber sollte er das Korsett in den Händen des toten Pfarrers erklären? Die Polizei würde sicherlich in seinen Salon kommen und Fragen stellen.

Er beschloss, sich unwissend zu stellen und so zu tun, als wäre ihm über das Verschwinden des Korsetts nichts bekannt.

Valeria

Der Name erschien ständig vor seinen Augen, als hätte ihn jemand dort eingebrannt.

Valeria

Wer konnte von ihr wissen?

Er war kein Mörder. Sie hatte den Freitod gewählt.

Doch im hintersten Winkel seines Gewissens wusste er es besser. Er hatte sich schuldig gemacht.

Seine Mutter tadelte ihn seit Jahren, weil er noch nicht geheiratet hatte. Gleichzeitig erschien ihr kein Mädchen, das Heinrich mit nach Hause brachte, gut genug.

Vor einem Monat hatte Heinrich seinen 44. Geburtstag gefeiert und alle Hoffnung auf ein Leben in Zweisamkeit aufgegeben.

Valeria

Wieso meldete sich gerade jetzt eine Stimme, die ihm damit drohte, bekannt zu machen, was damals geschehen war?

Nora Schmorr brachte die Nachricht vom toten Pfarrer in der Michaelerkirche. Es war bereits bekannt geworden, dass er ein Korsett aus dem Salon Brettschmidt in den Händen gehalten hatte.

Heinrich spielte den Fassungslosen, der keine Erklärung dafür hatte, wie das Korsett in die Hände des Priesters hatte kommen können. Um von sich abzulenken, ließ er Fragen auf Schmorr niederprasseln.

Wie hatte ein Korsett aus der Werkstatt verschwinden können? War eines der Mädchen verdächtig? Hatte Schmorr ihre Aufsichtspflicht vernachlässigt?

Schmorr, die Redlichkeit in Person, beteuerte mit vielen Worten, keine Ahnung zu haben, wer den Diebstahl begangen hatte. Hochwürden war auch niemals in den Salon gekommen und ein heimliches Eindringen schien völlig unmöglich.

Obwohl er es besser wusste, befahl Heinrich, auf der Stelle zu kontrollieren, um welches Korsett es sich handeln konnte. Schmorr, die auch die personifizierte Ordentlichkeit war, hatte es in wenigen Minuten herausgefunden.

Zwei Polizeiagenten klopften später an die Tür des Salons. Berta Brettschmidt bestand darauf, am Gespräch teilzunehmen. Während die beiden Herren, die sich gegenseitig an Ernsthaftigkeit zu übertreffen versuchten, in groben Zügen den Fall schilderten, bekreuzigte sich Berta immer wieder.

»Vergib ihm jede Sünde«, hörte Heinrich sie murmelnd beten.

Die Polizeiagenten erwähnten, dass niemand von einem Doppelleben des Pfarrers gewusst hätte. Auch die Körperhaltung des Toten warf Fragen auf. Es schien ihm gar nicht ähnlich, ein Korsett an sich zu pressen. Wieso hatte er es überhaupt in die Kirche getragen?

»Aber woran ist er gestorben?«, wollte Heinrich wissen.

»Es muss ein Herzschlag gewesen sein«, antwortete einer der Polizeiagenten.

»Oder ein Hirnschlag«, sagte der andere. Äußere Anzeichen einer Ermordung waren keine festgestellt worden.

»Die Aufregung ... Sein Herz hat versagt, weil die Sünde zu groß war und der Herrgott sein Vergehen bestraft hat«, erklärte Berta Brettschmidt mit gesenkter Stimme.

Die Polizeiagenten nickten höflich, gingen aber nicht darauf ein. Sie wollten sich in der Werkstatt umsehen und mit den Näherinnen sprechen. Heinrich bat, es kurz zu machen, da viel Arbeit anstand, die dringend erledigt werden musste.

Eine Stunde später – Heinrich war gerade dabei, mit Nora ein Kleid auf einer Kleiderpuppe zu drapieren, damit es die Kundin beim Betreten des Raumes gleich bewundern konnte – waren die Polizeiagenten mit ihrer Befragung fertig und gaben einen kurzen Bericht.

Nach dem, was sie bisher erfahren hatten, war das Korsett am Dienstag, als die letzte Näherin die Werkstatt verließ, noch da gewesen. Zwei der Schneiderinnen hatten ausgesagt, das Korsett neben dem Kleid, das für die Fürstin von Mayenberg bestimmt war, hängen gesehen zu haben. Am Tag danach hatte es niemand bemerkt, doch da die Anprobe der Fürstin nicht stattfand, war es auch niemandem abgegangen.

»Wie kann es nur aus der Werkstatt gelangt sein?«, fragte Heinrich und sah die Polizeiagenten hilfesuchend an. »Ich hoffe, Sie können Licht in das Dunkel dieser Angelegenheit bringen. Sollte eines der Mädchen die Täterin sein, so wird sie auf der Stelle entlassen.«

Nach dem Abgang der Polizisten kehrte nur langsam der Alltag in den Salon zurück. Heinrichs Mutter war noch immer aufgebracht, Nora Schmorr beteuerte in einem fort, nichts falsch gemacht zu haben, und die Näherinnen huschten alle mit gesenktem Blick herum, als könnte man sie sonst einer Schandtat bezichtigen.

War es ihm gelungen, jeglichen Verdacht von sich abzuwenden? Diese Frage beschäftigte Heinrich den ganzen Tag.

Was würde passieren, wenn eines der Mädchen aussagte, dass er abends oft länger blieb und immer als Letzter den Salon verließ? Das würde weitere Fragen an ihn bedeuten, die ihn in die Enge treiben könnten. Er war ein schlechter Lügner, was ihm schon als Kind oft zum Verhängnis geworden war.

Als er auf Wunsch der drallen Gräfin Petrovitz ihr Mieder noch fester zuziehen ließ, kam ihm beim Anblick ihrer runden Formen ein Gedanke.

Ihm war jemand eingefallen, der möglicherweise helfen konnte. Die Dame besaß ebenfalls einen Salon. Allerdings unterschied dieser sich sehr von dem Heinrichs. Es war ein Salon, den er an Arbeitstagen mied, doch jeden Sonntag gewissenhaft aufsuchte.

*Freitag,
14.
September
1866*

12

Fürst von Mayenberg hatte die Begeisterung seiner Gattin für Heinrich Brettschmidt niemals verstanden. Von Mode hatte er überdies so wenig Ahnung wie von Liebespoesie. Sein Metier war die Armee gewesen, Strategie in der Schlacht, das Erkennen der Schwächen des Feindes und der Sieg für das eigene Land.

Auch wenn er sich heute im Ruhestand befand, waren seine Grundsätze und Werte gleich geblieben: Ein Mann hatte tapfer, unerschrocken und frei von jedem Sentiment zu sein. Sein Denken musste von Klarheit und Zielgerichtetheit geprägt sein, niemals durch Mitgefühl verblendet.

Der Fürst musste sich jedoch eingestehen, einen Schwachpunkt zu besitzen. Wenn es um Paula ging, wurde er sehr wohl emotional und war nicht immer fähig, die klarsten Gedanken zu fassen. Da er aber nicht mehr im Dienst des Kaisers stand und in jeder anderen Angelegenheit Haltung bewies, verzieh er sich diese kleine Schwäche. Manchmal dachte er, dass sie sein Glück erst möglich machte.

Was der Fürst aber zutiefst verabscheute, waren Speichelleckerei und die kriecherische Art des Schneiders. Dieser gab seiner Gattin immer recht und pries ihre Ideen und Wünsche, als hätte sie nicht den Vorschlag für einen Hut gemacht, sondern das Rad neu erfunden.

Außerdem konnte der Fürst kleine, übergewichtige Männer nicht ausstehen. Ein wahrer Mann besaß zumindest eine durchschnittliche Körpergröße, kein überflüssiges Fett um den Bauch und eine aufrechte Haltung, die ihn größer erscheinen ließ.

Nichts davon traf auf Brettschmidt zu.

Eigentlich hätte Paula zur Anprobe in den Schneidersalon am Kohlmarkt fahren sollen. Zu Mittag aber hatte eine Angestellte im Palais vorgesprochen und angekündigt, dass Herr Brettschmidt persönlich das Kleid liefern würde. Paula war darüber hocherfreut.

Als der Fürst die Holzschatulle, die er vor ein paar Tagen von Ballarin geholt hatte, in das Boudoir seiner Frau brachte, legte Brettschmidt gerade selbst Hand an das neue Kleid und stichelte an dessen Saum. Die Zofen standen herum und sahen dabei zu.

Wie konnte sich ein Mann dermaßen erniedrigen? Die Abscheu des Fürsten steigerte sich noch mehr.

»Wie entsetzlich, mein guter Brettschmidt«, hörte er Paula sagen. »Was für eine abscheuliche Sache.«

Als sie ihren Mann bemerkte, fasste sie sich theatralisch an den Busen. »Ludwig, wusstest du von dem tragischen Todesfall in der Michaelerkirche?«

»Der Pfarrer, der tot aufgefunden worden ist? Darüber habe ich in der Zeitung gelesen«, brummte der Fürst.

»Genau den meine ich.« Paula warf die Hände in die Luft. »Man munkelt, wie mir Brettschmidt gerade erzählt hat, es hätte ihn die Strafe Gottes getroffen.«

»Die Strafe Gottes? Wofür?«

»Sagen Sie es, Brettschmidt«, verlangte Paula.

Der Schneider richtete sich auf und hüstelte verlegen. »Die Umstände konnte die Polizei noch nicht genau klären, doch hielt der Pfarrer ein Mieder aus unserem Salon in Händen, als man ihn fand. Er muss es entwendet haben oder eine meiner Näherinnen hat es ihm übergeben.«

»Abscheulich«, lautete die Meinung des Fürsten.

»Es kommt noch schlimmer«, sagte seine Frau. »Brettschmidt, sagen Sie es ihm.«

»Wenn es nicht sein muss ...«

»Es muss sein!«, bestand die Fürstin.

Brettschmidt rang nach Luft, sein Kopf war hochrot. »Ein Gerücht hat die Runde gemacht. Der Pfarrer hätte ein stadtbekanntes Etablissement frequentiert, Sie wissen schon, einen Salon ...«

Natürlich verstand der Fürst, dass Brettschmidt ein Bordell meinte. »Das kann üble Verleumdung sein«, sagte er kühl.

»Es soll Bestätigung durch die Besitzerin des Etablissements geben«, beeilte sich Brettschmidt, hinzuzufügen. »Ihre Damen berichten, der Pfarrer hätte stets große Leidenschaft für Korsette gezeigt.«

Fürst von Mayenberg schüttelte den Kopf. »Was ist das für eine Welt?«

»Ludwig, ich hoffe, mein neues Kleid findet bei dir genauso großen Gefallen wie bei mir.« Die Fürstin deutete den Zofen, Platz zu machen. Sie drehte sich langsam einmal herum. Die Schleppe schliff mit leisem Kratzen über den Parkettboden.

»Du wirst sicherlich Gespräch des Abends sein«, antwortete ihr Mann diplomatisch. Für ihn sah das Kleid aus wie jedes andere. Es war von tiefem dunklen Rot, besaß weite Ärmel und schien seine Frau glücklich zu machen. Das zählte für ihn am meisten.

Um die Unterhaltung nicht fortsetzen zu müssen, öffnete der Fürst die Messingverschlüsse des Holzkästchens. Seine Frau kam näher. Behutsam, als wäre er aus Glas, nahm sie einen breiten Haarkamm heraus, an dessen Kante Saphire und Lapislazuli funkelten.

Die Zacken waren kunstvoll geformt und es gab an der Innenseite weitere Zacken, die dem Kamm besseren Halt im Haar ermöglichen würden.

Der Fürst drückte einer Zofe das Kästchen in die Hände und entnahm ihm das Halsband. Es war breit wie sein Daumen und aus feinstem Golddraht gewebt, in den Edelsteine eingeflochten worden waren. Er trat hinter seine Frau und legte es ihr um den Hals. Es passte genau, schließlich hatte sie es dreimal vor der Fertigstellung anprobiert.

Sie drehte sich zu ihm und lächelte dankbar.

»Beide Stücke sind von unübertreffbarer Schönheit. Ich danke dir.«

»Es wird mein Vergnügen sein, morgen Abend die neidischen Blicke so mancher Besucherin des Balls wahrzunehmen«, erwiderte ihr Mann, der genau wusste, was seine Frau gerne hören wollte.

Die Fürstin winkte die älteste der Zofen zu sich und reichte ihr den Kamm. »Ist die Contessa noch nicht hier?«

»Wir erwarten sie jede Minute.«

»Du kennst doch Contessa Elisa und ihren Bruder, Conte Alessio, Ludwig?«

Der Fürst überlegte.

»Das bezaubernde Geschwisterpaar aus Italien, das neulich Volkslieder aus Sizilien bei der Soiree der Altenburgs gesungen hat«, half ihm seine Frau weiter.

»Ach, nun weiß ich, wen du meinst. Ich kann mich an den Gesang erinnern, nicht aber an die Geschwister, von denen du sprichst.«

»Der Erzherzog hat mir die beiden im Frühling vorgestellt«, erklärte Paula ihrem Mann. »Sie sind erst seit einiger Zeit in Wien und ich habe ein wenig geholfen, ihnen den Weg in die Gesellschaft zu ebnen. Es handelt sich um außergewöhnlich bezaubernde Menschen.«

Die Fürstin trat neben ihren Mann und flüsterte ihm ins Ohr: »Dank der Verbindung zum Bruder des Kaisers hat die Contessa auch eine Verbindung zum Hof. Sie kennt eine Hofdame, von der sie erfährt, welche Frisuren die Feifalik für die Kaiserin vorgesehen hat.«

Der Fürst versuchte, beeindruckt zu wirken. Er war nicht besonders gut darin, Interesse vorzuspielen.

»Die Contessa wird mir also sagen, wie die Kaiserin die Haare morgen tragen wird«, fuhr Paula fort. »Was Mode angeht, ist die Kaiserin wahrlich kein Vorbild. Ihre Frisuren aber werden bewundert und ich will unter keinen Umständen nachstehen.«

Leopold erschien und meldete das Eintreffen der Contessa.

Die Fürstin trug ihm auf, sie in den Salon zu führen. »Tee und Kuchen«, bestellte sie.

Der Fürst beschloss, sich in seine Bibliothek zurückzuziehen. Auf dem Weg dorthin sah er eine junge Frau die breite Treppe heraufkommen. Sie hob den Kopf und ihre Blicke trafen sich.

Die Frau war von außergewöhnlicher Schönheit. Sie blieb auf den Stufen stehen und knickste. Ludwig nickte ihr kurz zu. Es musste sich um die Contessa handeln, die Paula so ungeduldig erwartete.

Die Italienerin setzte ihren Weg fort, blickte dabei aber ständig auf ihre Schuhspitzen, die unter dem Rock hervorlugten. Sie hatte den Stoff gerafft und etwas nach oben gezogen, um nicht über den Saum zu stolpern.

Der Fürst ging weiter, wandte sich aber noch einmal zurück zur Treppe. Die Contessa hatte das obere Ende erreicht. Leopold empfing sie und zeigte ihr den Weg zum Salon.

Das tiefe Schwarz ihres Haares bot einen starken Kontrast zum Weiß ihres Kleides und der blassgelben Jacke. Ludwig hatte ihre Augen nur kurz gesehen. Sie waren groß und von einem strahlenden Blau.

Der Fürst war sich sicher, sie noch nie zuvor gesehen zu haben. Wieso nur kam sie ihm dann so bekannt vor?

Samstag, 15. September 1866

13

Die Kaiserin saß beim Frühstückstisch im großen Salon ihres Appartements. Auf dem Tisch war eine Auswahl an Speisen angerichtet: Obst, Teestangerln und Teegebäck, Kipferln, Semmeln, Butter, kaltes Schlagobers, kalte Milch und eine Kanne Kaffee.

Der Kaiser nahm ihr gegenüber Platz. Ein Diener servierte ihm heißen Milchkaffee.

»Keinen Gugelhupf mehr«, sagte Franz Josef. Sisi erklärte er: »Ich habe heute schon vier Stück gehabt.«

Es war Samstag, aber der Kaiser war trotzdem seit vier Uhr früh auf und hatte an seinem Schreibtisch Akten abgearbeitet. Elisabeth kannte den Arbeitsplatz ihres Mannes. Links lagen die unerledigten Papiere, rechts die erledigten, die von einem Kammersekretär abgeholt und weggetragen wurden.

»Sisi, musst du mir das antun?«, begann Franz Josef.

»Ich weiß nicht, was du meinst.«

»Mama ist empört, weil du dich nicht vom Hofphotographen Angerer ablichten lassen willst, sondern von dieser Frau.«

»Ach, das meinst du.« Natürlich hatte Elisabeth sofort gewusst, worauf der Kaiser hinauswollte, aber sie gab sich unwissend. Wenn ihre Schwiegermutter etwas aufregte, so konnte es Elisabeth nur recht sein. »Ich nehme an, du meinst mit ›dieser Frau‹ Amalie Buback, eine der angesehensten Photographinnen Wiens.«

»Sie ist keine Hofphotographin«, entgegnete der Kaiser heftig.

»Das kann sie noch werden. Sie hätte mehr als genug Talent und Können dazu. Der Hofphotograph hat mich schon einige Male alles andere als gut abgelichtet.«

»Das bildest du dir nur ein. Mir gefällst du auf jedem Foto.« Der Kaiser nahm ein paar Schlucke von seinem Kaffee. »Ein Kipferl wäre jetzt schon fein.«

Elisabeth reichte ihm den Teller mit Gebäck. Der Kaiser griff zu und brach das Kipferl in zwei gleiche Teile. Einen tauchte er in den Milchkaffee ein.

Eine Bedienstete servierte Elisabeth ein Glas mit einer glasiggelblichen, glibberigen Flüssigkeit. Die Kaiserin rührte mit einem Löffel darin um. Aus einer Silberschale nahm sie eine Prise Salz und streute sie darüber.

»Was trinkst du da?«, wollte der Kaiser wissen.

»Sechs Weißeier mit ein wenig Salz.«

Franz Josef, der sonst immer die Haltung bewahrte, wurde schon vom Gedanken daran leicht geschüttelt. »Was für eine grässliche Mixtur. Ist das dein Frühstück?«

Er deutete auf die anderen Speisen am Tisch. »Nimmst du nichts davon?«

»Heute nicht. Für den Ball bei Luziwuzi will ich meine Taille bewahren.«

Während der Kaiser kaute, nahm Elisabeth den ersten Schluck aus dem Glas mit dem Eiklar. Sie setzte es ab, wartete kurz und trank dann weiter. Fassungslos sah ihr der Kaiser dabei zu, wie sie das Glas leerte.

»Wenn du mich entschuldigst. Ich wünsche dir einen schönen Tag.« Die Kaiserin erhob sich.

»Überlege dir das mit der Frau«, sagte Franz Josef fast flehend und griff zum Teller mit dem letzten Kipferl.

Elisabeth klatschte in die Hände, worauf ein schwarzer Irischer Wolfshund unter dem herabhängenden Tischtuch hervorkam und sich zu seiner vollen Größe aufrichtete. Der Hund konnte die Schnauze auf den Tisch legen, so groß war er. Sabbernd fixierte er das Kipferl.

Der Kaiser hielt mitten in der Bewegung inne. Seine Hand schwebte über dem Teller in der Luft.

Sisi weidete sich an seinem besorgten Blick. Er hatte wohl Angst, der Hund könnte ihn beißen, wenn er nach dem Kipferl griff.

»Teilt es euch«, schlug Elisabeth vor. Franz Josef warf ihr einen entsetzten Blick zu. Seine Frau nahm das Gebäck, brach es, reichte ihm eine Hälfte und dem Wolfshund die andere. Mit viel Schmatzen verspeiste der Hund seinen Teil. »Komm, Shadow!«, sagte die Kaiserin und ging auf die Tür zu, die sofort für sie geöffnet wurde.

Elisabeth kehrte in ihr Toilettezimmer zurück, legte den Morgenmantel ab und begann, nur mit einer dünnen Gymnastikhose und einem leichten Trikot bekleidet, ihre Übungen an den Ringen zu machen, die vom Türrahmen hingen. Sie zog sich auf und schaffte mühelos eine Rolle vor- und, nach einer kurzen Zwischenlandung auf dem Boden, die Rolle rückwärts. Diese Übung führte sie mehrere Male durch. Anschließend hängte sie sich an die Sprossenwand und hob die gestreckten Beine vor sich bis auf Nabelhöhe an, um ihre Bauchmuskulatur zu stärken.

Ida erschien, um sie an den Tagesablauf zu erinnern.

»Wie gewünscht ist das Bad mit Olivenöl für dich bereit.«
Die Kaiserin turnte weiter.

»Es ist der Hofapotheke gelungen, ein Mandelöl zu besorgen, das deinen Wünschen entspricht und völlig geruchfrei ist«, fuhr die Hofdame fort. »Die Körpercreme wurde nach der neuen Rezeptur gemischt.«

Ida holte einen Zettel aus ihrem Beutel am Handgelenk und las vor. »Wollwachs, Mandelöl, Vaseline, Creme Celeste und dieser neue Stoff namens Resorcin gegen Unreinheiten der Haut. Das Rezept war ein Vorschlag des Hofapothekers, der von der Wirkung des Resorcin sehr überzeugt ist.«

»Das gefällt mir.« Elisabeth setzte unermüdlich das anstrengende Heben der gestreckten Beine an der Sprossenwand fort. »Ist genug von dem Körperpuder mit Aluminium bereit?«, wollte sie wissen.

»Selbstverständlich!«

»Es wird heiß sein, wie meistens bei dem Gedränge der Ballveranstaltungen. Mein Ballkleid lässt Schultern und Dekolleté frei und kein Schweißtropfen darf zu sehen sein. Außerdem wäre es undenkbar, dass am Körper Gerüche entstehen könnten.«

Ida lächelte mütterlich. »Ich darf dir versichern, dass kein Grund zur Sorge besteht.«

»Ich hoffe sehr, dass ich nicht zu viel gegessen habe in der vergangenen Woche. Meine Taille darf keinen Fingerbreit zu breit sein.«

»Ich habe die Zofen vorhin das Korsett vorbereiten sehen. Die Wiener Taille ist dir sicher. Wenn du dir die Tortur antun willst …«

»Was nicht festgezogen werden kann, muss geschraubt werden«, belehrte sie Elisabeth. Selbst für sie war der Anblick des Korsetts, das an den Seiten mithilfe großer Flügelschrauben gezurrt werden konnte, für einen Moment erschreckend gewesen. Die Montur erinnerte an ein Foltergerät. Doch mithilfe des Geräts konnte Elisabeth ihre Taille noch enger als sonst schnüren. Diese Aussicht vertrieb ihre Sorgen.

»Die Zofen müssen mit dem Ankleiden früher als sonst beginnen«, las Ida von ihrem Zettel. »Amalie Buback kann dich nur in der Zeit zwischen zwei und drei Uhr Nachmittag photographieren, weil nur dann die Sonne richtig steht und das Zimmer ausreichend erleuchtet.«

»Das ist mir bekannt.« Elisabeth seufzte. »Schick nach dem Vorleser, dem jungen Griechen. Bis zum Ball bleibt viel Zeit, die ich stehend in meiner Robe verbringen werde.«

»Wie du wünschst.« Ida verneigte sich und ging.

In der Ecke stand ein hoher Spiegel, in dem sich Elisabeth kritisch betrachtete. Ihre Figur erschien ihr zu füllig, auch wenn Franz Josef klagte, sie wäre zu dünn.

Man nennt mich die schönste Frau der Welt, dachte sie. Sie würde an diesem Abend ganz Wien beweisen, wie zutreffend diese Bezeichnung war.

Es wurde geklopft.

Da sie an diesem Tag angespannt und gereizt war, fiel Elisabeths »Herein« recht barsch aus.

Es war abermals Ida, die Amalie Buback mitbrachte. Die Photographin trug auch bei ihrem Besuch am Kaiserhof Hosen und Jackett, die Herren für einen Ausritt gewählt hätten. Ihr rostrotes Haar hatte sie unter eine Kappe gesteckt, die sie nun vom Kopf zog und mit einer schwungvollen Bewegung bis zum Boden senkte.

»Majestät!«

Ida räusperte sich heftig. Es war niemandem erlaubt, die Kaiserin zu grüßen, bevor Elisabeth nicht das Wort an die Person gerichtet hatte.

Da Amalie der Kaiserin aber mit ihrer burschikosen und unerschrockenen Art imponierte, nahm Elisabeth den Fauxpas gelassen hin.

»Majestät, Sie erinnern sich an die Bilder der Photographin?«, sagte Ida.

Elisabeth bejahte. Amalie Buback photographierte »schöne Leichen«, also Verstorbene vor der Beerdigung. Solche Fotos hatte Elisabeth vor dem Sommer gesammelt und so war Ida auf Amalie aufmerksam geworden.

Da Sisi den Hofphotographen misstraute und Zweifel besaß, ob sie von ihnen ins rechte Licht gesetzt wurde, hatte Ida Amalie Buback vorgeschlagen. Elisabeth gefiel die Idee aus mehreren Gründen: Amalie Buback war eine Frau, sie war rebellisch und sie würde die steife Hofgesellschaft zum Tratschen bringen, wenn nicht sogar schockieren.

»Amalie wollte ihre Aufwartung machen und nach Ihren speziellen Wünschen fragen«, erklärte Ida schnell.

»Ein makelloses Bild, das ist mein Wunsch.«

»Majestät, eine Kamera fängt das Licht ein, das die Person, die davorsteht, aussendet.«

»Was wollen Sie damit sagen?«, fragte Elisabeth gereizt.

»Damit will ich sagen, dass jedes Bild Ihrer Majestät nur makellos sein kann.«

Sehr schlagfertig, dachte Elisabeth.

Nachdem Amalie genug Aufnahmen gemacht hatte und zufrieden gegangen war, blieben noch immer einige Stunden bis zum Beginn des Balls. Elisabeth würde sich an diesem Nachmittag ohnehin nicht mehr hinsetzen können, also beschloss sie, sich die Zeit mit einer ihrer Lieblingsbeschäftigungen zu vertreiben: dem Dichten.

Während sie überlegte und reimte, schritt sie in ihrem Wohnsalon herum. Die Schleppe des Kleides erzeugte ein schleifendes Geräusch auf dem Boden, die Seide raschelte.

Mit der Hand dirigierte Elisabeth den Rhythmus der Verse und schrieb sie erst auf, als sie damit wirklich zufrieden war. Nachdem sie fertig war, las sie das Gedicht einige Male durch und lächelte still in sich hinein.

Die Farben, die sie aufgetragen,
sind keiner Blumenwiese gleich.
Man könnt' sie höchstens nur vergleichen
mit Algen dort, am Goldfischteich.

> *Sie denkt, sie wäre wohl ein Vogel,*
> *mit all den Federn auf dem Kopf.*
> *Wie Abfall einer Silberschmiede*
> *glänzt Flitter stets auf ihrem Schopf.*

Es war sehr unwahrscheinlich, dass die Person, die Elisabeth mit diesen Zeilen beschrieb, sie jemals zu Gesicht bekommen würde. Trotzdem hielt die Kaiserin es für besser, die Seiten sorgfältig in ihrem Schreibtisch einzuschließen.

Ida stellte fest, dass sich Elisabeths Gereiztheit gelegt hatte. Sie schien sogar guter Laune zu sein. Das war ungewöhnlich, wenn eine Ballveranstaltung vor ihr lag.

»Ich werde sicherlich länger bleiben«, vertraute sie Ida an, als sie das Appartement verließen.

Der Hofdame wurde recht schnell der Grund für die gute Stimmung der Kaiserin klar: Sie war sich ihres Triumphs über Fürstin von Mayenberg gewiss und wollte ihn auf dem Ball auskosten.

Der Maler Winterhalter hatte Elisabeths Schönheit in der weißen Robe mit den Diamantsternen im Haar in seinem Bild wunderbar und zur Zufriedenheit der Kaiserin festgehalten. An diesem Abend aber fand Ida, dass Elisabeth mit ihrer Erscheinung das Portrait bei Weitem übertraf.

»Ich bin neugierig, wie die Bilder werden, die Amalie Buback heute gemacht hat«, sagte Elisabeth. »Auf einem liegt mir Shadow zu Füßen.«

»Amalie hat versprochen, die Bilder in der nächsten Woche zu bringen«, sagte Ida. Sie half, die Schleppe von Elisabeths Ballkleid zu tragen. Fast im Gleichschritt ging sie hinter der Kaiserin die Treppe hinab zum Kaisertor, wo eine Kutsche bereitstand.

Der Ausgang wurde von Gaslaternen erhellt. Der Kaiser wartete bereits im Freien und blickte seiner Frau entgegen.

»Sisi«, hörte ihn Ida bewundernd sagen.

Im warmen Lichtschein der Lampen schimmerte die Seide des weiten Rockes. Das Kleid war in Blautönen und Gold gehalten. Die Schattierungen reichten von einem tiefen Mitternachtsblau bis zum Azurblau eines wolkenlosen Sommerhimmels.

Ida hatte sich überwinden müssen, der Friseuse ein Kompliment auszusprechen, aber Fanny Feifalik war mit der Frisur der Kaiserin ein wahres Kunstwerk gelungen. Sie hatte die Strähnen behutsam mit heißen Eisen gewellt und sie wie einen Wasserfall tief in den Nacken der Kaiserin fallen gelassen.

Elisabeths Schmuck war aus Gold und ergab ein Ensemble von erlesener Pracht: eine schmale Krone, die auf die Frisur gesetzt worden war, ein Kropfband aus dunkelblauem Samt, an dessen Mitte ein mehrteiliges Gehänge aus Gold hing, das auf dem Alabasterdekolleté der Kaiserin ruhte. Zwei Armbänder im gleichen

Stil zierten die Handgelenke Elisabeths, die in langen Handschuhen aus blassblauer Seide steckten.

Der Kaiser selbst, Pagen und Zofen halfen der Kaiserin beim Einsteigen in die Kutsche. Ida sollte mit dem Kaiserpaar mitfahren und Elisabeth beim Aussteigen behilflich sein, sodass ihr Kleid nirgendwo hängen blieb und sich die Krinoline zu voller Größe und Form entfaltete.

Der Kutscher lenkte geschickt den Gang der Pferde. Die Hufe klapperten auf dem Kopfsteinpflaster, über das die eisenbeschlagenen Räder der Kutsche rollten. Auf der Fahrt wurde das Kaiserpaar durchgerüttelt.

Den Weg durch die Gassen von der Hofburg zum Palais von Erzherzog Ludwig Viktor kannte der Kutscher auswendig. Vor allem wusste er genau, wo er die Pferde antreiben und wo er sie zügeln musste, damit die Kutsche exakt zehn Minuten vor sieben Uhr am Eingang des Palais eintraf.

Ida hatte Sorge gehabt, dass beim Aussteigen ein Missgeschick passieren könnte, das Kleid vielleicht riss oder die Krinoline sich verspreizte. Bis auf einen kurzen Moment, in dem der hintere Teil des Rockes ein wenig zu hoch wippte, klappte aber alles ausgezeichnet. Am Arm des Kaisers trat Elisabeth in das von Hunderten Kerzen erleuchtete Palais. Ida wartete, bis das Kaiserpaar hinter dem Tor verschwunden war, bevor sie selbst ausstieg.

15

Ein weicher, roter Teppich bedeckte die steinerne Treppe. Oben erwartete Ludwig Viktor seinen Bruder und seine Schwägerin.

Elisabeth bemerkte mit Genugtuung, wie die Augenbrauen im blasierten Gesicht ihres Schwagers nach oben wanderten, als er sie sah.

»Du siehst mich beeindruckt«, sagte er.

Ludwig Viktors Obersthofmeister stand bereit, das Kaiserpaar an die Spitze des Zuges der Gäste zu geleiten, die in wenigen Minuten zu den Klängen der Polonaise in den Festsaal einziehen würden.

»Mit dem König von Griechenland habe ich im Rauchsalon ein Gespräch vereinbaren lassen«, teilte Ludwig Viktor seinem Bruder mit. »Er wird, wie man mir vorhin mitgeteilt hat, etwas verspätet eintreffen.«

Franz Josef war anzusehen, dass er diese Verspätung missbilligte.

»Der Einzug findet selbstverständlich pünktlich um sieben Uhr statt«, versicherte Ludwig Viktor schnell.

»So muss es auch sein«, erwiderte der Kaiser.

»Und dir, verehrte Schwägerin, würde ich gerne zwei junge Damen der Familie von Schallgot vorstellen und ein Geschwisterpaar aus Italien, das derzeit in unserer Stadt weilt. Der Conte und die Contessa sind bezaubernde Menschen«, sagte Ludwig Viktor zu Elisabeth gewandt.

»Es wird Zeit dafür geben«, sagte Elisabeth.

Ludwig Viktor blickte sie das zweite Mal an diesem Abend überrascht an. Bei anderen Bällen hatte Elisabeth nur Minuten nach dem Einzug die Veranstaltung wieder verlassen. Diesmal aber hatte sie vor, länger zu bleiben, damit sie die aufgeblasene Fürstin von Mayenberg Lügen strafen konnte. Sie sollte ihre herablassenden, arroganten Bemerkungen bereuen. Elisabeths Triumph würde in den bewundernden Blicken der Gäste bestehen.

Der Obersthofmeister, ein nervöser Mann, eilte dem Kaiserpaar voraus in den Raum, der vor dem Ballsaal lag. Dort warteten schon alle hohen Herrschaften an den ihnen zustehenden Stellen im Zug der Gäste.
Kaiser und Kaiserin bildeten die Spitze, gefolgt von Erzherzoginnen und Erzherzögen. Dahinter kamen die Fürsten, gefürstete Grafen, Grafen, Diplomaten und zuletzt hohe Angehörige des Militärs.
Elisabeth hielt den Kopf erhoben und ging an der Seite des Kaisers die lange Reihe von Menschen entlang.
Die Damen knicksten, die Mitglieder des Militärs nahmen stramm Haltung an, die übrigen Herren verneigten sich tief.
Da war sie.
Als Elisabeth sie sah, machte ihr Herz einen Sprung. Bisher hatte sie Kleid und Schmuck der Fürstin nur aus Idas Berichten gekannt. Sie stellte zufrieden fest, dass diese zutrafen.
Kleid, Frisur und Schmuck der Fürstin von Mayenberg waren weder geschmacklos noch übertrieben. Ganz anders hingegen ihre Art, sich Augen und Mund zu schminken. Viel zu grell waren die Farben, viel zu dick waren sie auf Lippen und Augenlidern aufgetragen.

Elisabeth verabscheute jede Form von derart übertriebener Schminke. Es war ihre Überzeugung, dass eine wahrhaft schöne Frau sie nicht benötigte.

Wie in ihrem Gedicht beschrieben hatte Paula auch nicht an Flitter gespart und sich damit Haar und Wangen bestreut.

Die Fürstin machte einen Hofknicks, doch ihre vorgespielte Ehrfurcht empfand Elisabeth als pure Heuchelei. Trotzdem nickte sie Paula mit einem kleinen Lächeln zu.

Der Fürst musterte aus der Position der Verneigung die Erscheinung der Kaiserin. Elisabeths Zufriedenheit steigerte sich. Es würde der erste Ball werden, den sie genoss.

Die Geschwister des Kaisers standen vorne an der Spitze des Zuges. Franz Josef grüßte sie murmelnd, bevor er mit Elisabeth vor ihnen Aufstellung nahm.

Dem Obersthofmeister war die Erleichterung anzusehen, dass er seine Aufgabe im letzten Augenblick geschafft hatte. Im Saal ertönte die Polonaise, gleichzeitig wurden die Flügel der Tür geöffnet.

Es war Schlag sieben Uhr abends. Ein Ball in Wien begann immer pünktlich.

16

Ludwig von Mayenberg kannte seine Gemahlin gut. Er wusste, wie lange die Vorbereitungen für den heutigen Abend gedauert hatten und wie viel Anstrengung in jedem Detail lag.

Um die Kaiserin in den Schatten zu stellen, tat Paula alles. Den Fürsten kostete ihre Extravaganz eine hohe Summe Geld, aber weil es seine Frau glücklich zu machen schien, war er zu den Ausgaben bereit.

Doch als die Kaiserin an ihnen vorbeischritt, erkannte auch ein modeunkundiger Mensch wie der Fürst, dass Elisabeth seine Gemahlin an diesem Abend bei Weitem übertraf. Insgeheim war er von ihrer Anmut immer schon beeindruckt gewesen. Er gestand es sich nur ungern ein, aber die Bewegungen seiner Frau konnten nicht mit denen der Kaiserin mithalten.

Er hörte Paula neben sich schnaufen. Sie klang, als hätte sie Atembeschwerden.

»Geht es dir gut?«, erkundigte er sich leise.

Als seine Frau nicht sofort antwortete, sah er sie prüfend von der Seite an.

In ihren Augen standen Zorn und Neid. Die Hoffnung auf einen vergnügten Abend gab er damit auf.

Zu den Klängen einer Polonaise von Joseph Lanner zog von Mayenberg mit seiner Frau und allen anderen hohen Gästen in den Saal ein.

Der Dirigent des kleinen Orchesters warf immer wieder einen Blick über die Schulter, um zu sehen, ob schon alle den Saal betreten hatten oder ob er die Polonaise noch ein wenig hinauszögern musste.

Das Kaiserpaar wurde an das gegenüberliegende Ende des Saales geführt, wo Tische und Stühle aufgestellt waren. Mitglieder der kaiserlichen Familie versammelten sich dort und Ludwig Viktor ließ Champagner bringen.

»Ist dir aufgefallen, wie sie mich angesehen hat?«, raunte Paula ihrem Mann ins Ohr, als er den ersten Walzer mit ihr tanzte. Der Fürst war weder ein begeisterter noch ein guter Tänzer. An diesem Abend hatte ihn seine Frau nach dem Einzug förmlich auf die Tanzfläche gezerrt. Ihre Schritte waren keineswegs elegant, sondern eckig und zornig. »Sie meint, sie würde als Kaiserin glänzen, weil sie ein einziges Mal nicht wie ein Bauernmädchen aus Possenhofen daherkommt.«

»Paula, bitte mäßige dich«, bat der Fürst.

Seine Frau aber war viel zu sehr in Rage, um auf ihn zu hören. »Es war jemand bei der Mutter von Brettschmidt und hat sich nach meinem Kleid erkundigt. Laut der alten Brettschmidt eine Dame vom Hof. Die Kaiserin lässt mich wohl ausspionieren. Ebenso bei Meister Ballarin. Auch dort wollte eine Dame unbedingt erfahren, welchen Schmuck du mir schenken würdest. Hinter allem steckt die Kaiserin.«

Schweigend tanzten sie weiter.

Der Fürst nahm sich vor, bei einer guten Gelegenheit mit seiner Frau über die Rivalität mit der Kaiserin zu sprechen, die er für unangebracht und ihrer nicht würdig hielt. Als er sich etwas linkisch im Walzerschritt drehte, bemerkte er, dass Paula ein wenig wankte.

»Willst du dich setzen?«, bot er an.

»Nein, nein.«

Das Orchester hatte den Walzer fertig gespielt. Es gab höflichen Applaus, der durch die Handschuhe der Damen gedämpft wurde. Als Nächstes folgte eine Polka. Paula bestand darauf, mit ihrem Mann weiterzutanzen. Selten zuvor hatte er sie so wild erlebt. Ludwig empfand dieses Verhalten als Mangel an Haltung, wollte seine Frau aber nicht tadeln. Ihre Stimmung war auch so schon schlecht genug.

17

Elisabeth hatte den Fächer geöffnet und tat so, als müsse sie sich Kühlung verschaffen. Das war jedoch nur ein Vorwand, um unbemerkt auf die Tanzfläche zu sehen, wo sich die Fürstin mit ihrem Mann bewegte.

Der Widerwille war Ludwig von Mayenberg anzumerken. Seine Haltung war noch steifer als sonst, seine Schritte fielen aus dem Takt.

Die Federn, die sich Paula ins Haar gesteckt hatte, hingen traurig herab. Jedenfalls erschien es Elisabeth so. Der Paradiesvogel war heute Abend sie, die Kaiserin, und nicht eine Fürstin, die in den Farbtopf gefallen war.

Ludwig Viktor erschien mit zwei aufgeregten Mädchen. Eine von ihnen kippte beim Knicks zur Seite und wurde von ihrer anwesenden Mutter aufgefangen.

Elisabeth musterte Kleider und Frisur der jungen Damen. Waren sie noch unerfahren und kindlich, so hatte man doch auf ihr Äußeres geachtet.

Endlich sprach die Kaiserin. Sie wandte sich an die Mutter und lobte die Erscheinung der Mädchen.

»Tanzen ist ein guter Sport«, sagte Elisabeth. Ida verstand. Die Hofdame trat heran und bedeutete den Mädchen und deren Mutter, dass die Audienz beendet war. Danach nahm sie wieder ihren Platz ein, wo sie in Hör- und Sichtweite der Kaiserin blieb, ohne ihr zu nahe zu sein.

Elisabeth nippte am Champagner, den man ihr gereicht hatte. Sie konnte es sich nicht verkneifen, erneut heimlich zu den tanzenden Leuten zu spähen. Paula sah sie nicht, dafür aber den Kopf des Fürsten, der alle anderen überragte.

»Conte Alessio Romasi und seine Schwester, Contessa Elisa Romasi«, hörte sie ihren Schwager salbungsvoll sagen.

Für einen Moment vergaß Elisabeth die Fürstin. Der Anblick der Geschwister aus Italien versetzte ihr einen Stich, den sie sich nicht erklären konnte.

Der Conte hatte einen pechschwarzen Lockenkopf und feine Gesichtszüge, die Ähnlichkeit mit der Skulptur des David aufwiesen, dem Meisterwerk der Bildhauerei von Michelangelo Buonarroti. Seine Schwester war eine junge Schönheit, die durch den Glanz des schwarzen Haares, die Schlichtheit ihrer Frisur und ihre Natürlichkeit aus der Menge herausstach. Sie brauchte keine Farbe im Gesicht, weil ihre Lippen von Natur aus ein wunderschönes Rot hatten und ihre Wangen ein zartes Rosa überzog. Beide Italiener besaßen Augen von tiefem Blau und lange Wimpern.

Da wurde Elisabeth klar, was an den beiden so anziehend auf sie wirkte: die Geschwisterlichkeit. Sie fühlte sich an die eigenen Geschwister erinnert und an die Verbundenheit, die sie zu ihnen empfand. Was die beiden jungen Menschen aus Italien ausstrahlten, war das gleiche unsichtbare Band, das sie mit Helene, Marie, Mathilde und ihrem Bruder Ludwig verband.

Alessio verneigte sich so tief, dass Elisabeth fürchtete, er könnte vornüberkippen. Seine Schwester saß beim Knicksen fast auf dem Boden.

Die Kaiserin nickte unmerklich zum Gruß. Schon kam Ida geeilt, um die Audienz zu beenden. Elisabeth aber streckte ihr die Hand entgegen und gab ihr zu verstehen, dass die beiden noch bleiben sollten. Waren Elisabeths Kenntnisse der italienischen Sprache auch nicht sehr umfassend, reichten sie, um ein einfaches Gespräch zu führen.

Die Contessa schlug die Hand vor den Mund. Sie war wohl überrascht über die Ehre, von der Kaiserin persönlich in ihrer Muttersprache angesprochen zu werden.

Elisabeth erkundigte sich, woher der Conte und die Contessa kamen. Alessio antwortete, sie wären aus dem tiefsten Süden des Landes. Dort besäße ihre Familie Schloss und Ländereien.

»Meine Schwester hat dort gelebt«, erzählte die Kaiserin. »Marie ist die Gemahlin von König Franz II. von Neapel und Sizilien.«

Elisabeth ging selbstverständlich davon aus, dass der Conte und die Contessa im italienischen Freiheitskrieg aufseiten der Monarchie gestanden waren, doch hatte Franz II. verloren und abtreten müssen. Er war ein Schwächling und Elisabeth hatte Marie immer bedauert, mit ihm verheiratet worden zu sein. Die erste Hochzeit in München hatte sogar ohne ihn stattgefunden.

Elisabeths Schwester Mathilde, die mit dem Bruder des Königs verheiratet war, hatte in Briefen geschildert, wie Marie während des Krieges Verwundete versorgt hatte und sich um die Vorräte kümmerte.

Sie war es gewesen, die den Kampf nicht aufgegeben hatte und alles tat, um den königstreuen Soldaten beizustehen. Marie hatte sich sogar, mit einem Gewehr bewaffnet, auf die Zinnen der Festung Gaeta nordwestlich von Neapel gestellt und mitgeholfen, sie zu verteidigen.

Trotz ihrer Tapferkeit hatte sie die Abdankung des Königs nicht verhindern können. Gemeinsam mit ihm hatte Marie Sizilien verlassen müssen.

Elisabeth wollte mehr über die Heimat der italienischen Geschwister erfahren, die früher auch die Heimat ihrer Schwestern gewesen war.

Wieder trat Ida auf sie zu, diesmal, um Kaiserin Elisabeth zu bitten, zum Empfang des griechischen Königs in den Rauchsalon zu kommen. »Seine Majestät hat erfahren, dass der König nur der griechischen und dänischen Sprache mächtig ist, und bittet um deine Unterstützung.«

Es war das erste Mal, dass sich Franz Josef für ihre Griechischkenntnisse interessierte, dachte Sisi.

Ida hatte dem Geschwisterpaar bereits zu verstehen gegeben, dass es Zeit war, sich zurückzuziehen. Elisabeth wollte ihnen noch etwas sagen, als die Musik plötzlich abbrach.

Alle Gespräche erstarben. Die Tanzenden blieben stehen wie mechanisches Spielzeug, bei dem die Schwungfeder abgelaufen war. Stille legte sich über den Saal.

Was war geschehen?

18

»Einen Arzt, lasst sofort einen Arzt rufen!«, verlangte der Fürst.

Er, der immer beherrscht und gefasst war, fühlte sich so machtlos und schwach wie nie zuvor in seinem Leben.

Paula hatte ihrer Wut während der Polka freien Lauf gelassen. Als sie sich schwungvoll über das Parkett drehten, war sie auf einmal in seinen Arm gesunken. Ihr Sturz kam so überraschend, dass der Fürst sie nicht mehr auffangen konnte und von ihr zu Boden gerissen wurde.

Regungslos lag sie auf dem Rücken, den Blick starr zur Decke gerichtet. Der Fürst kniete über sie gebeugt, rief in einem fort ihren Namen und tätschelte ihre Wangen.

Er hatte zahlreiche Menschen sterben sehen. Die meisten waren Soldaten gewesen, die vom Schlachtfeld gebracht worden und ihren Verletzungen erlegen waren. Er kannte dieses Brechen des Augenlichts, diesen Moment, wenn das, was die Lebendigkeit im Menschen ausmachte, den Körper verließ.

Der Fürst hielt seine Wange an Paulas Mund und Nase. Er konnte keinen Atem spüren. Als er die Hand an ihren Hals legte, fühlte er keinen Puls.

»Öffnet das Mieder. Sie braucht Luft!«, rief er den Umstehenden zu. »Wer kann das Mieder öffnen?«

Lakaien kamen geeilt. Die meisten aber standen nur da und gafften. Niemand half, weil keiner wusste, was zu tun war.

»Tun Sie etwas! Einen Arzt! Sie stirbt ... Meine Frau stirbt ...« Der Fürst spürte, wie ihm das Blut aus dem Kopf wich und ihn der Schwindel überkam. Sein Arzt hatte ihm aufgetragen, große Aufregung zu vermeiden.

Ludwig setzte sich neben seiner regungslosen Gemahlin auf das Parkett, auf dem sie noch Minuten zuvor gemeinsam getanzt hatten.

In seinen Ohren hallten Stimmen, ihm wurden Fragen gestellt. Für mehr als Nicken und knappe Worte reichten seine Kräfte nicht.

Paula wurde auf eine Trage gelegt. Als sie vom Boden gehoben wurde, rutschte ihr Arm über den Rand und hing schlaff herab. Es war das Letzte, was er von ihr sah, bevor sie aus dem Saal gebracht wurde.

Leute halfen dem Fürsten auf die Beine. Er wurde von allen Seiten gestützt.

Wo brachten sie Paula hin?

»Liebes, mein Liebes«, flüsterte er.

Da hörte er das entsetzliche Wort, vor dem er sich fürchtete, seit er das Unvermeidliche erkannt hatte: tot.

Sie war tot.

19

Auf die Stille im Ballsaal folgten Erregung und Hektik.

Die herumstehenden Gäste unterhielten sich flüsternd. Bei manchen war Entsetzen in der Stimme zu vernehmen, bei anderen Sensationslust und bei einigen Besorgnis.

»Die Mayenberg«, wurde gemurmelt. »Die Fürstin Paula.«

»Die junge Frau des alten Fürsten.«

»Die wunderbare Mayenberg.«

Idas Blicke zuckten durch den Saal.

Paula von Mayenberg, die keine Gelegenheit ausließ, Elisabeth bloßzustellen oder zu degradieren, war beim Tanzen gestürzt und nicht mehr aufgestanden.

Bewegung geriet in die kaiserliche Gesellschaft. Ida sah, wie Franz Josef seine Frau am Arm nahm. Die Erzherzöge taten es ihm gleich und packten ihre Gattinnen. Der Obersthofmeister geleitete sie zum Ausgang des Saales. Die Hofdamen folgten.

Nur Ida blieb zurück. Sie fühlte den Drang, herauszufinden, was mit der Fürstin geschehen war. Wieso war sie zusammengebrochen?

Die Trage war zu einem der Ausgänge des Saales gebracht worden, den die Bediensteten benutzten. Ida drängte sich durch die Gäste. Als sie die Tür erreichte, war diese aber schon wieder geschlossen.

Sie hörte Tuscheln rund um sich.

»Tot ... Sie ist tot.«

War Paula von Mayenberg tatsächlich gestorben?

Der Obersthofmeister kehrte zurück und stieg auf das Podest des Orchesters. Er räusperte sich viele Male, bis er endlich sprechen konnte.

»Der Ball ... der Ball wird nicht fortgesetzt!«

Ein Raunen ging durch den Saal.

»Ein tragischer Zwischenfall verlangt die sofortige Beendigung der Veranstaltung.« Er rang nach weiteren Worten, fand sie aber nicht.

Ob Elisabeth schon erfahren hatte, dass Paula von Mayenberg tot war? Ida wollte auf dem schnellsten Weg in die Hofburg zurück.

Als sie das Palais von Ludwig Viktor verließ, empfing sie eine sternenklare, aber eiskalte Nacht. Sie hatte weder Jacke noch Mantel und fror jämmerlich.

Die Kutschen des Kaiserhofes waren alle abgefahren. Weil ihr der Weg zu Fuß über die Baustelle der Ringstraße in der Nacht zu lang und zu gefährlich erschien, musste Ida einen Fiaker suchen, der sie zur Hofburg brachte.

Vor dem Palais herrschte Chaos. Nach dem plötzlichen Abbruch des Balls versuchte jeder Kutscher, schneller am Ausgang zu sein, um seine Herrschaft abzuholen. Die Kutschen waren nach dem Rang ihrer Besitzer abgestellt worden. Weil sie durch den unerwarteten Aufbruch einander den Weg verstellten, gab es viel Geschimpfe und Gefluche.

Es war kurz nach halb elf in der Nacht, als Ida endlich die Adlerstiege der Hofburg hinaufeilte. Die Feifalik kam ihr entgegen.

»Ist es wahr?«, fragte sie flüsternd.

»Was meinen Sie?«

»Was soll ich wohl meinen?« Die Friseuse hatte diesen giftigen Ton in der Stimme, den sie öfter anschlug, wenn sie mit Ida sprach.

»Sie meinen den Vorfall auf dem Ball?« Ida spielte ihre Trumpfkarte aus, bei Anlässen wie einer kaiserlichen Veranstaltung an Elisabeths Seite sein zu dürfen, während Fanny Feifalik »nur« Personal war. Hoch bezahlt zwar, sie sollte angeblich das Gehalt eines Universitätsprofessors bekommen, aber trotzdem eben bloß eine Friseuse.

Die Feifalik warf die Arme in die Luft. »Natürlich spreche ich davon.«

»Die Fürstin ist tot. Beim Tanzen in den Armen des Fürsten zusammengebrochen.«

Fanny schlug die Hand vor den Mund. »Mein Gott! Das Gerücht über die Kaiserin, dass sie die Mayenberg umbringen will ...«

»Still, Sie dumme Person«, herrschte Ida sie an. »Halten Sie Ihr Klatschmaul, bevor irgendjemand den Unsinn hört, den Sie erzählen.«

Beleidigt kniff die Feifalik die Lippen zusammen. Als Ida an ihr vorbeiwollte, verstellte Fanny ihr den Weg. »Ihre Majestät schläft. Der Doktor war bei ihr. Er hat ihr zur Beruhigung Baldrian verabreicht. Aber Ihre Majestät hat viele Male nach Ihnen gefragt.«

Ohne eine gute Nacht zu wünschen, schritt Fanny Feifalik die Adlerstiege hinunter. Ida eilte in den zweiten Stock zum Appartement der Kaiserin.

Im Türhüterzimmer saßen zwei Mitglieder der Leibgarde und dösten vor sich hin. Sie fuhren sofort in die Höhe, als Ida eintrat.

»Zur Kaiserin«, sagte Ida.

»Ihre Ruhe soll nicht gestört werden«, sagte der größere der beiden Gardisten.

»Der Arzt hat es so verordnet«, kam ihm der andere Gardist zu Hilfe.

Besser, die Kaiserin schlief, dachte Ida. Ein Mangel an Schlaf trug nämlich zu ihrer Reizbarkeit bei. Ida machte sich Vorwürfe, nicht an ihrer Seite geblieben zu sein. Sie hoffte, Josef Latour wäre noch wach. Der Erzieher des Kronprinzen war der Kaiserin ebenso ergeben und treu wie sie selbst. Ida wollte unbedingt mit ihm sprechen. Sie musste jemandem ihr Herz ausschütten. Seine Wohnung befand sich unweit der Hofburg in der Herrengasse.

*Sonntag,
16.
September
1866*

20

Die Glocke schlug viermal.

Elisabeth blickte zu der hohen Decke ihres Schlafzimmers.

Durch die Fenster fiel der Lichtschein von Gaslaternen, die den inneren Burghof bei Nacht beleuchteten.

Mit den Händen befühlte Elisabeth ihr langes Haar, das man rund um ihren Kopf auf dem Bett arrangiert hatte.

An Schlaf war nicht mehr zu denken.

Die Erinnerung an den Ball kehrte nach dem Aufwachen sofort zurück.

Sisi hörte erneut die Polka, die mittendrin abbrach. Das entsetzte Raunen der Menschen. Das Rufen des Fürsten.

Das schlechte Gewissen, das Elisabeth seit Stunden quälte, meldete sich nun noch bohrender.

Sie hatte die Worte nicht vergessen, die sie beim Familienessen am vergangenen Sonntag so unbedacht ausgesprochen hatte. Sie hatte der Fürstin den Tod gewünscht und war von Ludwig Viktor während der Woche daran erinnert worden.

Nun war Paula von Mayenberg tot.

Elisabeth setzte sich auf und ließ die Beine aus dem Bett gleiten. Mit den Armen holte sie ihre langen Haare in zwei dicken Strähnen nach vorne und verknotete sie vor der Brust, wie es der Maler Winterhalter auf dem Portrait dargestellt hatte, das im Arbeitszimmer des Kaisers auf einer kleinen Staffelei stand.

Als Elisabeth nach der Glocke griff, mit der sie die Bediensteten rufen konnte, hielt sie inne.

Nein, sie wollte keine der Zofen oder eine Hofdame sehen. Ida war die Einzige, die sie gerne gesprochen hätte, aber um diese Zeit war sie in ihrer Wohnung im Dachgeschoss der Amalienburg.

So saß die Kaiserin von Österreich da und starrte in die Dunkelheit.

Die Glocke schlug einmal, danach viermal, aber in einem tieferen Ton.

Viertel nach vier Uhr am Morgen.

Franz Josef war bestimmt schon wach. Er stand jeden Tag um diese Zeit auf, auch an einem Sonntag. In den zwölf Jahren ihrer Ehe war es noch nie vorgekommen, dass Elisabeth von einer so großen Sehnsucht erfasst worden war, ihren Mann an der Seite zu haben.

Sie stand auf. Das weiße Nachtgewand fiel bis zu ihren Knöcheln herab. Auf einer Chaiselongue an der Wand lag ihr Morgenmantel ausgebreitet. Sie zog ihn über und verknotete den Gürtel.

»Ich habe sie nicht umgebracht«, sagte sie sich im Geiste immer wieder vor. Gedanken können nicht töten. Es war ein Unfall, ein unglücklicher Unfall, dessen Ursache bestimmt geklärt werden konnte.

Elisabeth kniete sich vor dem Bett auf den Teppich, faltete die Hände und bat Gott im Himmel um Vergebung für die schrecklichen Worte, die sie gesagt hatte. Vor allem bat sie ihn um Gnade und Güte für Paula von Mayenberg, die ihre ewige Ruhe finden sollte.

Nachdem sie sich bekreuzigt hatte, erhob sich Elisabeth und machte sich auf den Weg zum Schlafzimmer des Kaisers. Sein

Appartement lag gleich nebenan im Gebäude der Reichskanzlei, nur durch einen kleinen und einen großen Salon von ihr getrennt.

Die Tür des Schlafzimmers war geschlossen, die des Salons aber stand offen. Elisabeth sah einen Lichtschein und hörte gedämpfte Stimmen.

Eine Stimme gehörte dem Badewaschel, der für das tägliche Bad des Kaisers verantwortlich war. Es war bekannt, wie gerne er dem Weinbrand zusprach und deshalb oft wankend den Dienst antrat. Elisabeth ging zur Tür und sah in den Gang hinaus, der nur von der Dienerschaft benutzt wurde.

Unter Anleitung des kleinen, untersetzten Mannes schleppte ein Diener eine Badewanne aus Kautschuk, die zusammengelegt werden konnte und beim Militär benutzt wurde. Drei Diener trugen Kübel, aus denen es dampfte.

Wie sie ihren Mann kannte, würde er wenig Verständnis zeigen, wenn sie ihn beim Bad störte. Alles, was nicht seinen gewohnten Lauf nahm, lehnte er ab. Sie fürchtete, bei ihm auch wenig Geduld für ihre Gedanken zu finden, die mit den unbedachten Aussprüchen und dem Tod der Fürstin zu tun hatten. Er würde es als Unfug abtun, weil er Aberglauben verabscheute.

So kehrte Elisabeth in ihr Schlafzimmer zurück und setzte sich wieder auf die Bettkante. Schließlich läutete sie nach einer Zofe, die ihr beim Ankleiden helfen sollte. Sie würde zu ihren Kindern gehen. Die Kindskammern befanden sich gegenüber im Leopoldinischen Trakt der Hofburg. Ihre Schwiegermutter Sophie hatte dort ihre Wohnräume, weil sie sich für die Erziehung des Kronprinzen zuständig fühlte, obwohl sie es nicht mehr war.

Elisabeth hatte dem Kaiser vor mehr als einem Jahr ein Ultimatum gestellt: Entweder bekam sie die alleinige Entscheidungsgewalt in der Wahl des Erziehers für den Kronprinzen oder sie würde Franz Josef verlassen. Ihm war nichts anderes übrig geblieben, als auf die Forderung einzugehen.

Der achtjährige Kronprinz Rudolf war von seinem früheren Erzieher, Graf Gondrecourt, bei Nacht im Lainzer Tiergarten ausgesetzt worden. Es war nur eine von vielen entsetzlichen Quälereien, die alten habsburgischen Traditionen folgten und die Gondrecourt in der Erziehung eines Kronprinzen für unerlässlich hielt. Als Elisabeth davon erfuhr, dass er den Buben in der Nacht mit Pistolenschüssen weckte und bei Regen und Kälte exerzieren ließ, hatte sie auf die Entlassung des Grafen bestanden und dafür Gondrecourts bisherigen Adjutanten, Oberst Latour, zu Rudolfs Erzieher ernannt.

Mit etwas Glück würde Elisabeth bei ihrem Sohn auch den Oberst antreffen. Er war ihr gegenüber vollkommen loyal und genoss ihr volles Vertrauen. Sie hatte sein klares und humanes Denken zu schätzen gelernt. Wenn sie jemand verstehen konnte, dann er.

21

Fürst von Mayenberg saß im Rauchsalon seines Palais, wo er viele Abende mit Gästen verbracht hatte.

Auf dem Tischchen neben dem Armsessel mit der hohen Lehne stand ein Glas, bis zum Rand mit Cognac gefüllt. Das Leder des Sessels knarzte, wenn der Fürst das Gewicht verlagerte.

Seit Stunden hatte er sich nicht aus dem Sessel bewegt. Die Zeit schien stillzustehen. Die Welt drehte sich nicht länger. Er hatte sich beim Gedanken ertappt, seine Pistole aus der Lade seines Schreibtisches zu holen und Paula in den Tod zu folgen.

Doch war das weder ehrenhaft noch moralisch vertretbar. Selbstmord war Sünde. Er musste den unendlichen Schmerz des plötzlichen Verlustes ertragen, wie er so vieles andere hatte ertragen müssen in seinem Leben und seiner Zeit beim Heer.

Vergangene Nacht noch war er neben Paula in ihrem großen Doppelbett gelegen. Oft erwachte er in der Nacht und lauschte dann ihrem Atem. Er hatte ihr nie gesagt, dass sie manchmal sehr unfein schnarchte, wenn sie auf dem Rücken lag.

Ihren Atem würde er nie wieder hören. Der Gedanke drückte ihm das Herz zusammen.

Irgendwann in der Nacht nickte der Fürst ein. Das Licht des anbrechenden Morgens weckte ihn. Seine Gliedmaßen waren steif, sein Rücken schmerzte noch mehr als an anderen Tagen. Ein lautes Stöhnen entfuhr ihm, als er sich aus dem Lehnsessel in die Höhe stemmte. Die Beine versagten ihm fast den Dienst auf dem Weg zur Türe.

Es klingelte in der Halle. Jemand wollte eingelassen werden.

Der Fürst sah zu der Standuhr auf dem Kaminsims.

Es war wenige Minuten vor sieben Uhr morgens. Wer läutete zu dieser frühen Stunde am Sonntag?

Paula!

Es war natürlich wegen Paula.

Im Fürsten erwachte die Hoffnung, sie möge doch nicht tot sein. Es wäre alles nur ein Irrtum der Ärzte gewesen. Sie wäre wieder erwacht und man brachte ihm die freudige Nachricht.

Beseelt von dieser Vorstellung trat er hinaus zum eleganten Marmoraufgang und lehnte sich über das Geländer. Von dort konnte er in die Empfangshalle blicken. Leopold, sein treuer Diener, schritt zum Eingang. Der Fürst hörte, wie die Türe geöffnet und wieder geschlossen wurde. Eine kleine Pause entstand.

Keine Stimmen.

Wer war dort unten? Wieso wurde nichts gesprochen?

Leopolds graues Haupt erschien am Ende der breiten Treppe. Er hielt einen Umschlag in den Händen, die in weißen Handschuhen steckten. Von einem Seitentischchen nahm er ein Silbertablett, legte den Umschlag darauf und schritt die Stufen hinauf.

»Wer war das?«, wollte der Fürst wissen. Seine Kehle war ausgetrocknet, seine Stimme ein Krächzen.

Der Diener blickte überrascht, seinen Herrn so früh auf dem Gang anzutreffen. Er streckte ihm das Tablett entgegen.

»Das lag vor der Tür.«

FÜRST VON MAYENBERG PERSÖNLICH

Die Schrift auf dem Umschlag war schwungvoll, die Buchstaben breit, die Tinte schwarz.

Es handelte sich wohl um das erste Kondolenzschreiben. Nachdem der Fürst den Umschlag an sich genommen hatte, verneigte sich Leopold kurz und ging. Ludwig zog sich in den Salon zurück, der dem Raucherzimmer vorgelagert war. Dort ließ er sich auf das Sofa sinken, auf dem Paula oftmals gesessen war.

Der Umschlag war nicht versiegelt. Ludwig öffnete ihn und zog ein Blatt Papier heraus. Es war keine Beileidsbekundung. Fürst von Mayenberg suchte nach seiner Brille und fand sie in der Jackentasche. Sie war ein dünnes Drahtgestell mit Gläsern. Seine Finger zitterten, als er sich die Brille ins Gesicht schob.

```
L B
P M
C L
B S
S G
O R
```

Wieder und wieder wanderten seine Augen über die Zeilen, ohne irgendeinen Sinn darin erkennen zu können. Er drehte das Blatt um. Auf die Rückseite waren zwei waagerechte Striche und zwei kleine Kreuze gemalt. Sonst nichts.

22

»Mama!« Der kleine Rudolf sprang vom Stuhl und lief seiner Mutter entgegen. Überschwänglich schlang er seine Arme um ihre Beine. Ihr Besuch war eine Überraschung für ihn. An einem Sonntag traf er Elisabeth sonst nur in der Hofburgkapelle bei der Messe.

Es war bereits acht Uhr, als die Kaiserin die Räume des Kronprinzen betrat. Das Eintreffen der Feifalik hatte sie etwas beruhigt. Daher war es ihr Wunsch gewesen, nicht nur die Morgentoilette zu erledigen, sondern gleich für die Messe und das Mittagessen der kaiserlichen Familie frisiert und angekleidet zu werden.

Josef Latour verneigte sich vor der Majestät.

Elisabeth trat an den Tisch, wo er mit Rudolf gesessen war und in einem dicken Buch geblättert hatte.

»Was lesen Sie mit Rudolf?«, wollte sie wissen.

»Es ist ein Buch aus der Hofbibliothek, ein Bericht über die Brasilienexpedition mit Aquarellen des Expeditionsmalers Thomas Ender«, antwortete Latour.

»Mama, ich will die Tiere sehen. Sie sind getrocknet und ausgestopft. Stell dir das vor!« Der kleine Rudolf blickte zu seiner Mutter hoch.

»So, sind sie das.« Elisabeth strich ihm über das Haar. Ihre Gedanken waren woanders. Sie hörte, wie Latour mit dem Kronprinzen redete.

»Kaiserliche Hoheit, leider ist die Sammlung der präparierten Tiere und der aufgesteckten Insekten nur zu einem kleinen Teil erhalten geblieben.«

»Wieso?«, wollte Rudolf wissen.

»Das Brasilianum, das Museum, das für sie vorgesehen war, wurde schon vor längerer Zeit geschlossen. Ich glaube, einige Objekte befinden sich heute in den Naturalienkabinetten der Hofburg.«

»Gehen wir hin!«, verlangte der Kronprinz.

»Ich werde mich erkundigen, wann das möglich ist«, versprach Latour.

»Ich will heute hingehen!«, bekräftigte der Kronprinz.

»Sei geduldig, Rudi«, mahnte ihn Elisabeth. »Wenn du dich in Geduld übst, wirst du sicherlich belohnt.«

»Du musst mitkommen, Mama, ja?«

»Wir werden sehen.« Elisabeth blickte hilflos um sich. Rudolf durfte nicht hören, was sie Latour zu sagen hatte. Kleine Kinder plapperten allerhand nach und ihr Ansinnen an den Oberst sollte niemand erfahren.

»Ich lasse nach Marie rufen«, sagte Latour, der ihre Gedanken zu lesen schien. Er ging zur Tür und rief einer Kammerfrau zu, Marie zu holen. Sie war früher Rudolfs Aja gewesen, sein Kindermädchen, das sich wie eine Mutter um Rudolf gekümmert hatte. Mittlerweile war Rudolf zu groß für eine Aja, aber Marie war trotzdem von Latour betraut worden, in seiner Nähe zu bleiben.

Die rundliche Frau erschien. Sie war Elisabeth immer als die personifizierte Güte vorgekommen und dennoch strahlte sie Autorität aus. Marie forderte Rudolf auf, mit ihr in den Salon nach nebenan zu gehen. Rudolf wollte das Buch mitnehmen. Mit einem Lächeln reichte es ihm Oberst Latour.

Nachdem sich die Tür hinter Marie und Rudolf geschlossen hatte, setzte sich Elisabeth.

Oberst Latour wirkte verlegen. »Ein Besuch von Majestät zu dieser frühen Stunde ...«

»Haben Sie vom Tod der Fürstin von Mayenberg gehört?«, unterbrach ihn Elisabeth.

»Es ist mir gestern Nacht berichtet worden.«

»Sie starb auf dem Tanzparkett.«

»Das habe ich erfahren. Ihre Hofdame Ida hat mich aufgesucht.«

»Ich möchte, dass Sie einen Weg für mich machen«, sagte Elisabeth.

Die Kaiserin vermied es, Latour beim Sprechen anzusehen. Ihre Stimme hatte einen beiläufigen Ton, als würde sie über einen Ausflug sprechen, den Latour mit Rudolf unternehmen sollte.

»Sie erinnern sich, der Gerichtsarzt, der feststellen konnte, dass Alfred Oberland vergiftet worden war – Professor Dlauhy ...«

»Selbstverständlich.« Latour räusperte sich. »Aufgrund des Verdachts Ihrer Majestät konnte der Professor beweisen, dass es ein Giftmord war. Sonst hätte jeder an einen natürlichen Tod geglaubt.«

Oberland, der Musiklehrer des Kronprinzen, hatte Elisabeth damals ein Notizbuch zur Aufbewahrung übergeben wollen und war einen Tag später vor den Augen der Kaiserkinder in seinem Garten tot zusammengebrochen.

»Gehen Sie zu Dlauhy und sprechen Sie ihn auf den Tod der Fürstin an«, sagte Elisabeth.

Josef Latour runzelte die Stirn. Seine buschigen Augenbrauen schoben sich zu einem dicken Strich zusammen.

»Verzeihung, Majestät, erscheint Ihnen der Tod der Fürstin verdächtig?«

»Nein«, gab Elisabeth zu. »Aber diese Frage sollen Sie Professor Dlauhy stellen.«

»Ich soll ihn fragen, ob Fürstin Paula von Mayenberg ermordet wurde?«

»Er soll sie untersuchen. Vielleicht kann er etwas feststellen...« Elisabeth suchte nach dem richtigen Wort. »Etwas Unnatürliches.«

»Majestät, verzeihen Sie meine Aufdringlichkeit, aber woher dieser Verdacht?«

Elisabeth ging nicht auf die Frage ein. »Stellen Sie Professor Dlauhy die Frage...« Sie zögerte, holte tief Luft, soweit es ihr Mieder zuließ, und sprach langsam weiter: »... ob Gedanken und dunkle Wünsche am Tod eines Menschen beteiligt sein können.«

Latour schien nun vollends verwirrt. »Ich verstehe nicht, Majestät ...«

Elisabeth wiederholte die ungewöhnliche Aufforderung. »Suchen Sie den Professor auf der Stelle auf. Er möge – falls es noch nicht geschehen ist – die Fürstin untersuchen.«

»Wird ein Mediziner wie er nicht nur im Zweifelsfall hinzugezogen, wenn der natürliche Tod infrage steht?«

»Er soll die Fürstin untersuchen.« Elisabeth erhob sich, da es nichts mehr zu sagen gab. Sie konnte an der Miene von Latour ablesen, wie ratlos ihn ihr Ansinnen machte. Doch sie hatte keine Absicht, ihn über ihre Motive aufzuklären.

»Ich hoffe auf baldigen Bericht.«

Ida war ein wenig überrascht, vor allem aber erfreut, als Josef Latour einen Lakaien nach ihr schickte. Der Lakai bestellte Ida, Latour müsse etwas bezüglich des Kronprinzen mit ihr besprechen. Ida wusste, dass etwas anderes hinter dieser Botschaft steckte.

Die Kaiserin weilte beim sonntäglichen Mittagessen in den Alexander-Appartements der Hofburg und Ida hatte eine Stunde frei.

Der Leopoldinische Trakt konnte von Elisabeths Appartement aus über die Adlerstiege erreicht werden. Ida ging ein Stockwerk höher und trat durch die Verbindungstür.

Sie war erleichtert, Erzherzogin Sophie nicht anzutreffen, die sich wohl noch beim Mittagessen befand. Die Mutter des Kaisers war auf Hofdamen wie Ida, die der Kaiserin sehr nahestanden, nicht gut zu sprechen und ließ keine Gelegenheit aus, ihre Abneigung mit Blicken und Bemerkungen auszudrücken.

Neben den Wohnräumen des Kronprinzen hatte Latour einen eigenen Salon und sogar ein kleines Schlafzimmer, falls er bei Rudolf übernachten musste. Er bot Ida einen der beiden Armsessel in der Ecke seines Arbeitszimmers an.

»Soll ich für uns Kaffee bringen lassen? Oder Tee? Oder wollen Sie etwas anderes, Ida?«

»Um die Wahrheit zu sagen, ein Schnaps wäre mir das Liebste.«

Der Oberst lächelte, als ob er sich das schon gedacht hätte, und öffnete einen Schrank hinter dem Schreibtisch. Von dort nahm er zwei kleine Gläser und eine Flasche mit klarer Flüssigkeit. Damit kehrte er zu Ida zurück und goss für beide ein.

»Himbeergeist, ein Geschenk der Witwe Oberland.«

Ida und Latour hatten im Juni von der Kaiserin einige Aufträge erteilt bekommen, die über ihre normale Tätigkeit weit hinausgingen. Sie dienten damals der Wahrheitsfindung rund um den Tod des Hofbibliothekars Alfred Oberland, der zudem einer von Rudolfs Lehrern gewesen war.

Die Gläser klirrten, als sie anstießen. Ida nippte am Schnaps, der stark war und in der Kehle brannte. Latour leerte sein Glas in einem Zug. Als er es absetzte, holte er tief Luft.

»Die Kaiserin ist tief betroffen«, berichtete Ida.

»Ich habe es selbst gesehen.« Latour erzählte von ihrem überraschenden Besuch und ihrem Ersuchen, den Gerichtsarzt zu verständigen.

»Haben Sie es getan?«, wollte Ida wissen.

»Ich bin vor einer Stunde von Professor Dlauhy zurückgekommen.«

»Was können Sie der Kaiserin berichten?«

»Darüber wollte ich mit Ihnen reden.« Latour zupfte mit den Fingern an seinem Schnauzbart. »Dlauhy ist ein sehr trockener und ernster Mann. Er wird umgehend mit dem Polizeioberdirektor sprechen, mit dem er gute Verbindungen pflegt.«

»Das ist doch sehr gut, oder nicht?«

»Ihre Majestät hat mir keine Anweisungen gegeben, ob ich über meine Auftraggeberin schweigen sollte.«

»Haben Sie Dlauhy verraten, wer Sie geschickt hat?«

»Das war nicht nötig. Er wusste, wer ich bin, und hat nach Ihrer Majestät gefragt. Meinen Sie, wird sie verärgert sein, weil er weiß, wer die Frage stellt?«

Ida konnte es ihm nicht mit Sicherheit sagen.

»Dlauhy hat zugesagt, den Leichnam der Fürstin zu untersuchen, wenn er vom Polizeioberdirektor oder einem für den Todesfall zuständigen Kommissär Auftrag und Genehmigung dafür bekommt«, fuhr Latour fort. »Bei der Verabschiedung merkte er an, dass das Interesse Ihrer Majestät für die gerichtliche Medizin eine Auszeichnung und Anerkennung seines Standes sei, die er und Kollegen zu schätzen wissen. Vor allem aber würde es helfen, weitere Geldmittel für Forschungsprojekte zu erhalten.«

Ida leerte nun auch ihren Schnaps.

»Ihre Majestät erschien heute Morgen, als sie mich aufgesucht hat, angespannt. Liegt das nur am plötzlichen Tod der Fürstin?«, fragte Latour. Als er Idas leeres Glas bemerkte, hob er die Flasche. Ida nickte bloß. Wortlos schenkte er nach.

»Ganz im Vertrauen ...«

Josef Latour sah sie gespannt an.

»Die Kaiserin hat genau heute vor einer Woche eine Bemerkung gemacht, die selbstverständlich unabsichtlich und nicht ernst gemeint war, nun aber für sie an Tragweite gewinnt.«

Oberst Latour hörte aufmerksam zu, während Ida von Elisabeths Ausspruch berichtete, den Ludwig Viktor gehört und weitererzählt hatte.

»Niemand wird denken, Ihre Majestät hätte etwas mit dem Tod der Fürstin zu tun«, meinte Latour.

Ida gab ihm recht. »Es gibt aber eine Person, die ihr unaufhörlich Vorwürfe machen wird.«

»Wer wäre das?«

»Die Kaiserin selbst. Außerdem werden ihre Gedanken nur noch um dieses Thema kreisen und sie in tiefe Grübeleien versenken, die ihrer Gesundheit nicht zuträglich sind.«

»Dann hoffe ich auf einen baldigen Bericht von Professor Dlauhy, mit dem Ergebnis, dass die Fürstin eines natürlichen Todes gestorben ist«, sagte Latour.

Darauf hob Ida ihr Glas.

24

»Was ist denn, Schatzerl, magst mich nicht mehr?«

Das Kupferrot der Haare blendete ihn. Die Lippen waren zu stark geschminkt. Das Parfüm, mit dem sie sich besprüht hatte, roch zu schwer.

Trotzdem war Grit die Dame im Salon von Frau Lieb, der Heinrich immer den Vorzug gab. Er fühlte sich in ihrer Gegenwart entspannt und respektiert, ein Gefühl, das ihm keine der anderen Damen gab. Jeden Sonntag gönnte er sich daher am Nachmittag ein wenig Entspannung mit Grit in Frau Liebs Etablissement.

Aufreizend lag Grit an diesem Sonntag auf dem Bett, fuhr sich mit den Händen neckisch über das runde Becken und lüftete den kurzen Unterrock. Sie trug ein Schnürmieder, dessen schlechte Qualität Heinrich auf den ersten Blick erkennen konnte.

Heinrich hatte einmal mit dem Gedanken gespielt, ihr eines aus seiner Werkstatt zu schenken, diesen aber bald wieder verworfen.

»Komm doch zu mir«, sagte Grit lockend. Sie konnte gurren wie die Tauben am Michaelerplatz.

Heinrich Brettschmidt saß halb ausgezogen auf einem Sessel. Er konnte Grit an diesem Tag nur ansehen. Sie anzufassen, war ihm nicht möglich.

»Na geh, Heini, darfst heute auch unartig sein«, sagte Grit mit einem schelmischen Lächeln.

Auch das konnte ihn nicht verführen.

Die Luft in dem kleinen Zimmer war abgestanden und schal. Schwere Vorhänge aus weinrotem Samt hingen nicht nur über den Fenstern, sondern auch an den Wänden. Hinter dem Bett waren sie gerafft.

Obwohl Heinrich das Gefühl hatte, in diesem Raum bald zu ersticken, wollte er ihn trotzdem nicht verlassen. Besser in Grits Gesellschaft als allein mit seinen Gedanken.

Was er an diesem Sonntag alles erfahren hatte, drohte, ihn zu erdrücken.

Fürstin von Mayenberg war tot. Man redete von einem Herzversagen und mutmaßte, sie könnte ihr Mieder zu eng schnüren haben lassen, damit ihre Taille der von Kaiserin Elisabeth gleichkam, was schlichtweg unmöglich war.

Ständig musste Heinrich an das Mieder denken, das die Nonne von ihm erpresst hatte. Der Pfarrer war gestorben, als er es in Händen gehalten hatte. Er musste es im Beichtstuhl gefunden haben. Sein Griff war fest gewesen. Die Gerüchte über seine Vorliebe und fallweisen Besuche bei Frau Lieb und ihren Damen hatte Heinrich selbst in die Welt gesetzt. Sie waren frei erfunden.

Ein Pfarrer hält eines seiner Mieder und bricht tot zusammen. Fürstin von Mayenberg trägt eines seiner Kleider und stirbt beim Tanzen. Waren das nicht gar viele Zufälligkeiten?

»Heini, lass deine Grit nicht warten«, rief die Frau auf dem Bett drängend. Als er sich nicht aus dem Sessel bewegte, versuchte sie es mit Strenge. Doch auch damit blieb sie erfolglos.

Heinrich war am Vormittag mit einem Fiaker nach St. Marx gefahren, wo Valeria mit ihrer Mutter und ihrer Schwester Veronika gelebt hatte. Sie hatten in einer kleinen Wohnung im Innenhof eines Fuhrwerkerhauses gewohnt, wo die Mutter als Magd gearbeitet hatte.

Er fand das Haus vor, wie er es in Erinnerung hatte. Die Einfahrt war offen, im Hof waren drei Fuhrwerke abgestellt, wie sie zum Transport von Fässern und anderen Lasten verwendet wurden.

Heinrich hatte einen Blick in den Stall geworfen, wo sechs schwere Pferde standen und Heu fraßen. Ein Bursche räumte mit der Mistgabel die Pferdeäpfel weg.

Als Heinrich an die Tür der Wohnung klopfte, öffnete ein unrasierter, breitschultriger Mann, der nur ein Unterhemd und Hosen trug.

»Wohnt hier Anna Jungwart mit ihrer Tochter Veronika?«, fragte Heinrich.

»Wer?« Der Mann spuckte an ihm vorbei. Es war ein brauner Klumpen, der neben Heinrich auf dem Pflaster landete. Hoffentlich Kautabak, dachte Heinrich. Er wiederholte die Namen.

»Nie gehört.« Als der Mann die Tür zuwerfen wollte, stellte Heinrich einen Fuß dazwischen.

»Was soll das?«, herrschte ihn der Mann an. Offenbar fiel ihm erst jetzt auf, dass Heinrich wesentlich besser und feiner gekleidet war als die meisten Bewohner dieser Gegend. Der Mann musterte Heinrich und setzte schlagartig ein freundlicheres Gesicht auf.

»Hier wohne ich seit zehn Jahren. Keine Frauenzimmer. Und mir kommt hier auch keines rein. Hab genug von denen.«

»Wissen Sie, was mit Frau Jungwart und ihrer Tochter geschehen ist?«

Falten traten auf die Stirn des Mannes, als er angestrengt nachdachte. »Da war eine alte Frau, die gestorben ist. An Kummer, hat mir die Köchin erzählt, weil die Tochter sich das Leben genommen hat. Sie soll ein Kind von einem reichen, feinen Herrn erwartet haben, der sie aber sitzen gelassen hat. Da ist die junge Frau in die Donau gegangen.«

Der Mann fuhr sich über die Bartstoppeln. »Da war auch eine Schwester. Aber von der hat man nichts mehr gehört. Wahrscheinlich ist sie aus Wien weg.«

Heinrich bedankte sich und verschwand, bevor der Mann – wahrscheinlich einer der Kutscher – Verdacht schöpfen konnte, dass Heinrich eben jener »feine, reiche Herr« sein könnte.

Wenn Valerias Schwester, wie der Kutscher meinte, die Stadt verlassen hatte, gab es niemanden mehr, der Valerias Tod mit ihm in Verbindung bringen konnte.

Valeria, die Näherin mit dem unschuldigsten Gesicht, in das er jemals geblickt hatte. Ihr verstohlenes Lächeln hatte ihn verrückt gemacht vor Begierde. Er hatte sie verführt und nach einer Weile festgestellt, dass sie mehr als eine Tändelei für ihn war.

Seine Verliebtheit war jedoch schlagartig verflogen, als sie ihm gestand, schwanger zu sein. Heinrich hatte sich zurückgezogen, aber nicht, weil er Valeria meiden wollte, sondern weil er überlegen musste, was weiter geschehen sollte. Seine Mutter würde ihm und Valeria das Leben zur Hölle machen. Ein Kind, das eindeutig vor der Hochzeit gezeugt worden war, das war in ihren Augen Schande und Sünde. Außerdem war Valeria eine einfache Näherin. Seine Mutter hatte für ihn eine Frau aus besseren Kreisen im Sinn.

Alldem zum Trotz beschloss Heinrich schließlich, zu Valeria zu stehen.

Doch er hatte keine Gelegenheit mehr gefunden, es ihr zu sagen. Veronika war gekommen, um ihn von ihrem Tod zu unterrichten. Danach hatte Heinrich nie wieder von ihr oder Valerias Mutter gehört.

Woher wusste die Person also Bescheid, die ihn erpresste?

»Du bist heute ein Schlimmer«, schimpfte ihn Grit und holte ihn damit in die stickige Wirklichkeit des Zimmers mit den weinroten Samtvorhängen zurück. Sie zog eine Reitgerte unter dem Bett hervor und ließ sie in die Hand klatschen. »Ich muss dich wohl bestrafen.«

Strafe! Er verdiente Strafe für das, was er Valeria angetan hatte. Vielleicht würde ihm die Strafe Erleichterung verschaffen.

Grit ließ die Gerte durch die Luft zischen.

Bestrafung.

In Heinrich stieg eine Erregung auf, die ihn keuchen ließ.

Mittwoch, 19. September 1866

»Wieso? Aus welchem Grund wurde das angeordnet?«, fragte der Fürst voller Entrüstung.

Kommissär Anatol Faulmann besaß eine Miene wie aus Marmor. Seine Melone lag auf den Knien, seine Hände ruhten darauf. Er sprach ohne irgendeine Gefühlsregung und durchgehend im selben Tonfall.

Weil er dem Fürsten keine Antwort gab, wiederholte von Mayenberg die Frage mit der befehlenden Strenge, die er sein Leben lang in der Armee angewandt hatte.

Bei dem Polizeikommissär zeigte sie keine Wirkung.

»Ich habe es Ihnen bereits erklärt«, wiederholte Faulmann ruhig. »Der Bericht des Gerichtsarzts sagt zwar, dass es ein natürlicher Tod war und nichts auf Fremdeinwirkung schließen lässt. Trotzdem möchte ich von Ihnen wissen, ob Sie von der früheren Erkrankung Ihrer Frau gewusst haben.«

»Welcher Erkrankung?«, fragte der Fürst.

Faulmann hielt den Zettel hoch, von dem er den Namen vorhin abgelesen hatte, und wiederholte ihn. »Rheumatisches Fieber und die dadurch hervorgerufenen Herzbeschwerden.«

Der Fürst überlegte und schüttelte den Kopf. »Paula hat nie über ihre Gesundheit oder über Krankheiten gesprochen. Sie klagte manchmal über geschwollene Beine und ein wenig Schwindel. Beides aber dauerte nie lange an.«

Die Nerven des Fürsten waren seit dem tragischen Moment im Ballsaal zum Zerreißen gespannt.

»Herrgott noch einmal«, brauste er auf, »können Sie endlich meine Frage beantworten, die da lautet, wer diese Untersuchung an meiner Frau angeordnet hat und wieso ich darüber nicht unterrichtet wurde?«

»Es kam eine Anordnung des Polizeioberdirektors, weil offenbar ein Verdacht vorlag«, erklärte der Kommissär.

»Welcher Verdacht? Dass Paula einem Mord zum Opfer gefallen ist?«

»Der Leichnam ist für das Begräbnis am Freitag freigegeben«, erwiderte Faulmann und erhob sich. Seinen Mantel hatte er seit der Ankunft nicht geöffnet. »Guten Tag, Durchlaucht. Mein Beileid.«

Wahrscheinlich hatte Leopold an der Tür gelauscht. Anders war es nicht zu erklären, dass er in genau diesem Moment eintrat und den Polizeikommissär aus dem Haus geleitete.

Fürst von Mayenberg erhob sich aus dem Lehnsessel und schritt an den Fenstern entlang. Der Himmel war von dunkelgrauen Wolken verhangen, die Sturm und Regen befürchten ließen. Hoffentlich wurde das Wetter am Tag der Beerdigung besser sein.

Diese Stille. Diese unerträgliche Stille in den Räumen. Einige Male hatte sich der Fürst diese Stille in den vergangenen Jahren gewünscht, wenn die ständige Geschäftigkeit seiner Frau an seinen Nerven gezehrt hatte. Nun aber wünschte er sich jeden Moment davon zurück.

Er hatte sein Gefühl für die Zeit verloren. Manchmal schien sie stillzustehen, dann wieder zu rasen. Er wusste deshalb nicht, wie viel Zeit nach dem Abgang des Polizeikommissärs vergangen war, als Leopold eine Besucherin meldete.

»Contessa Elisa würde Sie gerne sprechen. Darf ich sie heraufführen?«

»Contessa Elisa?« Fürst von Mayenberg wusste im ersten Moment nicht, wo er den Namen schon gehört hatte.

»Sie war einige Male hier Gast der Fürstin. Das letzte Mal am vergangenen Freitag«, half Leopold ihm weiter.

»Weiß sie nicht, dass Paula ...« Der Fürst konnte nicht weitersprechen.

»Die Contessa hat gebeten, bei Ihnen vorzusprechen.«

»Hat sie einen Grund genannt?«

»Nein.«

Ludwig erinnerte sich an Paulas Begeisterung, als die Italienerin eingetroffen war und ihr Informationen über die Frisur der Kaiserin gebracht hatte. Er musste an die Begegnung mit der Contessa denken, als sie die Treppe hochgekommen war. Ihr Anblick hatte in ihm das Gefühl ausgelöst, sie zu kennen.

Der Fürst hatte ein gutes Gedächtnis für Gesichter. Hätte er die Italienerin tatsächlich schon einmal in Wien gesehen, wüsste er das. Doch er wurde langsam alt und seine Erinnerungsfähigkeit konnte schwächer geworden sein, genauso wie seine Sehkraft.

»Durchlaucht?« Leopold stand noch immer vor ihm und wartete auf Anweisungen.

»Führen Sie die Contessa in den Salon.«

»Sehr wohl.« Leopold verneigte sich und verließ die Bibliothek.

26

Die Italienerin saß auf dem Sofa, das bisher Paula vorbehalten gewesen war. Sie stand auf, als er eintrat.

»Guten Tag. Sie wollten mich sprechen?«

Wie verschüchtert die Frau doch aussah. Oder war sie noch ein Mädchen? Sie wirkte so jung.

Die Contessa trug Schwarz. Ein schlichtes Trauerkleid und dazu einen kleinen Hut mit Schleier, den sie zurückgeschlagen hatte. Ihr schwarzes Haar umrahmte ein sehr blasses Gesicht. Die einzige Farbe darin war das Blau ihrer Augen.

»Durchlaucht, darf ich mein Beileid aussprechen.« Ihr Deutsch war fast akzentfrei. Ihre Stimme hatte etwas Angenehmes.

»Ich danke Ihnen.«

Sie standen einander gegenüber. Für einen Moment trat Stille ein.

»Darf ich den Grund Ihres Besuches erfahren?«, fragte der Fürst schließlich.

Die Contessa öffnete einen schwarzen Beutel und nahm ein Taschentuch heraus, mit dem sie sich Tränen aus den Augen tupfte.

»Verzeihen Sie«, sagte sie mit erstickter Stimme.

»Ein Glas Wasser?«, bot der Fürst an.

Sie hob die Hand und lehnte mit einem bescheidenen Lächeln ab.

»Setzen Sie sich doch.«

Als beide Platz genommen hatten, sah sie der Fürst erwartungsvoll an.

»Die Fürstin war wie eine Mutter zu mir«, begann die Contessa. Sie sprach sehr leise. Der Fürst, dessen Gehör nicht mehr so fein war wie früher, neigte sich vor, um alles verstehen zu können.

Elisa sprach lauter: »Alessio und ich sind Waisen. Unsere Mutter starb, als wir beide noch sehr klein waren. Aus diesem Grund hat mir die Aufnahme, die mir die Fürstin zuteilwerden ließ, so viel bedeutet. Meinem Bruder genauso, doch würde er es nicht eingestehen. Er ist sehr verschlossen, seit unser Vater das Leben verlor.«

Wieder versank sie in Gedanken. »Vater ist an der Cholera gestorben. Er musste nicht lange leiden«, fuhr sie fort.

Der Fürst wurde ungeduldig. Sie war wohl nicht gekommen, um ihm ihre Lebensgeschichte zu erzählen. Warum war sie hier? Er musste an seiner Grabrede für Paula weiterarbeiten. Der Polizeikommissär hatte ihn dabei unterbrochen.

»Fürst von Mayenberg!« Die junge Frau blickte ihm fest in die Augen. »Die Fürstin hat mir etwas anvertraut, das ich nicht für mich behalten kann.«

Bei diesen Worten erwachte Ludwigs Aufmerksamkeit wieder. »Das wäre?«

Elisa rückte auf der Kante des Sofas vor und beugte sich so nahe wie möglich zu ihm.

»Ihr wurde der Tod angekündigt.«

»Sagten Sie ›angekündigt‹?« Der Fürst hoffte, sich verhört zu haben.

Mit bedauernder Miene nickte Elisa.

»Wer hat ihr den Tod angekündigt?«

»Eine Nonne. Im Stephansdom.«

»Davon hat Paula nie etwas erwähnt.«

»Sie dachte, die Frau wäre geistig verwirrt. Daher hat sie den Worten keine Bedeutung beigemessen. Die Nonne hat noch etwas anderes zu ihr gesagt.«

»Was?«

Elisa setzte an, etwas zu antworten, brach jedoch wieder ab. Erst als sie die richtigen Worte gefunden hatte, sprach sie weiter: »Der Tod würde noch andere ereilen. Sie seien alle verbunden, wie durch ein Band, das von Blut befleckt ist.«

Der Fürst schlug mit der flachen Hand auf den niederen Tisch vor sich. »Das ist doch hanebüchener Unsinn!«

Die junge Frau zuckte erschrocken zurück.

»Die Fürstin hat darüber gelacht und gemeint, diese Person müsse aus der Anstalt entflohen sein, die die Kaiserin unlängst besucht hat«, fügte sie hinzu.

»Haben Sie diese Nonne auch gesehen?«, fragte Ludwig, nachdem er sich ein wenig beruhigt hatte.

»Ich war bei der Begegnung nicht in der Nähe der Fürstin. Sie hat den Stephansdom allein besucht, um ein Gebet zu verrichten.«

Lange schwieg der Fürst. Sein Blick fiel durch das Fenster auf den Baum, der vor dem Palais stand. Das Grün der Blätter wirkte satt, aber müde nach dem langen Sommer. Es hatte zu regnen begonnen. Die Tropfen wurden vom Wind gegen die Scheiben geklatscht und rannen langsam herab.

»Wieso hat sie den Vorfall mir gegenüber niemals erwähnt?«, fragte der Fürst, mehr sich selbst als seinen Gast. »Sie hat doch sonst über alles berichtet, was ihr an einem Tag passiert ist.«

»Wie erwähnt erschien der Fürstin die Begegnung ohne Bedeutung.« Elisa stutzte. »Doch hat sie etwas erwähnt. Sie meinte, alle unnötigen Aufregungen von Ihnen fernhalten zu wollen. Zur Schonung Ihrer Gesundheit. Ist es nicht möglich, dass sie die seltsame Drohung für unnötige Aufregung hielt?«

»Sie war stets voller Rücksicht auf meine Gesundheit«, pflichtete ihr der Fürst bei. Er fühlte ein Kratzen im Hals und ein Brennen in den Augen. Es war Zeit, dass die Italienerin ging. Niemand durfte jemals Augenzeuge werden, wie er Tränen vergoss.

»Es tut mir leid, wenn ich Ihnen noch mehr Kummer bereitet habe. Erst nach langer Beratung mit meinem Bruder habe ich den Mut gefasst, Sie aufzusuchen.« Elisa erhob sich. Bevor er noch nach Leopold läuten konnte, öffnete dieser schon die Tür.

Die Contessa verabschiedete sich mit einem Knicks.

Elisabeths Finger zitterten ein wenig, als ihr Josef Latour den Bericht von Professor Dlauhy persönlich überreichte.

»Das Schreiben ist durch einen Boten zu mir gebracht worden. Es weiß sonst niemand davon«, sagte Latour, verbesserte sich dann aber sogleich. »Niemand außer Ida ...«

»Das ist in Ordnung«, versicherte ihm Elisabeth.

Latour wollte gehen, aber Elisabeth bat ihn, zu bleiben. Sie nahm einen Brieföffner von ihrem Schreibtisch am Fenster und schlitzte den verklebten und versiegelten Umschlag auf. Der Briefkopf lautete:

Professor Johan Dlauhy
Institut für gerichtliche Medizin Wien
Spitalgasse 4

Die Sprache des Mediziners war kompliziert und Elisabeth musste langsam lesen, um alles zu verstehen.

... Bei der Leichenöffnung von Fürstin Paula von Mayenberg konnte ich ausgedehnte narbige Veränderungen des Herzfleisches und Zeichen einer Ausweitung der Herzkammer vorfinden. Derartige Organveränderungen sind häufig die Folge entzündlicher Vorerkrankungen, wie etwa ein durchgemachtes rheumatisches Fieber, und führen häufig zur Herzleistungsschwäche.

> *Weiters waren auch die Zeichen der wässrigen Schwellung der Lungen und einer akuten Blutstauung der inneren Organe vorzufinden. Somit ist ein natürliches Todesgeschehen infolge der chronischen Herzerkrankung im Zusammenhang mit einer körperlichen Überanstrengung (Tanzen) aus medizinischer Sicht anzunehmen, sodass ich keine Anhaltspunkte für ein unnatürliches Todesgeschehen habe …*

Was für eine Erleichterung und Beruhigung! Elisabeth atmete auf. Der Tod der Fürstin von Mayenberg war also ein tragischer Unfall gewesen.

»Majestät, haben Sie noch Anweisungen an mich?« Latour stand unschlüssig vor der Kaiserin.

»Nein, nein, Sie können gehen.« Elisabeth war so in Gedanken versunken, dass sie auf seine Anwesenheit vergessen hatte. Als sich die Tür hinter ihm geschlossen hatte, atmete sie durch. Sie ermahnte sich im Stillen, von nun an, wenn sie in Wut geriet, mit ihren Äußerungen zurückhaltender zu sein. Besonders wenn ihr Schwager Ludwig Viktor in der Nähe war.

»Alles nur ein tragischer Unfall«, sagte sie leise, als müsse sie sich die Worte einschärfen.

Die Last des schlechten Gewissens war von ihr abgefallen. Trotzdem hatten sich einige Bilder und Momente des Balls in ihre Erinnerung eingebrannt.

Da war der Blick Paula von Mayenbergs, als sie sich in die Polonaise eingereiht hatte und vor ihr den Hofknicks machte. Den letzten Blick hatte ihre ehemalige Erzfeindin Elisabeth von unten zugeworfen. Sie, die Kaiserin, hatte auf Paula herabgeblickt.

Nein, solche Gedanken verbiete dir, schalt sich Elisabeth innerlich.

Die Geschwister aus Italien fielen ihr wieder ein. Eine Contessa und ein Conte. Ihre Namen hatte sie sich nicht gemerkt, doch sie hatten einen bleibenden Eindruck hinterlassen.

Wehmut ergriff sie, als sie an ihre eigene Familie dachte, die sie lang nicht mehr gesehen hatte. Es war Zeit, nach Possenhofen zu reisen. Sie würde Rudolf und Gisela mitnehmen, damit sie die Großeltern sehen konnten.

Ein Prasseln riss sie aus den Gedanken. Vor den hohen Fenstern regnete es immer heftiger. Elisabeth blickte in den inneren Burghof, wo das Wasser in kleinen Sturzbächen von den Dächern fiel und auf das Pflaster spritzte.

Wenn das Wetter auch am Freitag so triste und herbstlich war, wurde das Begräbnis eine doppelt traurige Angelegenheit werden, dachte sie.

Elisabeth widmete sich wieder der Träumerei von der Reise nach Bayern, die möglichst bald beginnen sollte, da die Tage bereits kühler wurden. Sisis Salonwagen, der für ihre Bahnreisen bereitstand, verfügte über keinerlei Heizung und war überdies zugig. Die Wärmeflaschen, die alle paar Stunden neu befüllt werden mussten, reichten nicht aus, um sie gegen die Kälte zu schützen.

Elisabeth klingelte. Sofort erschien eine der Hofdamen. Sie war sichtlich indigniert, dass die Kaiserin sie losschickte, um

Ida zu holen. Die Rivalitäten und Eifersüchteleien zwischen den Hofdamen waren der Kaiserin nicht entgangen. Sie fand sie nicht störend, sondern eher unterhaltsam.

Während Elisabeth wartete, drehten sich ihre Gedanken erneut um das italienische Geschwisterpaar. Sie wunderte sich, weshalb Ludwig Viktor so erpicht gewesen war, ihr den Conte und die Contessa vorzustellen. Er hatte Sisi damit sicherlich nicht erfreuen wollen. Ihr Schwager tat alles nur aus einem Grund: Eigennutz.

Am kommenden Sonntag würde Elisabeth ihren Schwager dazu befragen.

Es klopfte und Ida trat ein.

»Du hast mich rufen lassen?«

»Um ins Tuchgeschäft zu fahren, ist es wohl zu nass«, sagte Elisabeth.

»Die Kutsche kann unten warten und dich direkt vor den Eingang des Geschäfts bringen. Ich halte für die wenigen Schritte den Schirm.«

»Ein guter Vorschlag.«

»Kann ich sonst noch etwas für dich tun?«, fragte Ida.

»Allerdings«, sagte Elisabeth. »Nach unserer Rückkehr beredest du mit dem Obersthofmeister eine Reise nach Possenhofen zu meiner Familie.«

Freitag, 21. September 1866

28

In diesem Jahr war der September bisher angenehm warm gewesen. Die Hitze des Sommers war mittlerweile gebrochen, aber die Sonne schien trotzdem kraftvoll vom Himmel. Das Licht nahm einen kräftigen Goldton an. In den Weingärten fand die Lese statt und da und dort verfärbte sich das Laub schon ein wenig rot oder gelb.

Doch der 21. September 1866 begann mit einem Wolkenbruch und endete mit strömendem Regen. Dazwischen kam die Sonne kein einziges Mal hinter den düsteren Wolken hervor.

Paula von Mayenbergs letzter Weg war in keiner Weise so elegant oder stilvoll wie ihr Leben, sondern nass und schmutzig. Statt bewundernder Blicke und Worte erhielt die Fürstin vor allem leises Schimpfen und von manchen Teilnehmenden am Begräbnis sogar ein stilles Fluchen. Es lag nicht an ihrer Person, sondern am Zustand der Wege.

Der Sarg war aus schwerer, dunkler Eiche, die man auf Hochglanz poliert hatte.

Bei den Beschlägen und Tragegriffen handelte es sich um kunstvolle Messingarbeiten mit feinsten Gravuren. Der Fürst hatte angeordnet, seiner Frau das feierlichste und teuerste Begräbnis zu bereiten, das möglich war.

Die Pompes Funèbres konnten eine offene schwarze Kutsche mit kunstvoll geschnitztem Aufbau zur Verfügung stellen, die nur bei Bestattungen allerhöchster Persönlichkeiten zum Einsatz kam. Die Kutsche rumpelte über den Hietzinger Friedhof. Die hohen Räder mit den gedrechselten schwarzen Speichen versanken in tiefen Wasserlacken.

Die zwei Rappen, die die Kutsche zogen, hatten an einigen Stellen Mühe, festen Tritt zu finden. Sie schüttelten die Köpfe mit dem schwarzen Aufputz aus Federn und Leder, schnaubten ängstlich, versuchten, auszuweichen, oder blieben gar stehen. Der Kutscher, ein erfahrener Mann mit gepflegtem Vollbart, Zylinder, schwarzem Mantel und Stiefeln, hatte alle Mühe, die Rappen unter Kontrolle zu halten.

Um nicht vom Schlamm bespritzt zu werden, folgten der Pfarrer, die Ministranten und der Fürst der Kutsche in einigem Abstand. Begleitet wurde Fürst Ludwig von Mayenberg von seinem jüngeren Bruder und seiner Schwester. Es folgten Nichten und Neffen und andere Mitglieder der Familie. Unter ihnen befand sich auch die gramgebeugte Mutter der verstorbenen Paula, die von Paulas jüngerer Schwester gestützt wurde.

Der Weg verlief leicht bergauf, bevor er nach links zur Gruft derer von Mayenberg abbog. Einmal erlaubte sich der Fürst einen kurzen Blick hinter sich. Die Beliebtheit seiner Frau war ihm immer bewusst gewesen, mit einem Leichenzug dieser Länge hatte er aber nicht gerechnet. Ständig kamen neue Leute von der Maxingstraße durch das Tor des Friedhofs.

Der Fürst fühlte, wie das Leder seiner Schuhe bereits völlig durchtränkt war, und als er an sich hinunterblickte, sah er gelbe Lehmspritzer auf seinen schwarzen Hosenbeinen.

Die Musikkapelle, die neben der Gruft wartete, begann zu spielen. Die Klänge des Trauermarsches übertönten das Krächzen der Krähen, die über dem Friedhof kreisten.

Das beeindruckende Grabmal hatte der Fürst für Paula und sich erbauen lassen. Seine Frau hatte den Hietzinger Friedhof bevorzugt, weil er Schloss Schönbrunn am nächsten lag.

Die Gruftplatte aus rosa Marmor – Paula hatte den Stein ausgewählt – war von vier Marmorsäulen umgeben, auf denen ein Baldachin mit einem Fries aus grünem Marmor und einem geschmiedeten Aufbau ruhte. Auf zwei Säulen knieten links und rechts neben der Gruft steinerne Engel, in tiefe Trauer versunken.

Niemals wäre es Fürst Ludwig von Mayenberg in den Sinn gekommen, seine geliebte Paula könnte vor ihm hier die letzte Ruhe finden.

Die Gruft war an eine Ziegelmauer gebaut, die einen erhöhten Teil des Friedhofs stützte. Trauerweiden ließen ihre langen Äste herab.

Die Männer in ihren schwarzen Livreen hoben den Sarg vom Wagen auf ihre Schultern. Die schwarze Kutsche rollte weiter, um den Platz vor der offenen Gruft freizugeben. Der Sarg wurde zu der Öffnung getragen.

Der Pfarrer begann mit der Einsegnung und machte danach Platz für Ludwig, der seine Rede auf Paula hielt. Hören konnte sie nur, wer nahe genug stand, denn der Fürst, der einst zu befehlen gewohnt war, konnte nur leise sprechen. Sein Hals war wie abgeschnürt und er kämpfte mit den Tränen.

Als er zur Seite trat, setzte die Musik erneut ein. Die Blechbläser spielten tiefe, klagende Töne. Es war ein sehr langsames Musikstück, das sich wie ein schwarzes Tuch über den Friedhof legte.

»Haltung!«, ermahnte sich Ludwig.

Langsam wurde der Sarg mithilfe breiter Gurte in den Gruftraum hinabgelassen. Der Fürst ertrug diesen Anblick nicht und wandte seinen Kopf deshalb dem grauen Himmel zu.

Da sah er sie. Neben der Trauerweide auf dem erhöhten Teil des Friedhofs.

Eine Nonne.

Sie trug ein schwarzes Habit und eine weiße Flügelhaube mit übergroßen Flügeln. Sie hatte die Hände zum Gebet gefaltet und den Kopf gesenkt, sodass er ihr Gesicht nicht sehen konnte.

Von Mayenberg öffnete den Mund.

Die Nonne wandte sich um und verschwand.

Ludwig wollte ihr nach. Wenn es dieselbe Nonne war, die seine Frau im Stephansdom angesprochen hatte, musste er sie fragen, was ihre Worte zu bedeuten hatten.

Doch er konnte unmöglich seinen Platz verlassen. Der Pfarrer rief laut Sprüche in lateinischer Sprache und sprengte mit einem silbernen Sprengel Weihwasser in die Gruft.

Der ranghöchste Bestatter der Pompes Funèbres, zu erkennen an seiner goldenen Borte am Stulphut, trat zum Fürsten und reichte ihm eine rote Rose. Er warf diesen letzten Gruß an seine Frau in die Tiefe.

Alle Angehörigen, die hinter ihm folgten, taten es ihm gleich. Dem Fürsten wurde Beileid ausgesprochen. Er war ständig von Leuten umgeben und hatte keine Möglichkeit, nach der Nonne zu suchen.

War ihr Erscheinen nur Zufall gewesen?

29

Der Regen wurde stärker. Leopold trat mit einem Schirm zu seinem Herrn.

»Die Kutsche steht bereit«, sagte er leise.

Dankbar nickte der Fürst und folgte dem Diener. Die Trauergäste würden verstehen, dass er nicht im Regen stehen bleiben konnte.

Zu Ehren von Paula hatte Fürst von Mayenberg für den Abend in das Palais eingeladen. Die Namen der Gäste hatte er von Paulas Gästelisten übernommen. Sie hatte Buch geführt, wer zu welchem Anlass eingeladen wurde. Ludwig hatte seine ehemaligen Offizierskameraden aus seiner Zeit bei der Armee hinzugefügt und die meisten hatten ihr Kommen zugesagt.

Als die Gäste eintrafen, erkannte der Fürst, wie schlecht seine Idee gewesen war. Mit diesem traurigen Abend hatte er für immer das Andenken an die rauschenden Bälle, die gediegenen Soireen und die Kostümfeste seiner Paula zerstört. Die Trauerstimmung würde ihm und allen anderen in Erinnerung bleiben.

Die Gespräche waren gedämpft, die Musik, die von einem Streichquartett im größten Salon kam, klang melancholisch und nachdenklich. Es gab kein Gläserklirren, wenn vergnügt angestoßen wurde, kein plötzliches Lachen oder einen fröhlichen Ausruf.

Graf Wenzel von Grünau trat zu Ludwig. Neben ihm trippelte seine kleine, puppenhafte Gemahlin, die den Fürsten mit einer bedauernden Miene von unten ansah.

»Alter Freund, wenn ich dich so nennen darf«, begann Wenzel.

»Wir kennen uns seit zwanzig Jahren«, sagte der Fürst.

»Ach, so ein Unglück, so ein Unglück«, jammerte Wenzels Frau übertrieben. Es klang, als wäre sie selbst es, die eine nahe Angehörige verloren hatte, und nicht Ludwig.

»Danke für die Anteilnahme«, sagte der Fürst. Wenzels Gattin irritierte ihn.

»Stephanie, lass mich mit dem Fürsten unter vier Augen sprechen«, sagte Wenzel, der seinem ehemaligen Vorgesetzten wohl ansehen konnte, dass er kein Verlangen nach weiteren Beileidskundgebungen durch seine Frau hatte.

Stephanie von Grünau blickte verstört.

»Die Damen sitzen nebenan bei einem Glas Likör. Man wird sich freuen, wenn Sie sich dazugesellen«, sagte der Fürst.

War Frau von Grünau auch überaus naiv, verstand sie trotzdem, dass die Herren sie loswerden wollten. Beleidigt zog sie einen Schmollmund und stöckelte davon.

»Bitte entschuldige«, sagte Wenzel.

»Es gibt nichts zu entschuldigen. Sie meint es gut, deine Stephanie.«

»Ja. Sie meint es gut. Immer gut«, sagte der Graf, mehr zu sich selbst als zum Fürsten.

»Wenzel, wo standest du, als der Pfarrer den Segen gesprochen hat?«, wollte Ludwig wissen.

»Ich konnte nicht einmal das Grabmal sehen, so weit waren wir entfernt.«

Der Fürst wandte sich den nächsten Gästen zu, die auf ihn zukamen. Einer war Oberstleutnant Georg von Sandfeldt, der andere Oberleutnant Friedrich von Lichtegg. Beide hatten, wie Graf von Grünau, unter Ludwigs Kommando auf Sizilien gedient. Es fehlte nur noch Hauptmann Korbinian von Rappich, der Einzige von ihnen, der sich noch im Dienst befand.

»Servus, Ludwig«, grüßte von Sandfeldt auf seine joviale Art. »Mein Beileid, was für ein Unglück.«

»Danke, Georg.« Paula hatte seine leichte Überheblichkeit nie gemocht. Von Sandfeldt war auf Sizilien zu Geld gekommen und lebte seit der Rückkehr als Privatier in einer riesigen Villa. Paula hatte sein Benehmen oft als »neureich« und »kulturlos« bezeichnet.

»Entsetzlich, wahrlich entsetzlich«, sagte der Oberleutnant von Lichtegg, ein untersetzter Mann mit aufgedunsenem Gesicht. Er winkte einen Lakaien zu sich, der gefüllte Gläser auf einem Tablett herumtrug. »Ich muss meine Kehle befeuchten«, sagte er entschuldigend. »Der Staub der Straße ...«

Ludwig und von Sandfeldt wechselten einen besorgten Blick, sagten aber nichts.

»Benita hat mich gebeten, dir ihre innigsten Grüße zu bestellen«, sagte von Sandfeldt. »Sie ist unpässlich und musste sich gleich nach dem Begräbnis wieder hinlegen.«

»Ich danke ihr.«

»Die Spielrunde am Dienstag lassen wir wohl ausfallen«, meinte von Lichtegg. »Aber wenn du Ablenkung brauchst, Ludwig, dann sind wir für dich da.« Er kippte das halbe Glas in einem Zug in sich hinein.

Ludwigs Miene wurde härter, er unterdrückte aber jede Bemerkung zu von Lichteggs schlechtem Benehmen.

»Wenn wir dich unterstützen können, lass es uns wissen«, bot von Sandfeldt an.

»Im gegebenen Fall komme ich darauf zurück.«

»Auf die unvergessliche Paula«, murmelte von Lichtegg und prostete zur Zimmerdecke. Danach leerte er das Glas ganz.

Hinter ihm erschien eine resolute Dame, die noch ihren Schirm in der Hand hielt. Sie stieß ihn gegen den Boden. »Friedrich!«

Von Lichtegg fuhr erschrocken herum.

»Ach, mein Liebes ...«

Ohne ein Wort mit den anderen Männern zu wechseln, scheuchte die Dame Friedrich von Lichtegg fort.

Oberstleutnant von Sandfeldt wandte sich wieder dem Fürsten zu. »Sie hat es nicht leicht mit ihm in letzter Zeit, die gute Cosima.«

Ludwig nickte abwesend und blickte suchend über die Köpfe der Gäste. »Hast du Korbinian gesehen?«

»Er kommt bestimmt.«

Der Fürst zog seine Taschenuhr heraus, ließ den Deckel aufklappen und warf einen Blick darauf.

»Es ist Zeit für meine Rede.«

Ludwig von Mayenberg schritt in den Saal und trat auf das Podest, wo das Streichquartett saß. Die vier brachten das Stück zu einem schnellen und frühen Ende. Alle wandten sich dem Fürsten zu. Durch die offene Doppelflügeltür kamen noch andere Gäste.

»Ich bedanke mich vor allem im Namen meiner Gemahlin für das zahlreiche Erscheinen«, begann er. Ludwig zog einen gefalteten Briefbogen heraus und öffnete ihn. Langsam las er seine Rede, einen Nachruf auf Paula. Es kostete ihn große Anstrengung, dabei die Beherrschung zu bewahren. Als er fertig war, nickte er allen Anwesenden kurz zu und verließ das Podium.

Stille herrschte im Saal. Die Menschen gedachten der Frau, die für so viel Leben in diesem großen Gebäude gesorgt hatte. Sie würde schmerzlich vermisst werden.

Mit langsamen Schritten durchquerte der Fürst den Raum. Er wollte mit niemandem sprechen. Am liebsten hätte er sich in sein Schlafzimmer zurückgezogen, was aber nicht denkbar war.

So trat er auf die Balustrade hinaus, stützte die Handflächen auf den kühlen Marmor und blickte die breite Treppe hinunter. Immer zwei Stufen auf einmal nehmend kam ein drahtiger, kleinerer Mann in Uniform gelaufen.

»Korbinian«, rief ihn der Fürst und hob grüßend die Hand.

Der Mann blickte hoch und setzte dann den Lauf fort. Er stürmte auf Ludwig von Mayenberg zu und fasste sich an die Brust. Bevor er sprechen konnte, musste er erst seinen Atem beruhigen.

»Ist etwas geschehen?«, erkundigte sich der Fürst.

Hauptmann Korbinian von Rappich sah sich um, ob sie jemand hören konnte.

»Ludwig, woran ist Paula gestorben?«

Die Frage war für den Fürsten wie ein Schlag ins Gesicht.

»Ludwig, weißt du die Todesursache? Hat man sie dir gesagt?«, drängte von Rappich, zu erfahren.

»Korbinian, kannst du dich erklären?«

»Ottilie ist geschockt.«

»Deine Frau? Worüber?«

»Sie hatte heute bei der Beerdigung eine Begegnung mit einer Nonne.«

Ludwig spürte, wie ihm das Blut aus dem Kopf wich und ihn ein Schwindelgefühl überkam. Er stützte sich am Rand der Brüstung ab.

»Die Nonne ist neben Ottilie getreten, als wir im Zug der Trauergäste standen. Ich habe sie nicht genau angesehen, aber auf mich hat sie gewirkt wie eine Nonne, die betet.«

Der Fürst hoffte inständig, seine Befürchtungen mochten sich nicht bewahrheiten.

»Kaum eine Minute später fasste Ottilie nach meinem Arm. Sie wankte und ich hatte Angst, sie würde ohnmächtig werden.«

»Die Nonne ...? Was war mit ihr?«

»Ottilie hat gefleht, ich möge sie nach Hause bringen. Sie war erst nicht fähig, zu sprechen. Die schlimmsten Gedanken sind mir durch den Kopf gegangen. Ihre Schwäche hat bei mir Erinnerungen an meine Mutter geweckt, die an einem Hirnschlag verstorben ist.« Während der Hauptmann erzählte, war jede Farbe aus seinem Gesicht gewichen.

»Was war der Grund für Ottilies Unwohlsein?«, fragte Ludwig. »Doch kein Hirnschlag?«

»Nein.« Hauptmann von Rappich holte tief Luft, bevor er weitersprach. Mit gesenkter Stimme vertraute er Ludwig an, was seine Frau so erschreckt hatte.

»Es waren die Worte der Nonne. Sie hat Ottilie etwas zugeflüstert. Ottilie war darüber so erschrocken, dass sie zuerst nicht sprechen konnte. Erst als ich sie ins Bett gebracht hatte, war sie kräftig genug, um mir zu erzählen, was die Nonne gesagt hat.«

»So sprich es endlich aus«, drängte der Fürst.

»Die Nonne sagte ungefähr das ...« Korbinian räusperte sich. »Ottilie wäre die letzte in einer Reihe von Frauen, die bald der Tod ereilen würde. Sie könne ihm nicht entkommen, denn es wäre um sie ein von Blut beflecktes Band geschlungen.«

»Gütiger Gott«, entfuhr es dem Fürsten.

Samstag,
22.
September
1866

31

Ein hohes Klingeln schreckte Ida aus dem Schlaf. Sie brauchte ein paar Augenblicke, um sich zu orientieren.

Das Klingeln ging weiter, die Frequenz der Schläge wurde aber langsamer.

Gähnend richtete sich Ida in ihrem Bett auf und tastete über das Nachtkästchen. Ihre Finger fühlten eine kleine Messinguhr, an deren Rückseite sich ein Hebel befand, den Ida nach unten drückte. Das Klingeln verstummte.

Ihr Pariser Wecker war eine praktische Angelegenheit, um pünktlich bei der Kaiserin den Dienst anzutreten, gleichzeitig aber hatte Ida das Gefühl, von ihm stets aus dem tiefsten Schlaf gerissen zu werden.

Sie schimpfte im Stillen mit sich: »Früher bist du schon um fünf Uhr früh wach gelegen, um nicht zu verschlafen, dummes Ding, also sei dankbar, dass du diesen Wecker hast.«

Es war spät gewesen, als sie am Vortag in ihre kleine Wohnung im Dachgeschoss der Amalienburg zurückgekommen war. Elisabeth war am Freitag wie ausgewechselt gewesen, ihre Niedergeschlagenheit war verschwunden. Ida ahnte, dass es mit dem Brief von Professor Dlauhy zu tun hatte, dessen Inhalt wohl so ausgefallen war, wie die Kaiserin es sich gewünscht hatte. Aus Prinzip stellte Ida keine zu aufdringlichen Fragen, sondern wartete ab, bis die Kaiserin von selbst erzählte, sollte sie das Bedürfnis dazu überkommen.

Wieder musste Ida gähnen. Sie schlug die Decke zurück, schwang die Beine aus dem Bett und tappte bloßfüßig ans Fenster. Als sie es öffnete und die Fensterläden aufstieß, schlug ihr die klare, aber kalte Herbstluft entgegen. Auf dem Dach des Bürgerspitals, das sich auf der anderen Straßenseite befand, trippelten Tauben. Der Himmel war grau, die Sonne verdeckt.

Wenigstens kein Regen, dachte Ida.

Nachdem sie Wasser in die Waschschüssel gegossen hatte, nahm Ida ihre Morgentoilette vor. Danach ging sie zu ihrem Schrank, öffnete ihn und betrachtete ihre Garderobe. Schließlich entschied sie sich für ein Kleid aus hellgrauem Stoff und wählte dazu eine grüne Jacke.

Die Morgenroutine endete, wie jeden Tag, mit einem kleinen Ritual, das für Ida zum Tagesbeginn dazugehörte. Sie zog die oberste Lade der Wurzelholzkommode auf, die ein Geschenk ihrer Eltern gewesen war. Als sie aus Ungarn nach Wien übersiedelte, hatte Ida darauf bestanden, sie mitzunehmen. Die Kommode war eine Erinnerung an ihre Heimat und gab ihr das Gefühl der Verbundenheit mit ihrer Familie.

Der Geruch, der aus dem Inneren der Laden aufstieg, erinnerte sie an die Sommer, die sie als Mädchen auf dem Landsitz der Eltern verbracht hatte. Fast drei Monate war sie Jahr für Jahr dort gewesen und es waren ihr nur wenige Grenzen gesetzt worden. Sie verbrachte viel Zeit mit den Jungen des nahen Gehöfts im Wald und am Weiher oder bei der Köchin in der Küche. Es war aber nicht das Essen, das sie dorthin zog, sondern die neuesten Kapitel der Romane in Fortsetzung, die ihr die Köchin aus den Heftchen vorlas, die sie Monat für Monat kaufte.

Ida trug keinen Schmuck. Ihre einzige Zierde bestand in einem Beutel, den sie am Handgelenk baumeln ließ.

Der Beutel enthielt meistens ein Taschentuch, ein wenig Geld, Papier und einen kleinen Bleistift in einem Halter aus Silber, um Elisabeths Wünsche zu notieren. Ida besaß eine Vielzahl verschiedener solcher Beutel in allen Farben und Stoffen.

An diesem Samstag wählte sie einen Beutel, den ihr die Kaiserin geschenkt hatte. Darauf war die Petit-Point-Stickerei einer Rosenranke zu sehen. Der Beutel gefiel Ida nicht nur gut, er bedeutete ihr auch viel, weil er das erste Geschenk von Elisabeth an sie gewesen war.

Als sie den Beutel hochhob, klimperte es darin. Er enthielt also noch ein paar Gulden. Sie hatte wohl vergessen, ihn nach dem letzten Tragen zu leeren. Das kam immer wieder vor. Also zog sie die Verschnürung auf und schüttete den Inhalt auf die Kommode.

Ida bemerkte, dass etwas im Beutel stecken geblieben war. Sie griff hinein und zog eine kleine Karte aus gelblichem Papier heraus.

Wie war sie in ihren Beutel hineingekommen? Ida konnte sich nicht erinnern, eine solche Karte entgegengenommen und in den Beutel gesteckt zu haben. Sie drehte sie um und versuchte, zu lesen, was darauf geschrieben stand. Die Schrift war krakelig und schwer zu entziffern.

Ida ließ den Beutel fallen. Sie stand da, eine Hand vor den Mund geschlagen. Ungläubig starrte sie die Karte an.

Wieder und wieder las sie die Buchstaben und Zahlen. Ihre Ahnung, was die Notiz zu bedeuten hatte, wurde zur Gewissheit.

»Oh mein Gott«, murmelte sie in einem fort.

Als sie den ersten Schreck überwunden hatte, überlegte sie fieberhaft, wann sie den Beutel zum letzten Mal getragen hatte. Es war bestimmt nicht in der vergangenen Woche gewesen, vielleicht auch nicht in der vorvergangenen. Weil es sich bei dem Beutel um ein besonderes Stück handelte, benutzte sie ihn nicht so häufig.

Es gab nur zwei Möglichkeiten, wie die Karte in den Beutel gelangt war: Entweder hatte sie ihr jemand untertags hineingesteckt oder es war jemand in ihre Wohnung eingedrungen.

Sie musste Elisabeth darüber unterrichten, auf der Stelle. Allerdings war die gute Laune der Kaiserin dann sicherlich dahin. Verschweigen konnte Ida die Entdeckung aber auch nicht.

Sollte sie zuerst Oberst Latour aufsuchen und die Sache mit ihm besprechen?

Nein, sie verwarf die Idee sofort wieder. Die Angelegenheit war zu wichtig. Ida hastete aus ihrer Wohnung die Treppen hinunter zum Appartement der Kaiserin.

Ida traf darin eine Dienerin an, die gerade sauber machte.

»Die Kaiserin«, rief Ida. »Ich muss sie sprechen, sofort!«

Die Frau blickte erschrocken auf.

»Kaiserin Elisabeth ... Sie ist nicht hier ...«, murmelte sie.

»Wo ist sie?«, sagte Ida barsch. »Ich muss sie sehen!«

»Sie ist weg«, brachte die Dienerin endlich hervor. »Ihre Kaiserliche Hoheit ist nach Laxenburg gefahren. Sie wollte heute ausreiten.«

Freiheit!

Einheit!

Ein Gefühl, als wäre sie schwerelos.

»Sisi, nicht so wild. Du reitest ja wie der Teufel!« Sie hatte die Stimme ihrer Mutter noch im Ohr, als sie ihre Tochter zum ersten Mal beim Reiten gesehen hatte.

»Meine Tochter, der Wirbelwind«, hatte ihr Vater Max gesagt, erfüllt von Stolz auf Sisi.

Der Ausritt im Schlosspark von Laxenburg gab Elisabeth ein Gefühl von Lebendigkeit. Sie hörte hinter sich das Pferd, auf dem ihr der Reitpilot Anastasius folgte. Da keine der Hofdamen mit ihr ausreiten konnte, begleitete er sie.

Immer besser werden. Die Beste werden! Das war Elisabeths Ziel.

Die schönste Frau, die beste Reiterin.

Die Welt sollte sehen, was eine Frau wie Elisabeth vermochte. Sie war kein Spatz, der im goldenen Käfig hockte. Kaiserin Elisabeth von Österreich war eine freie Frau und ihre Macht so groß und zauberhaft wie die der Feenkönigin Titania im »Sommernachtstraum« von William Shakespeare.

Die Sonne brach zwischen den Wolken durch und ließ die Tautropfen auf Halmen und Blättern silbrig schimmern. Was für ein magischer Morgen im Schlosspark von Laxenburg!

Eine niedrige Hecke kam in Sicht. Elisabeth, die im Damensattel ritt, fixierte sie, nahm die Zügel etwas fester und trieb den

Hengst Bravo an. Sie musste den richtigen Moment finden, um ihm das Zeichen zum Sprung zu geben.

Bravo galoppierte über das feuchte Gras. Seine Hufe erzeugten ein dumpfes, rhythmisches Geräusch.

Näher und näher kamen sie der Hecke. Bravo scheute, rutschte auf der Wiese aus und stürzte zur Seite, auf der Elisabeths Beine herabhingen.

Das Nächste, was Elisabeth sah, war das Pferd, das davongaloppierte und sich schnell entfernte. Das Klappern der Hufe wurde leiser und leiser.

Von fern konnte sie hören, wie jemand rief: »Majestät! Majestät!«

Mit einem Mal herrschte Stille um sie herum. Der Zylinderhut, ein Teil des Reitkostüms, wippte nicht mehr auf und nieder.

»Majestät! Sind Sie verletzt?«

Über sich sah Sisi den Himmel.

Zu wild, sie war zu wild geritten. Die Mutter hatte geschimpft und mit dem Vater gestritten.

»Alles ist deine Schuld, weil du sie noch antreibst, die dümmsten Kunststücke zu machen!«

»Sisi braucht man nicht anzutreiben oder zum Wagnis verführen. Sie will es von allein«, hatte der Vater gesagt, die Wangen gerötet, der Bart wild wie ein Gestrüpp.

»Majestät! Bitte sprechen Sie.«

Am Himmel über Sisi schwebte das gebräunte Gesicht von Anastasius wie eine lange Wolke.

Nun erkannte Elisabeth, was geschehen war. Sie lag auf dem Rücken. Äste stachen in ihren Nacken.

»Haben Sie sich verletzt, Majestät?«

Sisi begann zu lachen. Es war das helle, hohe Lachen von früher, als sie ein kleines Mädchen gewesen war. Ein Lachen voll Fröhlichkeit und Leichtigkeit.

»Nichts passiert«, sagte sie und hörte nun die Stimme der erwachsenen Elisabeth.

»Ein Glück, dass Sie im Busch gelandet sind.« Unbeholfen streckte der Reitpilot Elisabeth eine Hand hin, ging dann in die Knie und fasst sie am Ellbogen, um ihr aufzuhelfen.

»Es geht schon.«

Elisabeth war aus dem Sattel in einen Wacholderbusch gestürzt, dessen Äste ihren Aufprall auf dem Boden abgefedert hatten. Mit Anastasius' Hilfe befreite sie sich aus dem Blattwerk und kam wieder auf die Füße. Sie spürte einen leichten Schmerz im Rücken.

Noch immer stützte sie der Reitpilot. »Wenn Majestät hier warten, reite ich zurück und hole eine Kutsche.«

»Wo ist Bravo?«

»Wir fangen ihn bestimmt wieder ein. Er kann nicht weit sein.«

»Suchen Sie zuerst Bravo«, verlangte Elisabeth. »Er ist vielleicht in Panik. Bravo darf sich nicht verletzen.«

Ein Wiehern. Hufschlagen.

»Majestät«, sagte Anastasius überrascht. »Er kommt zurück. Er ist wieder da.«

Bravo, ein edler Fuchs mit weißer Blesse über einem Auge, kam auf Elisabeth zugeschritten. Sie streckte die Hand aus und lockte ihn leise.

Der Hengst näherte sich und warf dabei den Kopf immer wieder in die Höhe. Als sie nach den hängenden Zügeln griff, wieherte er.

»Helfen Sie mir, aufzusteigen«, verlangte Elisabeth.

»Aber, Majestät …«

»Ich reite mit Bravo noch etwas weiter, bevor wir zurückkehren. Helfen Sie mir auf das Pferd.«

Der Reitpilot sah sich schnell um. Üblicherweise wurde eine Treppe gebracht, über die Sisi in den Sattel stieg.

»Niemand sieht uns«, beruhigte ihn die Kaiserin. »Machen Sie schon.«

Anastasius verschränkte die Hände zu einer Art Steigbügel und hielt sie Elisabeth hin. Sie setzte ihren Stiefel hinein und zog sich am Sattel hoch. Damit sie aber im Sattel zu sitzen kam, musste der Reitpilot sie auf eine Art und Weise an Becken und Beinen stützen, die man am Hofe sicherlich als unschicklich bezeichnet hätte.

Als Elisabeth wieder auf dem Pferd saß, zupfte sie den Rock zurecht und prüfte, ob der Zylinderhut gut genug in ihren Haaren befestigt war.

»Danke.« Schon gab sie Bravo mit einer kleinen Bewegung zu verstehen, dass er losgehen sollte.

Wenn du aus dem Sattel fällst, steige sofort wieder auf und reite weiter, sonst wirst du es nie wieder tun, lautete ein Rat ihres Vaters. Er musste es wissen, er war öfters gestürzt.

Hengst und Reiterin hatten den Schreck überwunden und setzten den Ritt fort. Nur ein kleines Stück weiter gab Elisabeth Bravo bereits den Befehl zum Galopp. Die nächste Hecke lag vor ihnen, doch war sie höher als die erste. Elisabeth ließ Bravo keine Möglichkeit, auszuweichen. Vergessen war der Sturz, der erst ein paar Minuten zurücklag. Das Hindernis zu überwinden, war das neue Ziel.

Sisi, das Pferd und du, ihr müsst eins werden, hatte ihr der Vater oft gesagt.

Elisabeth trieb Bravo nicht an, sie ließ ihn selbst das Tempo bestimmen, das nötig war, um den Sprung zu schaffen.

Ein paar dunkle Vögel flatterten auf. Bravo scheute. Elisabeth hatte ihn sofort wieder unter Kontrolle. Ihre Muskeln spannten sich an, die Spannung übertrug sich auf das Pferd.

Da war die Hecke. Zu hoch, als dass der Hengst darüberblicken konnte. Er wusste nicht, was ihn auf der anderen Seite erwartete. Aber Elisabeth wusste es. Sie ließ ihm keine Möglichkeit, zu zaudern und ängstlich zu werden.

Sprung!

So stellte sich Sisi Fliegen vor. Frei wie ein Vogel durch die Luft gleitend.

Ein kräftiger Ruck und sie wurde wieder in den Sattel gedrückt. Der Takt des schnellen Trabs setzte ein.

Sie hatten es geschafft. Bravo lief nun viel lockerer, viel sicherer. Auch ihm war der Triumph bewusst, zu dem ihn seine Reiterin geführt hatte.

Eine halbe Stunde später erreichte Elisabeth die Stallungen, wo ihr zwei Burschen in Kniehosen und mit großen Kappen sofort entgegenliefen, um ihr den Hengst abzunehmen. Zwei weitere schleppten die Holztreppe an, über die sie absteigen konnte.

Auf einer Bank neben der offenen Stalltür saß Ida, den kleinen Beutel, den sie immer bei sich trug, auf den Knien.

Die Kaiserin erkannte sofort, dass etwas geschehen sein musste. Ida stand auf und kam auf sie zu. Als sie einander gegenüberstanden, rang Ida nach Worten.

»Was ist, Ida? Sprich!«

Ihre Hofdame prüfte die Umgebung. Die Stallburschen waren außer Hörweite, aber dennoch sprach sie sehr leise.

»Elisabeth, ich glaube ... Ich fürchte ... Ich bin sicher ...«

Weil Ida nicht weiterredete, stampfte Elisabeth energisch mit dem Stiefel auf. Ein schmerzvoller Stich ging durch ihr Bein und sie verzog das Gesicht.

»Um Himmels willen, Elisabeth, geht es dir nicht gut?«, fragte Ida besorgt.

»Es geht mir schlecht, weil du mir etwas verschweigst. Was ist es?«

»Die Fürstin ...« Elisabeth sah, wie Ida all ihren Mut zusammennahm. »Sie muss ermordet worden sein.«

Elisabeth starrte sie fassungslos an. »Das ist nicht möglich. Professor Dlauhy hat sie untersucht und nichts gefunden.«

Ida öffnete den Beutel, zog die Karte heraus und zeigte sie Elisabeth.

Die Kaiserin las die Buchstaben und Zahlen murmelnd.

Paola Minber
15. SET

»Paola Minber?« Elisabeth sah Ida von der Seite an. »Ist damit Paula von Mayenberg gemeint?«

»Ich bin fast sicher. Nein, ich bin sicher«, verbesserte sich Ida schnell.

»Und 15. SET?«

»Der Sterbetag, 15. September. Die Fürstin ist am 15. September verstorben.«

»Es hat also jemand ihren Todestag notiert«, sagte Elisabeth nachdenklich. »Warum?«

»Elisabeth«, sagte Ida und in ihrer Stimme lag der Ernst einer folgenschweren Erkenntnis. »Die Karte hat mir jemand vor Ludwig Viktors Ball heimlich in den Beutel gesteckt. Ich habe sie bloß erst heute früh entdeckt. Sie muss mindestens zehn Tage, vielleicht noch länger dort drinnen gewesen sein.«

Als Elisabeth zu einer Antwort ansetzte, meldeten sich in ihrem Körper alle Verspannungen und Prellungen des Sturzes, die der Schock verdrängt hatte. Die Kaiserin wollte sich nur noch hinlegen, bedeckt von warmen Tüchern.

33

Paula von Mayenberg lächelte ihren Mann liebevoll an. Er konnte den Blick nicht von ihrem Gesicht nehmen und fühlte, wie seine Augen zu brennen begannen.

An der Wand gegenüber seinem Bett hing das große Portrait, das Franz Xaver Winterhalter von Paula gemalt hatte. Es zeigt sie im Salon ihres Palais in Paris vor einer hohen Vase mit einem üppigen Blumenarrangement.

Das Bild war im kleinen Salon gehangen, aber der Fürst hatte einen Tag nach Paulas Tod Anweisung gegeben, es in seinem Schlafzimmer aufzuhängen, um sie beim Einschlafen und Aufwachen in seiner Nähe zu haben.

Der Tag begann mit Kopfschmerzen für den Fürsten.

Nachdem die Gäste das Palais verlassen hatten, war Ludwig noch lange allein im Salon gesessen, wo die Dienstboten leise aufräumten.

Vor seinen Augen war die junge Italienerin aufgetaucht, die ihm als Erste von der Nonne berichtet hatte. Gleichzeitig hallten Korbinians Worte in seinem Kopf nach.

Seine Frau wäre die letzte in einer Reihe von Frauen, die der Tod ereilen würde.

Die letzte in einer Reihe.

Paula war von der Nonne ebenfalls der nahe Tod angekündigt worden.

War Paula die erste in der Reihe gewesen?

Wer würden die anderen sein?

Ludwig hatte dem Cognac etwas zu sehr zugesprochen. Als er sich schließlich erhob, um zu Bett zu gehen, wäre er fast gestürzt. Der treue Leopold aber war zur Stelle, um ihn zu stützen und zum Schlafzimmer zu geleiten. Er half ihm beim Entkleiden und brachte ihm eine Wärmeflasche, weil es kalt im Haus geworden war.

Geschlafen hatte der Fürst nur wenig. Die Nonne mit der Flügelhaube hatte ihn auch im Traum verfolgt. Die Haube war immer größer geworden, die weißen Flügel unter dem schwarzen

Schleier hatten geschlagen wie die Schwingen eines Raubvogels. Beim Aufwachen hatte der Fürst nach Luft gerungen.

Durch das Fenster fiel das Licht des Morgengrauens auf das Bild von Paula. Dieses Lächeln, das er nur noch auf dem Portrait sehen konnte, aber nie wieder im Gesicht seiner geliebten Frau.

Sollte er die Polizei rufen und einen Bericht abgeben, was er von der Contessa und von Korbinian gehört hatte? Doch klang es nicht verrückt, wenn solche Schilderungen aus seinem Mund kamen?

Viel besser wäre es, wenn die Contessa und Korbinian selbst die Aussagen machten. Seine Paula würde das nicht mehr lebendig machen können, aber andere konnten gerettet werden.

Doch wovor eigentlich gerettet? Der Polizeikommissär hatte ihn aufgesucht, um ihm zu sagen, dass Paula eines natürlichen Todes gestorben war. Bis dahin hatte der Fürst nie Zweifel daran gehabt. Die Polizei offenbar schon, doch hatte sich der Verdacht laut ihren Aussagen als falsch erwiesen.

Was sollte Ludwig glauben? Er war bekannt für seine klaren Überlegungen und messerscharfen Entscheidungen in Schlachten, die sich in fast allen Fällen als richtig erwiesen hatten. Doch in diesen Stunden blieb er ratlos.

Warum sollte jemand seine Paula umbringen? Das Begräbnis hatte ihre gigantische Beliebtheit in Wien bewiesen. Und warum sollte Ottilie von Rappich sterben? Eine nette, etwas einfache Frau. Sie konnte doch keine Feinde haben.

Das blutige Band. Dieser Ausdruck beunruhigte den Fürsten besonders. Er weckte Erinnerungen, die er völlig verdrängt hatte.

Ludwig stand auf. In seinem Kopf hämmerte der dumpfe Schmerz, den der Cognac verursachte. Es gab etwas, das er im

Kummer der Tage völlig vergessen hatte. In der mittleren Lade seines Schreibtisches lag der Umschlag mit dem gefalteten Blatt, der am Tag nach Paulas Tod vor die Tür gelegt worden war.

Nur mit dem Nachthemd bekleidet trat der Fürst auf den Flur hinaus. Eine junge Zofe kam die Treppe herauf. Sie trug ein Tablett mit einer hohen Tasse, die für ihn bestimmt war. Als sie Ludwig sah, drehte sie verlegen den Kopf zur Seite.

»Ich trinke das später«, murmelte Ludwig und eilte zum anderen Ende des Flurs, wo sich sein Arbeitszimmer befand. Er setzte sich an den Schreibtisch und holte den Umschlag heraus.

FÜRST VON MAYENBERG PERSÖNLICH

Jemand hatte sichergehen wollen, dass wirklich nur er das Schreiben in Händen hielt. Er strich das Papier auf dem Leder der Tischoberfläche glatt.

```
L B
P M
C L
B S
S G
O R
```

Sein Zeigefinger wanderte von oben nach unten über die Kolonne der Buchstaben.

Immer zwei Buchstaben.

Wie Initialen.

Waren es Initialen?

Der Finger des Fürsten verharrte auf einer Zeile. Sein Herz pochte auf einmal rasend schnell.

Sisi lag ausgestreckt auf der Chaiselongue ihres Schlafzimmers, Kissen im Rücken und unter dem rechten Knie, ein gefaltetes Tuch auf ihrer Stirn. Ida tauchte es von Zeit zu Zeit ins Wasser, drückte es aus und legte es wieder zurück.

»Kölnischwasser«, verlangte Elisabeth leise.

»Ich hole es.« Ida eilte in Sisis Toilettezimmer, wo sie die geschliffene Glasflasche auf einem kleinen Silbertablett vorfand. Als Ida zurückkehrte, forderte sie die Kaiserin auf, ihr damit die Schläfen zu benetzen.

»Kein Wort zum Kaiser«, schärfte sie Ida ein. »Er opponiert gegen meine Liebe für das Reiten immer auf das Heftigste. Ein solcher kleiner Ausrutscher wäre Wasser auf seine Mühlen.«

»Du kannst dich auf mich verlassen«, versicherte Ida.

»Bouillon täte mir gut. Und Eis. Vanilleeis.«

»Ich werde beides sofort holen lassen.«

Diesmal nahm Ida die Tür zum Gang, den die Diener benutzten, damit sie nicht durch die Zimmer der Kaiserin gehen musste. Einen Stock unter Sisis Appartement befand sich eine Küche, in der ausschließlich für sie gekocht wurde. Die Köchin verdrehte die Augen über die unerwartete Bestellung, versprach aber, die gewünschte Suppe sofort anzurichten. Das Eis würde länger dauern.

Einmal hatte Ida zugesehen, wie Sisis Lieblingsspeise zubereitet worden war. Das Kochen von Obers und Vanille mit Zucker war der einfache Teil. Wesentlich anstrengender war das Rühren, das in einer Art Eimer stattfand, in den man ein Rührgerät einsetzen konnte, das mit einer Kurbel betrieben wurde.

Aus dem Eiskeller, der tief unter der Hofburg lag, wurde ein Stück Eis geholt, das im vergangenen Winter an der Donau »geerntet« worden war. Es wurde in ein Tuch gewickelt und mit dem Hammer zerschlagen. Die kleinen Teile kamen in die doppelte Wand des Eimers, danach konnte das Rühren beginnen.

Die Köchin überließ diese Aufgabe ihren Hilfskräften. Sie selbst kontrollierte nur von Zeit zu Zeit die Konsistenz des Eises. Ida hatte Elisabeth nie verraten, dass die Köchin dazu den Finger benutzte, den sie daraufhin genießerisch ableckte.

Nachdem Elisabeth die Suppe getrunken hatte, verlangte sie von Ida die Karte.

»Zeig sie mir noch einmal.«

Ida holte den Beutel, den sie auf Elisabeths Schreibtisch abgelegt hatte, und nahm die Karte heraus. Die Kaiserin studierte sie eingehend und drehte sie dabei immer wieder hin und her.

»Wer die Karte in meinen Beutel befördert hat, ist und bleibt mir ein Rätsel«, sagte Ida.

»Es kann nicht geschehen sein, während du den Beutel am Handgelenk getragen hast?«, fragte die Kaiserin.

»Das wäre mir aufgefallen.«

»Wo hast du den Beutel abgestellt?«

Einmal mehr dachte Ida angestrengt nach. Sie vergegenwärtigte sich jeden Schritt, den sie mit dem Beutel in letzter Zeit getan hatte. Sie versuchte, sich zu erinnern. Bilder stiegen vor ihr auf ...

»Ich sehe es genau vor mir!«, rief Ida aus. »Es war bei diesem italienischen Goldschmied. Ballarin. Er hat mir Limonade servieren lassen und da habe ich den Beutel auf einen Hocker gelegt. Später hat er mich in den hinteren Teil des Geschäfts geführt und ich kann mich nicht entsinnen, den Beutel mitgenommen zu haben. Erst als ich das Geschäft wieder verließ, habe ich ihn an mich genommen.«

»Und wer hat die Karte geschrieben und in den Beutel gesteckt?«, wollte Elisabeth wissen.

»Bei dem Goldschmied war ein Mädchen. Ein unglückseliges Geschöpf. Ballarin behandelte sie wie eine Dienerin und sagte, sie wäre stumm und im Kopf etwas zurückgeblieben. Auf mich hat sie einen furchtsamen, verschreckten Eindruck gemacht.«

»Du meinst, sie könnte es getan haben?«

»Sie blieb im vorderen Teil des Geschäftes. Dort, wo mein Beutel lag.«

Elisabeth verlangte nach mehr Kölnischwasser und einem frischen Tuch für die Stirn.

»Ida, das würde bedeuten, dieses Mädchen hat dir mit der Karte eine Warnung zukommen lassen, dass Paula von Mayenberg sterben würde.«

»Sie hätte es mir nicht sagen können, da sie nicht sprechen kann«, überlegte Ida laut.

»Woher aber wusste sie es? Warum hat sie es nicht selbst verhindert?« Elisabeth klopfte nervös mit der Hand auf die Lehne der Chaiselongue.

»Das Mädchen heißt Chiara«, erzählte Ida. »Sie wird zur Goldschmiedin ausgebildet und arbeitet in der Werkstatt, die hinter dem Verkaufsraum liegt.«

»Von dort aus kann sie einiges hören«, meinte Elisabeth.

»Sie könnte Kundschaft belauscht haben, die über den Mord gesprochen hat.«

Elisabeth wischte Idas Vermutung beiseite. »Denkst du, ein Mörder geht zum Goldschmied und teilt ihm mit, einen Mord begehen zu wollen?«

Da musste Ida der Kaiserin recht geben. Das war sehr unwahrscheinlich.

»Wenn sie mir die Karte zusteckt ...«, begann Ida.

Elisabeth vollendete den Satz: »... so kann es daran liegen, dass Ballarin selbst der Mörder ist.«

Es wurde geklopft. Eine junge Dienerin brachte auf einem Tablett eine Schale in Muschelform, die mit dem frischen, hellgelben Vanilleeis gefüllt war. Elisabeth setzte sich auf und begann, das Eis mit großer Geschwindigkeit zu löffeln. Ida hatte sie nie zuvor so schnell essen gesehen.

»Die Überlegung kann nicht zutreffen«, sagte Elisabeth, als sie fertig gegessen hatte. »Der Goldschmied war nicht auf dem Ball. Die Mayenberg war nur in Begleitung ihres Mannes, da bin ich mir sicher. Wie soll er sie getötet haben, wenn er nicht in der Nähe war?«

Ida sah nur einen Weg, um mehr zu erfahren. »Ich gehe morgen erneut zu ihm und gebe wieder vor, mich für ein Schmuckstück zu interessieren.« Sie nahm die Karte von dem niederen Tisch neben der Chaiselongue.

»Die da werde ich mitnehmen. Wenn sich das Mädchen blicken lässt, werde ich damit unauffällig winken. Die Reaktion von Chiara kann vieles verraten.«

»Diese Sache kann nicht warten«, sagte Elisabeth. »Meinst du, das Geschäft hat geöffnet?«

Die Standuhr auf dem Kaminsims zeigte zwei Uhr am Nachmittag.

»Ich kann mein Glück versuchen«, sagte Ida. »Mit dem Fiaker müsste ich in einer halben Stunde dort sein.«

35

Als Treffpunkt hatte der Fürst den Hietzinger Friedhof vorgeschlagen. Wenzel wohnte mit seiner Familie in einer Villa unweit des Casino Dommayer. Ein Spaziergang von Ludwig und Wenzel würde niemandem verdächtig erscheinen. Wenn sie vor der Gruft derer von Mayenberg standen, meinte sicherlich jeder, sie würden für die Fürstin beten, die erst einen Tag zuvor beigesetzt worden war.

Niemand durfte ihre Unterhaltung hören. Sie mussten darauf achten, dass kein Mensch in ihrer Nähe war.

Die Nachricht war Wenzel von einem jungen Diener des Fürsten überbracht worden. Er sollte sie sofort lesen und Antwort geben. Der Graf war überrascht, ließ Ludwig aber ausrichten, ihn um zwei Uhr am Nachmittag zur Gruft begleiten zu wollen.

Schlag zwei Uhr kam er auf einen Stock gestützt zum Friedhofstor.

»Die Kutsche habe ich in der Nebengasse warten lasse«, sagte er. Sein steifes Bein machte das Gehen nicht einfach.

Der Fürst, der hinter dem Pfeiler des großen Tores gewartet hatte, deutete ihm, sich zu beeilen.

»Ludwig, was ist mit dir? Du bist kreideweiß im Gesicht. Ist dir nicht gut?«

»Folge mir. Was immer ich sage, lass dir weder Erstaunen noch Bestürzung anmerken. Wir trauern gemeinsam.«

Der Graf sah ihn verständnislos von der Seite an und schüttelte langsam den Kopf.

»Unterlass das Kopfschütteln«, zischte Ludwig ihn an. »Senke den Blick und gehe einfach neben mir. Achte darauf, dass niemand hinter den Büschen steht, der lauschen kann.«

»Mein Gott, Ludwig, ich verstehe kein Wort ...«

»Du wirst mich gleich verstehen. Tue, was ich angeordnet habe.« Ludwig von Mayenberg klang wie früher, als er sein Regiment befehligte.

Immer wieder strichen kräftige Windböen über sie hinweg und rüttelten an den Ästen der Bäume. Dunkle Wolken trieben am Himmel dahin. Es würde bald Regen geben.

»Wie lauten die Initialen deiner Frau?«, fragte der Fürst leise.

»Wie schon? S. G. Stephanie von Grünau. Ich verstehe die Frage nicht.«

»Sei still und höre nur zu.«

Gehorsam schloss Wenzel den Mund. Der Fürst ging schnell, Wenzel hatte Mühe, mit dem steifen Bein Schritt zu halten, worauf Ludwig aber keine Rücksicht nahm.

»Die Gattin von Lichtegg heißt Cosima. Initialen C. L. Sandfeldts Frau ist Benita. Initialen B. S. Korbinians Ottilie hat die Initialen O. R. für Ottilie von Rappich.«

Wenzel konnte sich nicht länger zurückhalten. »Jetzt sag endlich, wieso ich herkommen sollte!«

Sie hatten die Gruft erreicht. Erst am Montag würde die Marmorplatte auf die Öffnung gelegt werden. Derzeit war sie mit Brettern abgedeckt, auf die man Kränze getürmt hatte.

Ludwig deutete seinem Freund, sich dicht neben ihn zu stellen. »Tue, als würdest du beten.«

Nachdem der Fürst sich erneut vergewissert hatte, dass sie nicht belauscht wurden, ließ er die Hand in seine Manteltasche gleiten und holte das Papier heraus. Er zeigte ihm die Kolonne der Initialen.

```
L B
P M
C L
B S
S G
O R
```

Ludwig deutete mit dem Finger auf die zweite Zeile. »P. M., Paula Mayenberg.«

»Du meinst, dass mit S. G. meine Frau gemeint ist?«, fragte Wenzel. Seine Stimme war lauter geworden.

»Beherrsche dich. Bewahre Ruhe«, ermahnte ihn Ludwig. »C. L. kann für Cosima Lichtegg stehen, B. S. für Benita Sandfeldt und O. R. für Ottilie Rappich.«

»Woher hast du diese Liste?«

Der Fürst schilderte mit wenigen Worten, auf welche seltsame Art sie ihm überbracht worden war.

Wenzel zeigte auf die erste Stelle der Aufzählung. »Für wen steht L. B.?«

»Ich weiß es nicht. Aber ich weiß, was diese Aufstellung bedeutet.« Er drehte das Blatt um. Auf der Rückseite waren zwei Kreuze und daneben zwei waagerechte Striche aufgemalt worden. Danach hielt er es zum Himmel, sodass Licht durchfallen konnte. Die Kreuze standen nun neben L. B. und P. M.

»Das Kreuz neben Paula«, flüsterte Wenzel. »Das Zeichen für verstorben.«

»Beide Initialen durchgestrichen. Ottilie hat gestern hier von einer Nonne angekündigt bekommen, sie wäre die letzte in einer Reihe von Frauen, die bald der Tod ereilen würde. Sie könne ihm nicht entkommen, denn es wäre um sie ein blutbeflecktes Band geschlungen.«

Der Graf musste husten. »Welche Nonne sagt so etwas?«

»Die Nonne hat auch Paula den Tod angekündigt. Im Stephansdom. Aber Paula hat es nicht ernst genommen.«

»Es soll eine mordende Nonne in der Stadt geben?«

»Verstehst du noch immer nicht?«, fragte Ludwig scharf. »Das blutbefleckte Band. Ist dir nicht klar, was das ist? Nenne es ein blutiges Band. Verstehst du jetzt?«

»Nein.«

»Und die fünf Frauen, deren Initialen hier stehen?«

»Was die Frauen gemeinsam haben, sind wir. Die fünf, die damals ...« Wenzel stutzte. »Das kann es nicht sein.«

Ludwig lachte bitter. »Denkst du, das wäre alles Zufall? Ein Scherz, den sich jemand erlaubt?«

»Paulas Tod ist kein Scherz ...«

»Seine Drohung war damals ein blutiges Band«, sagte der Fürst.

»Keiner von uns hat die Drohung gehört«, stammelte Wenzel. »Es wurde dir nur erzählt.« Der Graf war hörbar bemüht, den Verdacht seines ehemaligen Vorgesetzten zu zerschlagen. »Ludwig, was auch immer diese seltsame Nachricht soll, es kann nicht sein, dass ...«

Ludwig unterbrach ihn. Sehr langsam, sehr leise und sehr deutlich wiederholte er die Worte: »Ein blutiges Band.«

»Trotzdem ... Es ist viel zu lange her.«

»Dann erkläre mir, was die Drohungen dieser Nonne sonst bedeuten sollen? Erkläre mir diese Liste! Erkläre mir die Initialen.«

Wenzel sah ihn ratlos an.

»Es kann nichts damit zu tun haben«, wiederholte er bloß.

»Was macht dich so sicher?«

»Niemand weiß davon. Außer uns fünf.«

»Außer euch vier und mir, der ich damals alles vertuscht habe.«

»Leiser, Ludwig«, beschwichtigte ihn Wenzel.

Fürst von Mayenberg starrte auf die Kränze. »Das blutige Band. Natürlich weiß davon noch jemand.«

»Wer?«

»Derjenige, der die Drohung ausgesprochen hat.«

Wenzel schüttelte den Kopf. »Du weißt so gut wie ich, dass er nie dazu fähig wäre.«

»Wozu fähig? Meine Frau zu ermorden und deine und die anderen?«

Wenzel schwang seinen Stock. »Niemals. Unmöglich. Nach all der Zeit. Wie sollte er uns gefunden haben?«

»Glaub mir eben nicht, es ist deine Entscheidung. Aber bring deine Frau in Sicherheit.« Der Fürst blickte flehend zum Himmel. »Wieso war ich damals so dumm?«

»Weil du dein Leben genauso wenig zerstören wolltest wie die unsrigen«, erwiderte Wenzel kalt.

Ludwig starrte ihn finster an. »Dafür hat meine Paula mit ihrem Leben bezahlt.«

»Du bist in Trauer, Ludwig. Du fantasierst dir da etwas zusammen.«

Obwohl er es nicht zeigte, trafen ihn Wenzels Worte. War das alles etwa nur ein Hirngespinst? Der Fürst begann, an seinem Verstand zu zweifeln. Er erinnerte sich an das Gespräch mit dem Polizeikommissär. Es war für ihn nach dem Begräbnis nur noch verwirrender geworden.

Die gerichtsmedizinische Untersuchung hatte eindeutig einen natürlichen Tod festgestellt, ohne Fremdeinwirkung.

Mit den Händen fuhr sich Ludwig immer wieder über das Gesicht.

»Mach, wie immer du glaubst«, sagte er zu Wenzel. »Ich weiß, was ich zu tun habe.« Er schritt davon.

»Ludwig!«, rief ihm Wenzel hinterher. Er wollte ihm folgen, was mit dem steifen Bein aber schwer war. Der Fürst hatte immer schon einen sehr schnellen Gang gehabt. »Ludwig, wo willst du hin?«

Der Fürst blieb stehen und drehte sich zu ihm um. »Adieu, Wenzel. Und denk daran: Nichts ist so fein gesponnen, dass es nicht kommt ans Licht der Sonnen.«

36

Das eisenbeschlagene Tor war mit einem Balken verriegelt, den zwei große Vorhängeschlösser mit dicken Haken an der Mauer verbanden.

Ida hatte das Gefühl, der venezianische Löwe blickte an diesem Nachmittag hochmütig auf sie herab. Das geöffnete Maul erschien ihr wie ein spöttisches Grinsen.

Die Fiakerfahrt hatte wesentlich länger gedauert, als Ida geschätzt hatte. Der Grund waren die Bauarbeiten an der Ringstraße. Sie hatte einige der Gebäude, die dort entstanden, als Zeichnungen in der Zeitung gesehen: die Hofoper, das neue Rathaus, das Parlament und zwei große Museen, die gegenüber der Hofburg stehen sollten.

»Nix als Dreck und Lärm«, hatte der Kutscher des zweispännigen Fiakers geschimpft, von dem sich Ida zum Geschäft des

Goldschmieds fahren ließ. »Kein Weiterkommen. Ständig ist was anderes abgesperrt.«

Er musste einen Umweg durch die Gassen der inneren Stadt nehmen, wo aber auch zahlreiche andere Pferdedroschken unterwegs waren. An manchen Ecken gab es kein Weiterkommen. Die Kutschen, die zur gleichen Zeit aus den Quergassen zusammenkamen, wollten alle die Vorfahrt, keine hielt an.

Was für ein Geschrei und Gefluche. Ida hätte sich am liebsten die Ohren zugehalten. Pferde wieherten ängstlich, eines stieg sogar hoch und wollte durchgehen. Der Kutscher hatte große Mühe, es zurückzuhalten.

Als sie endlich das Haus in der Schottenfeldgasse erreichten, verklang gerade der vierte Schlag der Glocke der St.-Laurenz-Kirche.

Der Himmel über den Häusern war noch ein wenig dunkler geworden. Ida ordnete dem Kutscher an, auf sie zu warten. Falls es, wie man vermuten konnte, bald zu regnen begann, wollte sie sofort einsteigen und trockenen Fußes zurück in die Hofburg fahren können.

Ida befühlte den Beutel in ihrer Hand und ließ die Finger über die raue Stickerei gleiten. Hinter dem verriegelten Tor konnte Ida keinen Laut ausmachen. Offenbar waren Ballarin und das Mädchen nicht zu Hause. Die Hofdame seufzte. Sie hatte der Begegnung mit dem Goldschmied und seinem stummen Mündel mit großer Spannung entgegengeblickt, würde nun aber wohl doch nichts über die seltsame Karte herausfinden können.

Von hinten stieß etwas gegen ihren Rock. Ida drehte sich erschrocken um. Ein Holzreifen fiel klappernd auf das Pflaster. Ein

Mädchen kam über die Straße gelaufen, einen kleinen Stock in der Hand. Vor Ida blieb sie stehen und blickte hoch. Ihr engelsgleiches Gesicht war schmutzig und von rotblonden Haaren umrahmt, die dringend gewaschen werden mussten.

»Wie heißt du?«, wollte Ida wissen.

»Lotte. Aber Mama nennt mich Lotti. Oder Lotta, wenn sie böse ist. Papa sagt Balg zu mir, aber das ist nicht nett, nicht wahr?«

»Nein, das ist nicht nett«, gab ihr Ida recht.

Lotte hob den Reifen auf. Sie stellte ihn aufrecht neben sich und versetzte ihm einen Schubs. Der Reifen rollte los, kam aber gleich darauf ins Wanken und fiel um.

»Ich kann das nicht«, sagte Lotte seufzend.

Im Reifentreiben hatte sich Ida als Kind manchmal im Hof des Landsitzes ihrer Familie versucht. Dort aber war das Pflaster nicht so uneben und der Reifen konnte besser rollen.

»Du musst ihn kräftiger anschieben«, riet Ida.

»Wie?«

Ida streckte die Hand aus. Lotte holte den Reifen und reichte ihn ihr. »Den Stock auch«, verlangte Ida.

Mit großen, neugierigen Augen beobachtete Lotte, wie Ida den Reifen mit der rechten nahm und den Stock mit der linken Hand hielt. Mit einer schnellen Bewegung versetzte Ida den Reifen in Schwung. Er rollte los und Ida hatte Mühe, ihn einzuholen. Als er sein Tempo verringerte, war Ida an seiner Seite und trieb ihn mit dem Stock wieder an. So kam sie mehrere Häuser weit, bis der Reifen dann doch ins Schlingern geriet und gegen eine Mauer prallte.

Lotte kam ihr nachgelaufen. »Du kannst das gut. Dabei bist du so fein.«

»Ich war auch einmal ein Mädchen, wie du«, sagte Ida. Das kurze Spiel hatte ihr eine innere Freude bereitet, die Ida schon lange nicht mehr verspürt hatte.

Gemeinsam gingen sie zum Haus zurück, in dem sich das Geschäft des Goldschmieds befand.

»Kennst du die Leute, die hier wohnen?«, fragte Ida.

»Der Brüller und die M-m-m?« Lotte presste die Lippen zusammen, als sie »M-m-m« von sich gab. Man brauchte nicht viel Fantasie, um zu verstehen, dass sie damit die stumme Chiara darstellte.

Was aber war ein Brüller? Ida fragte und erhielt umgehend die Antwort.

»Der Mann aus Italien«, erklärte Lotte. »Er brüllt, wenn wir hier spielen. Er brüllt auch, wenn wir durch das Fenster spähen. Er brüllt, wenn wir singen. Er ist immer nur böse.«

»Weißt du, wo Herr Ballarin heute ist? Und Chiara?«

»Heißen so der Brüller und die M-m-m?«

Ida lächelte geduldig. »Das ist der Name des Goldschmieds und seines Mündels. Sie ist stumm, sie kann nicht sprechen.«

Mit dem Handrücken rubbelte Lotte über ihre Nase. Danach bohrte sie mit dem Finger darin.

Ida schloss die Augen und tat, als würde sie es nicht sehen. »Die zwei sind nicht hier. Weißt du, wo sie hingegangen sind? Oder sind sie weggefahren?«

»Nur der Brüller. Die M-m-m war nicht bei ihm.«

Das erstaunte Ida. »Meinst du, sie ist noch im Haus?«

»Er sperrt sie immer ein. Ist sie gefährlich?«

»Nein, ganz sicher nicht. Aber, Lotte, sage mir, bist du sicher, dass das stumme Mädchen sich im Haus befindet?«

»Sie kommt nie raus.«

»Woher kennst du sie dann?«, wollte Ida wissen.

»Die Tür war einmal offen. Da sind wir hinein. Weil wir wissen wollten, was dort drinnen ist. Da haben wir sie gesehen. Wir haben sie erschreckt und sie hat nur M-m-m gemacht. Und mit den Armen so gewinkt.« Lotte führte es Ida vor.

Chiara schien den Kindern gedeutet zu haben, schnell wieder zu verschwinden.

Prüfend betrachtete Ida die Häuserzeile. »Wie kann ich zum Garten gelangen, der zu diesem Haus gehört?«

Lotte zuckte mit den Schultern. »Weiß ich nicht.«

Sie spuckte aus. »Ist das weit? Ich will so weit spucken können wie mein großer Bruder.«

»Eine junge Dame spuckt nicht«, belehrte sie Ida.

Lotte lachte glockenhell. »Ich bin keine Dame.«

Eine geschlossene, dunkelgrüne Kutsche kam die Straße herabgefahren.

Die Hufe der Pferde klapperten auf den Pflastersteinen. Der Kutscher, ein Mann in dunklem Mantel und mit Melone auf dem Kopf, zog an den Zügeln und schlug mit der Zunge, woraufhin die Pferde ihren Gang verlangsamten.

Die Kutsche besaß ein schwarzes Dach und schwarze Verkleidungen über den Rädern, die den aufspritzenden Schmutz abhielten. Die Laternen links und rechts vom Kutscher und die Beschläge der Tür waren aus poliertem Messing.

Eine edle Kutsche, stellte Ida fest, kein gewöhnlicher Fiaker. An der Tür prangte ein Wappen in den Farben Rot und Grün, mit verschlungenen goldenen Girlanden.

Die Kutsche hielt vor dem Haus des Goldschmieds. Der Kutscher sprang von seinem Sitz und eilte zur Kutschentür, um sie zu öffnen.

»Das ist er, er kommt zurück!«, rief Lotte.

Der Vorhang am Kutschenfenster war geschlossen. Ida beobachtete, wie ihn jemand von innen ein klein wenig öffnete.

Aus der Kutsche wurde dem Kutscher etwas auf Italienisch zugerufen. Von einer Frau oder einem Mann? Ida konnte es nicht ausmachen.

Der Kutscher sprang zurück auf die Bank, zog kräftig an den Zügeln und trieb die Pferde an, die sich sofort in Bewegung setzten.

»War das wirklich die Kutsche von Herrn Ballarin, dem Goldschmied?«, wollte Ida von Lotte wissen.

»Nein.«

»Wieso sagst du dann, dass er zurückkehrt?«

»Weil er immer mit dieser Kutsche kommt.«

»Was heißt das, Lotte? Ich verstehe dich nicht.«

»Die Kutsche kommt manchmal und dann steigt er mit Leuten aus. Manchmal stützen sie ihn. Sie bringen ihn ins Haus und fahren dann wieder fort.«

Ida trat nun doch an die Tür, nahm den Ring und klopfte kräftig. Sie konnte die Schläge im Haus hören.

»Da ist sie!«, rief Lotte und zeigte mit dem schmutzigen Finger auf das hohe Fenster neben der Tür. Ida sah Chiaras blasses

Gesicht, das aber sofort wieder verschwand, als sich ihre Blicke trafen.

Energisch klopfte Ida erneut und rief nach Chiara. Das Mädchen aber ließ sich nicht mehr blicken. Schließlich nahm Ida die Karte aus dem Beutel, trat unter das schmale Fenster, stellte sich auf die Zehenspitzen und hielt die Karte ans Glas. Sie kratzte ihre spärlichen Italienischkenntnisse zusammen und rief: »Questo è il tuo?«

»Was heißt das?«, fragte Lotte.

»Ob die Karte von ihr ist.«

Aus dem Haus drang kein Laut. Hinter keinem der Fenster tauchte Chiara noch einmal auf.

*Sonntag,
23.
September
1866*

37

Herbststürme zogen über Wien hinweg. Immer wieder brach die Sonne zwischen den Wolken durch und tauchte die Hofburg in goldenes Licht.

Oberst Latour hatte Ihrer Majestät, der Kaiserin, eine Nachricht zukommen lassen, dass er zur Mittagszeit mit dem Kronprinzen die Naturaliensammlung der Hofburg besuchen würde. Rudolfs großer Wunsch war es, dass Elisabeth mitkommen sollte.

Nach der Sonntagsmesse, als Elisabeth die Hofburgkapelle verließ, hielt sie Franz Josef auf.

»Sisi, es gibt Neuigkeiten, die dich erfreuen werden.«

Elisabeth hoffte, das Familienessen würde an diesem Tag ausfallen, wusste aber, dass dieser Wunsch nie in Erfüllung ging.

»Sag's mir, Franzl«, erwiderte sie lächelnd. Noch immer hatte sie Schmerzen im Bein und am Rücken, aber sie hatte die Zähne zusammengebissen und war, ohne zu hinken, in der Kapelle an ihren Platz gegangen.

»Mein Obersthofmeister hat mir heute Morgen die Mitteilung gebracht, dass ...«

Sisi unterbrach ihn. »Mein Entschluss steht fest und ich werde mich von dir nicht abbringen lassen.«

Der Kaiser sah sie verwundert an. »Welcher Entschluss?«

»Die Reise nach Possenhofen.«

Sie konnte in Franz Josefs Gesichtszügen Überraschung und gleichzeitig Sorge erkennen.

»Sisi, du willst verreisen? Wirklich? Muss das sein?«

»Ja. Ich will das.«

»Aber deine Schwestern Marie und Mathilde kommen nach Wien.«

»Marie und Mathilde?«

»Ja. Sie werden in drei oder vier Tagen hier eintreffen. Ich dachte, das wird dich freuen.«

»Natürlich freut mich das.«

Das war nicht die ganze Wahrheit. Elisabeth war froh, dass Mitglieder ihrer Familie zu ihr kamen, wobei sie den Besuch eines Bruders bevorzugt hätte. Allerdings hatte Marie in den vergangenen Jahren für allerhand Skandale gesorgt und so hatte sie sicherlich Aufregendes zu berichten.

»Ich erwarte Marie und Mathilde am Sonntag selbstverständlich beim Familiendiner«, sagte Franz Josef.

»Sie werden die Einladung mit großer Freude annehmen, Franzl«, versicherte die Kaiserin. »Aber bitte entschuldige mich nun, ich habe Rudolf versprochen, mit ihm die Naturaliensammlung zu besuchen. Er interessiert sich sehr für die Objekte, die von der Brasilienexpedition zurückgebracht worden sind.«

»Geh, Sisi, der Bub ist der Kronprinz. Man sollte dieses Interesse für Steine und Tiere nicht fördern.«

Erzherzogin Sophie blieb bei ihnen stehen. Sie hielt ihr Gebetsbuch in den Händen und blickte ihren Sohn fragend an.

»Was ist mit dem Kronprinzen, wenn ich fragen darf?«

»Du darfst nicht«, hätte Elisabeth am liebsten gerufen, hielt sich aber zurück.

»Sisi will mit ihm in die Naturaliensammlung gehen«, erklärte Franz Josef seiner Mutter. »Ich finde, der Bub steckt den

Kopf viel zu sehr in Bücher, statt Gehorsam und Disziplin zu lernen.«

Die Mutter des Kaisers wandte sich an Elisabeth. »Mir fällt der Freigeist auf, der in Rudolf wächst, seit du die Oberhoheit über seine Erziehung übernehmen wolltest. Graf Gondrecourt ...«

Nun konnte sich Elisabeth nicht mehr zurückhalten. »Ich will diesen Namen nicht mehr hören. Gondrecourt hat Rudolf gequält. Nennt ihr das allen Ernstes Erziehung?«

Franz Josef und die Erzherzogin schwiegen. Sophie fand die Sprache als Erste wieder. »Ist die Hofnaturaliensammlung nicht geschlossen?«

»Nein, geschlossen ist sie nicht«, sagte Franz Josef. »Aber es findet die Übersiedlung zahlreicher Exponate der Expedition statt.«

»Der Brasilienexpedition?«, fragte Elisabeth verwundert.

»Nein, von der Novara-Expedition«, antwortete der Kaiser. »Die erste Weltumsegelung meiner Marine. Es waren Exponate im Palais Augarten ausgestellt, aber die Ausstellung wurde geschlossen.«

»Noch mehr neue Dinge zu bestaunen. Rudolf wird begeistert sein«, versicherte Elisabeth Franz Josef und seiner Mutter lächelnd. »Die Kustoden haben bestimmt viel zu erzählen, das ihn interessiert.«

Elisabeth kannte den Blick ihrer Schwiegermutter, den sie ihrem Sohn zuwarf. Franz Josef sollte Sisi zurechtweisen, nachdem man ihr schon mehrfach gesagt hatte, dass der Kronprinz für seine spätere Aufgabe der Thronfolge zu erziehen war und nicht für naturwissenschaftlichen Firlefanz.

Franz Josef war wieder einmal zerrissen zwischen seiner Mutter und Sisi. Er fürchtete Elisabeths Zorn und hatte Angst, sie könnte ihn eines Tages wirklich verlassen. Deshalb sagte er nur schwach: »In die Kabinette auf dem Dachboden lass Rudolf aber nicht gehen!«

»Warum?«

Erzherzogin Sophie setzte ihr dünnes Lächeln auf, mit dem sie Sisi gerne ihre Überlegenheit ausdrückte.

»Franz, wieso?«, wiederholte Sisi.

»Soll er nur. Es wird seinen Mut und seine Unerschrockenheit fördern, wenn er es tut«, sagte die Erzherzogin.

»Was redet ihr da?«, wollte Elisabeth wissen.

Sophie ging wortlos davon. Franz Josef küsste Sisi die Hand und verabschiedete sich hastig.

»Wir sehen uns beim Abendessen«, sagte er bloß und ließ Sisi ratlos zurück.

Kein Satz erschien ihm als Eröffnung richtig. Er suchte nach Worten, die außer seinen ehemaligen Kameraden niemand verstehen würde. Man konnte nie wissen, ob so ein Schreiben nicht in falsche Hände geriet und damit zum Schuldeingeständnis wurde.

Noch immer lag ein leeres Blatt vor dem Fürsten auf dem Schreibtisch. Ludwig erhob sich und streckte die steifen Beine aus. Sein Rücken schmerzte von der angespannten Haltung.

Wenzel wusste Bescheid, Friedrich, Georg und Korbinian mussten es erfahren. Mochten sie mit der Nachricht tun, was immer sie wollten, aber Ludwig konnte sie nicht für sich behalten.

Der Fürst schüttelte die Klingel. Leopold, der jeden freien Tag ablehnte, erschien wenig später und fragte nach dem Begehr.

»Die Kutsche. Sofort. Ich habe eine längere Ausfahrt vor.«

Er würde die anderen drei Offiziere persönlich aufsuchen und ihnen seinen fürchterlichen Verdacht mitteilen. Schrift war Gift, daher waren gesprochene Worte besser als geschriebene Buchstaben.

Die Woche war wesentlich besser verlaufen, als Heinrich Brettschmidt es sich erwartet hätte. Er hatte mit Paula von Mayenberg zwar seine beste Kundin verloren, die das wichtigste Aushängeschild für seinen Modesalon in der Wiener Gesellschaft gewesen war. Zu seiner großen Überraschung waren aber bereits am Montag nach dem tragischen Vorfall mehr Aufträge gekommen als in den Wochen davor.

Die Näherinnen hatten auch in der Nacht arbeiten müssen. Zahlreiche Damen wollten für die Beerdigung der Fürstin neue Mäntel, manche neue Kleider. Selbst das Begräbnis von Paula von Mayenberg wurde zu einem Modeereignis, bei dem alle glänzen wollten.

Es hatte Heinrich geschmerzt, einige neue Kundinnen vertrösten zu müssen, da die Werkstatt einfach keine weiteren Aufträge mehr annehmen konnte.

Seine Mutter hatte ihm ihr Missfallen darüber vielfach ausgedrückt und ihm den Teufel an die Wand gemalt: Die Damen würden zu anderen Schneidern gehen. Da die Fürstin nicht mehr den Ton angab, würde die Konkurrenz die Führung übernehmen. Es war einer seiner vielen Fehler, dass er nicht genug Schneiderinnen beschäftigte, um alle Aufträge auszuführen.

Auf seinen Einwand, dass er in schwächeren Zeiten die Näherinnen wieder entlassen würde müssen, hatte seine Mutter nur gelacht und gehöhnt, dass es nie schwächere Zeiten gegeben hätte, als noch sie und Heinrichs Vater den Salon geführt hatten.

Zur Zeit seiner Eltern war der Salon nicht einmal halb so groß und bedeutend gewesen, wie er unter Heinrich geworden war, aber das wollte seine Mutter nicht wahrhaben.

Es war Sonntag und Heinrich sehnte die Stunde herbei, die er mit Grit verbringen konnte. Außerdem wurde er sich im plüschigen Wohnraum, wo sich die Mädchen den eintreffenden Herren präsentierten, ein oder zwei Gläser Champagner gönnen und eine Zigarre, wie sie auch die Eigentümerin des Etablissements, Frau Lieb, rauchte.

Die Eingangstür des Etablissements lag im Innenhof eines Hauses am Spittelberg. Heinrich ging, wenn es nicht in Strömen regnete, die Strecke vom Kohlmarkt gerne zu Fuß. Als er hörte, wie die Glocke der Michaelerkirche zwei Uhr schlug, machte er sich auf den Weg.

Damit sich die Polizei keinen Zutritt verschaffen konnte, musste man einen bestimmten Takt an die Tür klopfen. Zweimal kurz, zweimal lang, dreimal kurz.

Versteckt von Efeuranken befand sich neben der Tür ein kleiner Spiegel. Von drinnen konnte man sehen, wer draußen stand. Alle Freier mussten die Gesichtskontrolle bestehen, bevor sie in den »Tempel der Liebe« eingelassen wurden, wie Frau Lieb ihr Etablissement gerne nannte.

Die Torwächterin war angeblich Frau Liebs Mutter, die in einer Kammer neben dem Eingang saß und die noch nie jemand gesehen hatte.

Man munkelte, dass in Frau Liebs Etablissement auch so mancher hohe Herr vom Kaiserhof verkehrte. Für diese Herrschaften hatte Frau Lieb aber einen eigenen Zugang eingerichtet, den Heinrich nicht kannte. Er sollte über eine Hintertreppe direkt in den ersten und zweiten Stock führen, wo sich die Zimmer der Damen befanden.

Für einen Schneidermeister wie Heinrich blieb der offizielle Zugang. Öffnete sich die schwarz lackierte Tür, überkam ihn jedes Mal das Gefühl, eine andere Welt zu betreten.

Die Luft im großen Raum, der hinter einem dicken dunkelroten Vorhang lag, war erfüllt von Rauch, schweren Parfüms und dem Geruch von Champagner und Schnaps. Heinrich fand es stets aufs Neue erregend, den Vorhang aufzuziehen und in diese Höhle der Lust einzutauchen.

Rote Sofas, Damasttapeten, drei kleine Separees zum »Kennenlernen«, ein paar ausladende Sessel und in der Ecke eine Bar, hinter der sich ein Durchgang in den Keller befand, in dem die Champagnerflaschen gelagert wurden.

Als Heinrich eintrat, stand Frau Lieb, gehüllt in einen dunkelgrünen Seidenmantel, hinter der Bar, im Mund die Reste einer Zigarre.

Grit war nicht zu sehen, was Heinrich enttäuschte. Sonst wartete sie schon auf ihn. Ihm gefiel der Gedanke nicht, sie könnte mit einem anderen Herrn zusammen sein. Auch wenn sie eine Dirne war, spürte Heinrich Eifersucht.

Frau Lieb machte eine einladende Geste. Heinrich ging zu ihr und lehnte sich mit dem Ellbogen auf die Theke.

»Schön, dass Sie uns wieder beehren«, sagte Frau Lieb. Sie sprach die Besucher nie mit Namen an, auch wenn sie bestimmt alle kannte.

»Ist Grit …?« Heinrich deutete mit den Augen nach oben.

»Grit macht sich noch fein für Sie.«

Ob das die Wahrheit war, fragte sich Heinrich.

Ein Glas wurde vor ihn hingestellt und Frau Lieb schenkte ihm Champagner ein. Auch sie nahm ein Glas, füllte es halb und prostete ihm zu.

»Danke.« Heinrich nahm einen Schluck. Der Champagner war warm und schmeckte schal. Aber einem geschenkten Gaul sah man nicht ins Maul.

Die Besitzerin des Etablissements griff in den Ausschnitt ihres Mantels und zog einen Umschlag heraus. Zu seinem Erstaunen streckte sie ihn Heinrich hin.

»Für Sie. Vielleicht ein Liebesbrieferl«, sagte sie auf ihre kokette Art.

HEINRICH BRETTSCHMIDT PERSÖNLICH

Er erkannte die Schrift sofort. Es war dieselbe wie auf den drei Umschlägen, die vor seiner Tür gelegen waren. Langsam griff er nach dem Brief.

»Wo ... wie ... wer hat ihn für mich abgegeben?«

Der Seidenmantel war Frau Lieb über die Schulter gerutscht. Sie zog ihn hoch und band den Gürtel enger.

»So eine Rotznase. Ein Gassenbub.«

»Er kam hier herein?«

»Der freche Kerl hat geklopft. Ich habe Olga öffnen lassen.«

Heinrich kannte Olga. Er fand sie furchteinflößend. Über dem Mund trug sie den Anflug eines Oberlippenbarts. Ihre Schenkel und Oberarme waren muskelbepackt. Doch Heinrich wusste, dass es Männer gab, die sie anziehend fanden.

Frau Lieb warf beim Lachen den Kopf zurück. »Dem Bürschchen ist wohl das Herz in die Hose gerutscht, als ihn Olga gefragt hat, was er hier sucht.« Sie ahmte Olgas tiefe, männliche Stimme nach und musste noch mehr lachen.

»Der Gassenbub hat ihr den Brief für mich gegeben?«

»Er hat ihn vor Schreck fallen gelassen und ist weggerannt.«

Weil er es nicht aushielt, den Umschlag ungeöffnet zu lassen, zog sich Heinrich damit in eines der Separees zurück. Er schloss den Vorhang. Seine Hände zitterten.

Er entnahm dem Umschlag ein gefaltetes Blatt Papier. Eine kurze Nachricht, genau wie in den anderen Umschlägen.

> **EINE ROSE FÜR COSIMA LICHTEGG
> VOM MANN IHRES HERZENS
> NUR FÜR SIE PERSÖNLICH
> DIE ROSE KOMMT VON EINEM
> KAVALIER, DER SO ANDERS IST ALS
> DER VEREHRER VON VALERIA**

Cosima von Lichtegg war Kundin im Salon Brettschmidt. Sie war eine der Damen, die sich bei Heinrich einen dunklen Mantel zur Beerdigung der Fürstin hatte schneidern lassen. Außerdem hatte sie ihn gefragt, ob Paula von Mayenberg vielleicht schon neue Kleider in Auftrag gegeben hatten, die sie sehen könne. Sie war sehr an der Farbwahl und der Form der Modelle interessiert.

Auch wenn Heinrich ihr Benehmen als unverfroren und pietätlos empfunden hatte, erzählte er von den Wünschen der Fürstin nach warmen Erdtönen und breiten Borten auf Schleppe und Brust.

Frau von Lichtegg hatte schnaubend bemerkt, dass ihr Mann bereit war, seine Großzügigkeit zu zeigen, weil er einiges gutzumachen hatte. Details hatte sie keine fallen gelassen und selbstverständlich hatte Heinrich auch nicht danach gefragt.

Gatten, die bereit waren, hohe Rechnungen der Schneiderei Brettschmidt zu bezahlen, waren oft mehr schuldbewusst als wohlhabend.

Die erste Anprobe für Gräfin von Lichtegg war für morgen, Montag, vereinbart. Sie würde ein neues Kleid anprobieren, das Heinrich eigentlich für Fürstin von Mayenberg vorgesehen hatte.

Was aber war mit der Rose gemeint? Er verstand die Nachricht nicht.

Schnell steckte er den Brief in den Umschlag zurück und ließ ihn in seiner Manteltasche verschwinden. Als er aus dem Separee trat, kam Grit gerade die Treppe herunter. Sie streckte die Hüfte zur Seite, legte die Hand darauf und schenkte ihm ein Lächeln.

An diesem Tag verfehlte die Bewegung ihre Wirkung. Heinrichs Gedanken kreisten um die Rose.

»Na, da ist ja mein Lieber«, sagte Grit. Sie kam zu ihm und nahm Heinrich an der Hand. »Deine Grit hat schon Sehnsucht nach dir gehabt.«

Normalerweise wäre Heinrich ihr mit Wonne nach oben gefolgt. Diesmal aber musste sie ihn fast hinter sich herziehen.

»Haben wir heute wieder einen schlimmen Buben da?« Grit wechselte in ihre strenge Rolle, die Heinrich aber auch nicht erregen konnte.

Nur eine halbe Stunde später kehrte er nach unten zurück. Seine Haare waren zersaust, das Hemd hing noch aus der Hose. Er stopfte es hinein und schlüpfte in den Rock, den er mit dem Mantel über dem Arm trug.

»Was ist denn? Hat Grit Ihre Wünsche nicht erfüllt?«, erkundigte sich Frau Lieb besorgt. Sie saß auf einem Sofa, von dem aus sie den Stiegenaufgang im Blick hatte. Ihr gegenüber hatte ein Mann Platz genommen, der Heinrich den Rücken zukehrte.

»Ich muss gehen«, sagte Heinrich knapp.

Die Bordellbesitzerin erhob sich und kam zu ihm. Er holte das Geld aus der Hosentasche und drückte es ihr in die Hand. Frau Lieb beugte sich an sein Ohr.

»Verwenden Sie das Etablissement neuerdings als Ort für Übergaben, die keiner sehen soll?«

»Was?« Heinrich sah sie entgeistert an.

»Erst der Brief. Und gerade vorhin das.« Frau Lieb ging hinter die Bar und holte ein längliches Holzkästchen herauf. Sie reichte es dem überraschten Heinrich. »Eine Nonne hat es gebracht. Sie hat es vor die Tür gelegt, geklopft, Ihren Namen genannt und ist gegangen, hat man mir mitgeteilt.«

»Ich habe keine Ahnung ...«

»Aber gehn S'.« Frau Lieb öffnete den Deckel des Kästchens. Eingebettet in blauen Samt lag darin eine goldene Rose. Sie hatte die Größe eines Fingers. Blüte, Blätter und Dornen waren kunstvoll aus Gold gefertigt. »Ist das gar ein Geschenk für Grit? Wenn damit Hoffnungen verbunden sind, so sage ich Ihnen gleich, dass Sie enttäuscht werden.«

»Nein.« Heinrich entriss ihr das Kästchen. Er entdeckte an der Rose eine lange, aufklappbare Nadel und am unteren Ende einen Haken. Die Rose war eine Brosche, die an ein Kleid gesteckt wurde.

»Ich muss gehen.« Heinrich eilte in seinem watschelnden Gang zum Ausgang und ins Freie.

In seiner Wohnung angekommen stellte er sich ans Fenster, öffnete die Schatulle und betrachtete die Kostbarkeit. Selten zuvor hatte er ein so schönes Schmuckstück gesehen. Auch ohne jeden Edelstein sah die Goldarbeit edel aus.

Wieso sollte er die Rose übergeben? Ihm fiel der Pfarrer ein, der aus Versehen das Mieder in die Hände bekommen hatte, das für Paula von Mayenberg bestimmt gewesen war. Die Fürstin war wenig später während des Balls tot umgefallen. Nun hielt er eine goldene Rose in Händen, die eine Nonne gebracht hatte. Womöglich dieselbe, die das Mieder von ihm verlangt hatte?

Heinrich kamen schreckliche Gedanken.

War die Rose ein Todesbringer?

Die Hofburg erschien Ida manchmal wie das Innere eines Ameisenhügels. Als sie ein Kind war, hatte einer ihrer Onkel mit einem Messer ein Stück aus einem Ameisenhaufen herausgeschnitten, um ihr die Gänge und Kammern zu zeigen. Sie erinnerte sich an die vielen kleinen Tiere, die sofort ihre Eier in Sicherheit bringen wollten.

Es war bewundernswert, mit welcher Mühelosigkeit der Hofkammerdiener die Kaiserin und sie durch die Hofburg führte. Er wusste genau, welches Treppenhaus sie nehmen mussten, wie viele Stockwerke hinauf- oder hinunterzugehen waren und welche Abzweigung der Gänge die richtige war.

Die k.k. Naturaliensammlung befand sich neben der Hofbibliothek am Josefsplatz und erstreckte sich über mehrere Stockwerke. Ida hatte davon gehört, war aber noch nie dort gewesen.

Der Weg von Elisabeths Appartement zur Sammlung war ein kleiner Fußmarsch.

Die Kaiserin ging dicht neben Ida. Sie sprach leise, damit der Lakai sie nicht hören konnte.

»Mir geht dein Bericht von gestern nicht aus dem Kopf.«

»Auch ich musste die halbe Nacht darüber nachdenken. Aber ich habe keine Erklärung, Elisabeth.«

»Ich schon.«

Ida sah überrascht zur Kaiserin hoch, die fast einen Kopf größer war als sie. »Darf ich fragen, wie sie lautet?«

»Wer auch immer in der Kutsche saß, wollte von dir nicht gesehen werden.«

Ida nickte. Elisabeths Überlegung klang einleuchtend.

»Nur ein Mensch, der ein schlechtes Gewissen hat, verhält sich so«, fuhr Sisi fort.

»Du meinst also, der Goldschmied hat mit dem Tod der Fürstin zu tun?«

»Das habe ich nicht behauptet. Auch eine andere Person, die in der Kutsche saß, kann der Mörder sein.«

Der Lakai öffnete eine hohe Doppelflügeltür und trat zur Seite.

Das Erste, was Ida erblickte, war ein menschliches Skelett. Es stand dem Eingang genau gegenüber und glotzte den Besucherinnen mit leeren Augenhöhlen entgegen.

Langsam schritt die Kaiserin durch die Tür, Ida folgte ihr zögerlich. Sie betraten einen hohen Raum mit Gewölbedecke, in dem sich an allen Wänden Vitrinenschränke erhoben. Sie waren aus honigbraun lasiertem Holz gezimmert, unten geschlossen und im oberen Teil mit Glastüren versehen.

Dahinter, dicht gedrängt, war eine Unzahl an ausgestopften Vögeln zu sehen. Solch leuchtende Gefieder, die langen, dünnen Schnäbel und die Körperformen hatte Ida noch nie zuvor gesehen. Sie mussten von weit entfernten Orten hergekommen sein.

Ida hatte das Gefühl, in eine andere Welt einzutauchen. Als sie staunend an den Schränken entlangging, knarrte der Parkettboden unter ihren Schuhen.

»Die Tiere sehen aus, als könnten sie gleich wieder lebendig werden«, stellte Elisabeth fest.

»Mama!« Rudolf kam aus dem Nebenraum zu seiner Mutter gelaufen. Er schlang die Arme um ihren Rock und sie strich ihm über den Kopf.

Hinter Rudolf folgte Oberst Latour, danach zwei Männer in dunklen Anzügen. Der Anblick Ihrer Majestät ließ die beiden sofort stehen bleiben und sich tief verbeugen.

»Das also ist die Sammlung, die vor mir geheim gehalten wurde«, sagte die Kaiserin.

Da die beiden Männer noch immer vorgeneigt standen, deutete Elisabeth Latour, die beiden aus der unbequemen Position zu befreien.

»Sie können sich aufrichten«, flüsterte der Oberst ihnen zu.

Die Männer folgten der Aufforderung, wagten aber nicht, in die Richtung Ihrer Majestät zu blicken.

»Die beiden Herren sind Kustoden und Forscher der kaiserlichen Naturaliensammlung«, stellte Oberst Latour vor. Er deutete auf den Kleineren der beiden. Der buschige Backenbart passte gar nicht in sein rundes, rosiges Gesicht, fand Ida.

»Martin Larounge, Majestät, Doktor der Mineralogie und bis vor kurzer Zeit Mitarbeiter des Novara-Museums.«

Die Kaiserin nickte ihm zu. »Die Novara-Expedition, die erste Weltumsegelung der k.k. Marine.«

»So ist es, Majestät.« Larounge war das Erstaunen über das Wissen der Kaiserin anzumerken.

»Richard Wonmar, seines Zeichens Professor der Zoologie«, sagte Latour, als er auf den anderen Mann deutete, der groß und ernst war und einen abwesenden Blick hatte.

Die Kaiserin zeigte um sich. »Sind das alles Tiere, die von der Brasilienexpedition zurückgebracht wurden?«

»Der Großteil stammt von der Brasilienexpedition, Majestät. Vereinzelt sind es auch Objekte der Novara-Expedition«, sagte Larounge.

»Wann haben die Expeditionen stattgefunden?«, wollte Elisabeth wissen.

»Die Brasilienexpedition fand zwischen 1817 und 1821 statt, die Weltumrundung der Novara dauerte von 1857 bis 1859, Majestät«, antwortete Wonmar.

»Sie erwähnten ein Novara-Museum«, warf Ida ein.

»Sehr wohl.« Richard Wonmar war sichtlich nervös, in der Gegenwart der Kaiserin zu sprechen. Viel zu schnell sprudelten die Informationen aus ihm heraus.

»Das Novara-Museum, das nach der Expedition im Palais im Augarten eröffnet worden war, hat man leider im vergangenen Jahr geschlossen. Die Exponate werden derzeit hierher übersiedelt und katalogisiert. Da uns aber der Platz fehlt, können wir nur wenige in den Vitrinen unterbringen. Die meisten müssen in Kisten auf den Dachboden oder in den Keller.«

»Komm, Mama, du musst das Nashorn sehen«, drängte Rudolf.

»Ein Nashorn gibt es hier?« Elisabeth blickte ihren Sohn zweifelnd an.

Der Kronprinz schob sich zwischen den beiden Kustoden durch und lief in den Nebenraum. Elisabeth folgte ihm.

Das Nashorn war mächtiger, als Ida vermutet hätte. Es stand in einer Vitrine aus Holz und Glas, dick, dunkel und starr.

»Das Horn soll Zauberkraft besitzen. Darum wird das Nashorn gejagt«, erzählte der Kronprinz aufgeregt. »Dieses Nashorn sollte nach Hamburg in die Menagerie, aber es ist auf der Reise gestorben.«

»Das arme Tier«, bemerkte Elisabeth.

»Solche Nashörner leben weit weg, Mama. Auf Jaffa.«

»Java«, verbesserte ihn Latour. »Das ist eine Insel im Indischen Ozean.«

»Gibt es hier auch Schlangen?«, fragte Rudolf begierig.

Wieder musste Wonmar erst seinen Hals freibekommen, ehe er antworten konnte. »Die Sammlung verfügt derzeit nur über sehr wenige Exponate. Aber wir haben dafür Eingeweidewürmer.«

Rudolfs Neugier war sofort geweckt. »Was ist das?«

»Es sind Würmer, die in den Eingeweiden von Tieren und Menschen leben, dem Darm oder der Leber.« Als Wonmar die etwas angeekelte Miene der Kaiserin bemerkte, fügte er schnell hinzu: »Doch ich kann Ihrer Majestät den Anblick nicht empfehlen.«

»Sie haben sicherlich noch viele andere interessante Sachen ausgestellt«, sagte Elisabeth.

»Kann ich die Schlangen sehen?«, bettelte der Kronprinz.

Die beiden Kustoden blickten zwischen Rudolf, der Kaiserin und Latour hin und her, weil sie nicht wussten, wessen Bitte sie erfüllen sollten.

»Na gut, zeigen Sie uns die Schlangen«, willigte Elisabeth ein.

Rudolf war begeistert. Die Herren blieben im nächsten Raum vor einem hohen Vitrinenschrank stehen. Auf den unteren Regalbrettern waren präparierte Fledermäuse zu sehen, die man mit ausgebreiteten Flügeln auf das Holz gespannt hatte. Die kleinste war nicht größer als ein Daumen, die größte aber besaß die Maße eines Falken. Rudolf betrachtete sie mit offenem Mund. »Sind die gefährlich?«

»Diese hier ganz sicher nicht«, meinte Elisabeth lächelnd, »denn sie leben nicht mehr. Ihre Heimat ist weit weg von hier, also können sie in der Nacht bei uns nicht fliegen.«

»Das weiß ich doch, Mama!«

Die Kaiserin hatte ihm nur böse Träume ersparen wollen.

»Dort können Sie die Grüne Mamba sehen«, sagte Wonmar. Er zeigte auf das oberste Regalbrett, auf dem sich Zylindergläser reihten. Verschiedene Schlangen waren in klaren Flüssigkeiten eingelegt.

»Grüne Mamba«, wiederholte Rudolf staunend.

»Die Grüne Mamba, Majestät, gilt als besonders giftige Schlange. Das Gift ist bei einem Biss für den Menschen absolut tödlich.«

Rudolf sah den Forscher beeindruckt an. Danach deutete er auf Gläser daneben, die schwarze Frösche enthielten.

»Wieso sind die Frösche schwarz? Ich kenne nur grüne Frösche.«

»Soweit mir bekannt ist, haben sie in ihrer Heimat Brasilien leuchtend farbige Punkte, die auf den Präparaten nicht mehr zu sehen sind«, erklärte Wonmar.

»Einen grünen Frosch habe ich schon einmal gesehen. In Schönbrunn. Im Teich«, erzählte Rudolf.

Ida hatte ähnliche Erinnerungen. Als Mädchen hatte sie im Sommer auf dem Land Frösche beim Schwimmen im Teich beobachtet. Sie hatte sich stets erschrocken, wenn einer von ihnen von einem Seerosenblatt sprang oder im Wasser unter ihr vorbeitauchte.

»Wie nennt man diese schwarzen Frösche?«, wollte sie wissen.

»Das sind südamerikanische Pfeilgiftfrösche«, erklärte Wonmar.

»Pfeilgift?« Rudolf wiederholte das Wort voll Sensationsgier. »Haben sie Pfeile?«

»Soweit ich aus den Aufzeichnungen der Expedition weiß, verwenden Eingeborene das Gift der Frösche, um die Spitzen ihrer Pfeile zu vergiften.«

Der Kronprinz stellte sich auf die Zehenspitzen und reckte den Hals.

»Nun ist es genug«, sagte Elisabeth. Sie streckte die Hand nach Rudolf aus. »Komm, wir gehen weiter.«

»Dort oben sind bestimmt noch andere gefährliche Tiere. Ich will sie sehen«, bettelte er.

»Wir könnten eine Leiter holen«, bot Larounge an.

»Ich will die gefährlichen Tiere sehen«, wiederholte der Kronprinz trotzig.

»Das ist nicht möglich«, sagte seine Mutter mit einem Anflug von Ungeduld.

Rudolf schob die Unterlippe vor.

Ida spürte die Unsicherheit der Kaiserin, die nicht wusste, wie sie mit Rudolf umgehen sollte. Oberst Latour kam ihr zu Hilfe.

»Majestät, ein anderes Mal ist das vielleicht möglich. Nun aber wollen wir weiter.«

Missmutig verließ Rudolf mit den Erwachsenen den Raum und folgte ihnen einen Stock tiefer.

Larounge bat die Kaiserin in den Raum, der seinem Spezialgebiet gewidmet war: der Mineralogie.

Mitten im Raum standen Schaukästen mit giebelförmigem Glas, unter dem Steine und Kristalle ausgestellt lagen. Larounge hörte nicht auf, zu erzählen. Die warnenden Blicke seines Kollegen konnten ihn nicht davon abhalten, seiner Begeisterung mit jedem Satz mehr Ausdruck zu verleihen.

Über ihnen war das Geräusch von zerbrechendem Glas zu hören. Larounge unterbrach seinen Vortrag. Elisabeth sah sich suchend um.

»Wo ist Rudolf?«, rief die Kaiserin. Der Kronprinz musste sich heimlich fortgeschlichen haben.

Im oberen Stockwerk hörte Ida das Weinen eines Kindes. Latour lief los, die Kaiserin und Ida folgten.

Der Oberst war wesentlich schneller als die Frauen in ihren langen Röcken. Als sie das obere Ende der Treppe erreichten, kam ihnen Latour schon entgegen. Er trug den Kronprinzen in den Armen.

»Den Arzt!«, rief er.

»Um Himmels willen, was ist geschehen?« Elisabeth eilte zu ihm.

Rudolf war leichenblass. Blut tropfte aus einem Schnitt an seiner Hand zu Boden. Er schluchzte leise.

»Nicht weinen, nicht weinen«, hörte Ida ihn murmeln.

»Der Kronprinz muss versucht haben, zu der Schlange zu klettern. Er hat dazu die Schranktüre geöffnet und ist auf die Kante gestiegen«, erklärte Latour.

Die Glastür der Vitrine stand noch offen. Der Boden davor war übersät von den Scherben zerbrochener Gläser. Die Präparationsflüssigkeit war ausgelaufen und zwischen den Scherben lagen eine grünliche Schlange und andere kleine Reptilien.

»Rudolf ist hinuntergefallen und hat sich an den Scherben geschnitten«, fuhr Latour fort.

»Lassen Sie sofort den Arzt holen!«, befahl Elisabeth. Sie strich Rudolf über das Haar und wischte mit dem Finger die Tränen von seiner Wange.

»Nicht weinen, ich darf nicht weinen«, murmelte der Kronprinz in einem fort.

»Alles wird gut, Rudi. Alles, alles, alles«, versicherte ihm seine Mutter.

Ida konnte Elisabeths tiefe Besorgnis spüren. Vor zehn Jahren hatte die Kaiserin ihre kleine Tochter Sophie verloren. Sie hatte damals darauf bestanden, Sophie und deren Schwester Gisela auf die Reise nach Ungarn mitzunehmen, obwohl ihre Schwiegermutter dagegen gewesen war.

Die Anstrengungen der Reise hatten die Mädchen geschwächt. Beide bekamen eine Darmerkrankung, an der Sophie starb.

Ida wusste, dass die Kaiserin den Verlust bis zu diesem Tage nicht überwunden hatte. Nichts auf dieser Welt fürchtete sie so sehr, wie noch ein Kind zu verlieren.

Wutschnaubend kehrte Elisabeth vom Abendessen in ihr Appartement zurück. Fanny Feifalik erwartete sie im Toilettezimmer, um Elisabeths Frisur aufzulösen und ihre Haare zu bürsten. Ein Ritual, das jeden Abend stattfand, bevor sich die Kaiserin zu Bett begab.

Elisabeth rang um Fassung. Aus dem Spiegel starrte sie ein zorniges Gesicht an, das ihr fremd erschien. Aber war es ein Wunder bei all dem, was sie sich hatte anhören müssen?

Der Kaiser hatte die ganze Mahlzeit lang geschwiegen. Ihre Schwiegermutter hatte Sisi zwischen jedem Gang über den Tisch vorwurfsvolle Blicke zugeworfen. Die Nachricht vom Unfall des Kronprinzen in der Naturaliensammlung hatte am Hof schon die Runde gemacht.

Der Kaiser erhob sich, noch bevor das Dessert serviert worden war. Die Lakaien, die kleine Schalen mit Erdbeercreme brachten, mussten sie umgehend in die Küche zurücktragen. Elisabeth, ahnend, was auf sie zukam, hatte versucht, den Saal auf dem kürzesten Weg zu verlassen. Es war ihr aber nicht gelungen. Franz Josef hinderte sie daran.

»Sisi, wie konnte der Kronprinz nur in solche Gefahr gebracht werden? Man befürchtet eine Blutvergiftung!«

»Rudi geht es schon viel besser. Es war vor allem der Schock über die blutende Wunde«, versicherte Elisabeth.

»Er war nicht beaufsichtigt und hat gleichzeitig das disziplinierte Verhalten eines Thronfolgers vermissen lassen«, sagte Erzherzogin Sophie, die sich, wie Elisabeth es erwartet hatte, einmischte.

»Von wegen Gefahr!«, brauste Sisi auf. »Sein früherer Erzieher hat ihn nächstens im Lainzer Tiergarten ausgesetzt. Erscheint euch das weniger gefährlich?«

»Man nennt das Erziehung zur Tapferkeit und Unerschrockenheit«, belehrte sie ihre Schwiegermutter.

»Wann wirst du einsehen, dass eine militärische Erziehung das einzig Wahre für einen Kronprinzen ist«, platzte Franz Josef heraus.

»Ich darf dich erinnern, dass du auf meine Bedingungen eingegangen bist und mir allein seine Erziehung übertragen hast«, sagte Elisabeth aufgebracht.

»Ein Zugeständnis, das es in keinem Königs- oder Kaiserhaus der Welt jemals gegeben hat«, sagte die Erzherzogin voller Entrüstung.

»Es gibt Wichtigeres für Rudolf zu lernen als über Frösche, die bei uns gar nicht leben«, sagte der Kaiser.

»Zum Beispiel Exerzieren, das von ihm schon verlangt wurde, als er gerade mal drei war! Bei Regen und Schnee!«, fauchte ihn Elisabeth an.

»Wie redest du mit dem Kaiser?«, tadelte sie die Schwiegermutter.

Elisabeth ignorierte den Einwurf. Zu Franz Josef sagte sie: »Ich bin sehr wohl in der Lage, meinem Sohn eine Erziehung zukommen zu lassen, die ihn zu einem aufrechten Menschen macht, der dem Leben und seinen Anforderungen mutig und klug entgegentritt. Dazu gehört die Förderung seiner Interessen und seiner Persönlichkeit.«

Mit diesen Worten hatte sie Franz Josef und seine Mutter einfach stehen gelassen und war abgegangen. Nun saß sie in ihrem Toilettezimmer und ließ ihre Wut verrauchen.

Jemand klopfte an die Tür.

»Sisi, darf ich eintreten?«

Fanny Feifalik ließ die Bürste sinken. »Der Kaiser«, flüsterte sie ehrfürchtig. »Soll ich gehen?«

»Warte nebenan«, befahl Elisabeth. Nachdem Fanny die Türe hinter sich geschlossen hatte, bat sie Franz Josef, einzutreten.

»Sisi, erspare uns doch solchen Streit.« Sein Blick erinnerte Elisabeth an Shadow, als er neulich ein Kissen zerkaut hatte.

»Dann erspare du mir die ewigen Vorwürfe, was Rudis Erziehung betrifft.«

»Ich mache mir doch nur Sorgen.«

»Ich auch.«

Das Kaiserpaar sah einander schweigend an.

Franz Josef erregte in seiner Hilflosigkeit, die er in solchen Momenten zeigte, Elisabeths Mitleid. Wie konnte er ein so großes Reich regieren, wenn er in allen Angelegenheiten, die das Leben und die Liebe betrafen, so linkisch und schwach agierte?

Um die angespannte Stimmung etwas zu lockern, wechselte Elisabeth das Thema. »Die Räumlichkeiten der Naturaliensammlung sind zu klein, wie man mir heute gesagt hat.«

»Ach was? Aber, Sisi, das ist doch nichts, worum sich eine Kaiserin kümmern muss.«

Elisabeth kam eine Idee, wie sie Franz Josef mit den eigenen Waffen schlagen konnte. »Franzl, da schafft ein Schiff deiner Marine eine Umsegelung des Erdballs und kehrt reich beladen mit Erkenntnissen und Entdeckungen aus anderen Erdteilen zurück. Du kannst doch nicht im Ernst verlangen, dass diese wissenschaftlichen Schätze einfach auf Dachböden verschwinden.«

»Das oberste Ziel waren neue Handelsplätze und Verbindungen«, warf Franz Josef ein.

Elisabeth tat, als hätte sie das nicht gehört. »Lass mich eine Neuordnung der Sammlung unterstützen, die ihrem Wert entspricht und die dich und die Menschen der Stadt stolz macht.«

»Du versuchst, mir zu schmeicheln, Sisi«, sagte der Kaiser und drohte ihr scherzhaft mit dem Zeigefinger. »Ich kenne dich gut.«

»Tust du das wirklich?«, fragte sich Elisabeth im Stillen.

»Aber ich kann dir keine Bitte abschlagen«, gestand Franz Josef.

»Du wirst es nicht bereuen«, versicherte ihm seine Frau.

»Übrigens«, fügte Sisi hinzu, »was hast du heute angedeutet mit dem Raum unter dem Dach, den Rudolf nicht betreten sollte? Wieso? Was befindet sich dort?«

»Ich habe sie selbst nie gesehen«, sagte Franz Josef. Seine Stimme war leiser geworden. »Sie sollen dort weggeschlossen sein.«

»Wer?«

»Schwarze Wilde.«

»Redest du von Tieren?«

»Nein, von Menschen aus Afrika. Sie wurden nach ihrem Tod ausgestopft. Mit Muschelkette und Lendenschurz sollen sie in einer Vitrine stehen.«

Entgeistert sah Elisabeth ihren Mann an.

»Du beliebst, zu scherzen.«

»Als der Karl, der Max und ich Kinder waren, hat man uns erzählt, dass Diener manchmal gegen Geld Leute in die Kammer auf dem Dachboden führen und ihnen die ausgestopften Wilden zeigen«, erzählte Franz Josef.

Elisabeth richtete sich auf. »So sie sich dort tatsächlich noch befinden, werde ich veranlassen, dass die Körper dorthin kommen, wo sie hingehören.«

Der Kaiser war von der heftigen Reaktion seiner Frau überrascht und machte einen Schritt zurück.

»Und wo wäre das?«, fragte er.

Sisi funkelte ihn an. »Dorthin, wo alle anderen Menschen auch liegen, wenn sie den Tod gefunden haben: in die Erde!«

*Montag,
24.
September
1866*

42

Bereits am frühen Morgen betrat die Kaiserin das Wiener Allgemeine Krankenhaus, um einen Besuch zu absolvieren. Ärzte sollten sich in ihrer Arbeit geschätzt und Kranke in ihrem Leiden unterstützt fühlen.

In Begleitung von Ida und zahlreichen Ärzten schritt sie durch zwei Säle, in denen Metallbetten standen. Sie trat zu Kranken, fragte sie nach ihrem Befinden und wünschte gute Besserung.

»Ein Engel«, rief eine Greisin, deren Hautfarbe fast so weiß war wie das Laken ihres Bettes. »Ein Engel ist mir geschickt worden.«

»Kein Engel, aber Ihre Kaiserin«, erklärte ihr Ida.

Die Alte blickte sie ungläubig an. »Die Kaiserin? Das kann nicht sein.«

Weil sie die Worte gehört hatte, kam Elisabeth zurück an das Bett und versicherte, die Kaiserin von Österreich zu sein. Die Alte lachte und zeigte ihren fast zahnlosen Kiefer. Ihr weißes, dünnes Haar stand unfrisiert vom Kopf ab.

»Die Kaiserin Elisabeth. So mag ich nun in Frieden sterben.«

»Ich wünsche eine rasche Genesung«, sagte Elisabeth.

Die Ärzte dankten der Kaiserin viele Male für ihren Besuch und versicherten, welche hohe Bedeutung er für die Patientinnen und Patienten besaß.

Es musste sich herumgesprochen haben, dass Elisabeth dem Krankenhaus die Ehre erwies, denn als sie durch das Portal in den sonnigen Tag hinaustrat, hatte sich eine kleine Menge von Schaulustigen versammelt. Sie liefen auf die Kaiserin zu, sie gafften, manchen stand der Mund offen vor Staunen.

Ida konnte nicht verstehen, wieso Elisabeth bei ihren Ausfahrten auf Wachen verzichtete. Sie hätten die Menschen zurückdrängen können. So aber kamen sie ungeniert näher. Hände wurden ausgestreckt, um das Kleid der Kaiserin zu berühren.

»Weg, Platz für die Kaiserin«, rief Ida und schwang ihren Schirm. Viel Wirkung zeigten ihre Drohungen aber nicht.

Der Kutscher ließ die Rösser wiehern und trieb sie auf die Menschen zu. Nun mussten sie auseinanderweichen und der Kutsche Platz machen. Ida riss die Tür auf und Elisabeth kletterte hinein.

In der Kutsche konnte Ida hören, wie einige Hände gegen die Kutschenwand klatschten. Die Fahrt ging los und sie ließen die Menge hinter sich.

Von draußen rief der Kutscher etwas durch das kleine Fenster hinter seiner Bank.

»Wir müssen einen Umweg über die Spitalgasse machen«, sagte er. Ida konnte ihn durch den Fahrtlärm kaum hören. »Wegen Bauarbeiten.«

Ida teilte es Elisabeth mit.

»Spitalgasse?«, fragte die Kaiserin.

»Ja, wir biegen soeben ein.«

»Befindet sich in ihr nicht der Ort, an dem Professor Dlauhy tätig ist?«

»Du meinst, wo er die Toten untersucht?« Ida ahnte schon, was die Kaiserin als Nächstes sagen würde, flehte aber im Stillen, es würde anders kommen.

Ihr Flehen blieb ungehört. »Ich will ihn aufsuchen. Ich muss ihn zu Paula von Mayenberg befragen«, sagte die Kaiserin.

»Elisabeth, wir sind nicht angemeldet. Wer weiß, ob Professor Dlauhy anwesend ist. Eine Kaiserin kann nicht einfach ...«

»... kann nicht einfach in ein Institut kommen, wo Tote untersucht werden? Meinst du, das schickt sich nicht für eine Kaiserin?«, fragte Elisabeth spitz.

Ida erwiderte nichts.

»Du weißt, was es in mir auslöst, wenn mir jemand sagt, dass sich etwas für die Kaiserin nicht schickt.«

Ja, das wusste Ida nur zu gut. Also gab Ida dem Kutscher den Auftrag, sie zur Spitalgasse Nummer 4 zu fahren.

Wenig später rollte die Kutsche durch ein großes Tor auf ein einstöckiges Gebäude zu. Der Kutscher hielt vor den Stufen, die zum Eingang führten. Ida erhob sich, um auszusteigen.

»Ich gehe vor und sehe, dass ich den Professor finde. Bitte warte in der Kutsche.«

Die Kaiserin lächelte.

Ida stemmte das schwere Holztor des Hauses auf und betrat eine Halle mit Steinboden. Die Wände waren in einem kalten Weiß gestrichen. Zwei junge Männer kamen gerade den langen Flur herab. Ida sprach sie an und fragte, wo sie Professor Dlauhy finden könnte. Einer der beiden zeigte zur Treppe, die nach oben führte. »Er hält sich wahrscheinlich im Chefzimmer auf.«

»Oder im Seziersaal im Souterrain«, meinte der andere.

»Seziersaal? Der Ort, an dem er die ›Untersuchungen‹ vornimmt?«, fragte Ida vorsichtig nach.

»Ja. Dort werden die Toten aufgeschnitten«, erwiderte der Mann. Sein Ton verriet, dass er Ida schockieren wollte. Doch die Hofdame strafte ihn bloß mit einem verachtenden Blick und beschloss, zuerst ins Chefzimmer zu gehen.

Friedrich von Lichtegg war noch unrasiert und sein Haar unfrisiert, als er dem Fürsten die Türe öffnete.

»Ludwig, was für eine Ehre. Cosima ist nicht hier. Aber komm herein, wenn du dir nichts erwartest. Sie hat den Cognac und den Wein weggesperrt.« Friedrich machte eine einladende Handbewegung und trat zur Seite.

Was für ein Gegensatz sie doch waren: der schlanke, aufrechte Fürst und der verarmte Graf, der fast aus seinen Hosen platzte und dessen Hemd sich über seinen runden Bauch spannte.

Ludwig war zum ersten Mal in dem Haus, das der Graf mit seiner Frau vor nicht allzu langer Zeit auf der Wieden bezogen hatte.

»Ich wollte schon gestern kommen, aber da war es bereits zu spät«, sagte der Fürst.

Das Haus war nicht zu vergleichen mit der Villa, die die Lichteggs davor in Hietzing bewohnt hatten, weder in Größe noch in Stil oder Lage.

Was war Friedrich doch für ein Unglückswurm, dachte der Fürst, als er ihn so ungepflegt und erbärmlich vor sich stehen sah.

Friedrich hatte fast alles, was er besessen hatte, im Spielcasino verloren. Den Großteil davon hatte er von seinen Eltern geerbt, der Rest war sein eigener Verdienst gewesen.

Dazu kam sein Ausscheiden aus der Armee, das nicht ganz ehrenhaft verlaufen war. Für Friedrich ein weiterer Grund, seinen Kummer in Wein und Cognac zu ertränken.

Spielschulden waren Ehrenschulden und Friedrich musste bezahlen. Dafür war der Verkauf der Villa nötig gewesen. Was nach dem Ankauf des neuen Hauses geblieben war, hatte ihm seine Frau Cosima abgenommen. Sie verwaltete nun das Geld und gewährte ihm nur ein Taschengeld, das Friedrich jeden Monat vertrank.

Friedrich führte ihn durch ein langes Vorzimmer in einen kleinen Salon mit niedriger Decke. Das Wort »Salon« war übertrieben. Es war eher ein größeres Zimmer, in das Cosima alle Möbel gestellt hatte, die ihnen geblieben waren. Zwischen Sofa, Armsessel, Kommoden und Schränken musste man sich hindurchzwängen.

Der Fürst rümpfte die Nase. Es roch feucht.

»Das Sofa ist der beste Platz und für dich reserviert«, verkündete Friedrich. Er hatte in der vergangenen Nacht wohl wieder gezecht und war noch immer nicht ausgenüchtert.

Der Fürst hatte gerade Platz genommen, da wurde die Haustür geöffnet.

»Friedrich, wo bist du?« Cosimas Ton ihrem Ehemann gegenüber war scharf und kalt.

Der Graf warf Ludwig stumm einen Blick zu, rollte mit den Augen und hob entschuldigend die Schultern.

Seine Frau steckte den Kopf in das Zimmer.

»Oh, Fürst von Mayenberg«, rief sie. Ihre Stimme wurde sofort um einige Tonlagen höher und freundlicher.

»Guten Tag, Cosima.« Ludwig war nicht begeistert, dass die Gräfin zurückgekehrt war, da er ungestört mit Friedrich sprechen wollte. Was er zu sagen hatte, war nicht für ihre Ohren bestimmt.

»Kann uns der Fürst kurz entschuldigen?«, bat Cosima und winkte ihrem Mann, ihr zu folgen.

»Ich komme wieder.« Friedrich erhob sich schwerfällig und verließ das Zimmer.

Während er wartete, sah sich Ludwig um. Alles, was einen Raum gemütlich machen konnte – Bilder an den Wänden, Nippes, ein Tablett mit Kristallgläsern und Ähnliches –, fehlte hier.

Obwohl sie leise sprachen, konnte der Fürst jedes Wort verstehen. Friedrich und seine Frau hatten einen Streit.

»Wo hast du Geld vor mir versteckt?«, wollte sie von ihm wissen.

»Nirgendwo. Was lässt dich das annehmen? Ich wäre froh, wenn ich welches hätte.«

»Ich will darüber hinwegsehen, da du zu Sinnen gekommen zu sein scheinst.«

»Wenn ich nur wüsste, was du da sprichst«, sagte Friedrich.

»Das Geschenk, das du mir zukommen hast lassen …«, begann Cosima.

»Geschenk?«

»Willst du sagen, die Rose ist nicht von dir?«

»Welche Rose?«, fragte Friedrich.

»Die du mir durch den Schneidermeister hast zukommen lassen. Welch eine seltsame Art. Hättest du sie mir nicht persönlich überreichen können?«

»Wenn ich dir nur folgen könnte«, jammerte Friedrich.

Weil er nicht länger warten wollte, erhob sich der Fürst und trat auf den Flur hinaus. Die erregten Stimmen kamen aus dem Nebenraum.

Das Ehepaar stand in einem Esszimmer, das so winzig war wie der Wohnsalon. Der Tisch und die Stühle waren viel zu groß und zwischen Wand und Tischkante blieb nicht viel Platz.

Cosima fasste sich an die Brust.

»Es kann doch nicht sein, dass ich einen Verehrer habe.«

»Ich verehre dich, das weißt du.«

Ludwig staunte über diese unverhohlene Lüge seines alten Kameraden.

»Gütiger Gott, von wem ist das Geschenk, wenn nicht von dir?«, fragte Cosima erneut.

»Noch immer kann ich dich nicht verstehen«, beschwerte sich ihr Mann.

Cosima knöpfte ihre Jacke auf und streckte dem Grafen den Busen entgegen. Dabei kehrte sie dem Fürsten den Rücken zu, sodass er nicht sehen konnte, was sie ihrem Mann zeigte.

»So ein teures Stück«, hörte er ihn verwundert sagen.

»Wie konnte ich nur denken, dass es von dir kommt?« Cosima schloss die Jacke und machte Anstalten, sich umzudrehen. Der Fürst zog sich schnell wieder in das andere Zimmer zurück.

Als Friedrich zu ihm zurückkehrte, konnte Ludwig hören, wie Cosima die Treppe ins obere Stockwerk hinaufging.

»Schließ die Türe«, verlangte Ludwig. Nachdem Friedrich es getan hatte, orderte er ihn auf das Sofa neben sich, damit er nicht so laut sprechen musste.

Es genügten wenige Worte des Fürsten, um Friedrich erbleichen zu lassen. Er fasste sich an den Hals, als würde ihm jemand die Luft abdrücken.

»Das ist nicht möglich, Ludwig. Sag, dass es nicht sein kann.«

»Was hat dir deine Gattin da gezeigt?«, wollte der Fürst wissen.

»Eine Brosche. Eine goldene Rose.«

»Und sie weiß nicht, wer sie ihr geschenkt hat?«

»Sie hat recht wirr geredet.«

»Friedrich, was hat deine Frau über die Brosche erzählt?«, fragte Ludwig eindringlich.

»Ich habe sie auch nicht verstanden«, antwortete Friedrich. »Sie war heute beim Schneider, der für deine Paula gearbeitet hat. Um sich an mir zu rächen, gönnt sich Cosima alles, was teuer ist. Sie hat sich einen Mantel zur Beerdigung anfertigen lassen und nun ein neues Kleid.«

Über ihren Köpfen polterte es. Ein dumpfer Schlag war zu hören, als wäre ein Sack auf den Boden gefallen.

»Was war das für ein Geräusch?«, wollte Ludwig wissen.

»Cosima muss etwas umgestoßen haben«, sagte Friedrich gleichgültig. »Das macht sie häufiger, wenn sie wütend ist.«

Der Fürst erhob sich. »Sieh nach ihr.«

»Weshalb? Sie hätte schon gerufen, wenn sie Hilfe benötigt.«

»Sieh auf der Stelle nach ihr. Schnell!« Ludwigs Stimme ließ keine Widerrede zu.

Widerwillig stieg Friedrich in das obere Stockwerk, während der Fürst im Wohnzimmer wartete. Er wagte nicht, sich wieder hinzusetzen.

»Ludwig!« Der Ruf von Friedrich erfüllte das ganze Haus. »Ludwig, es ist Cosima! Sie liegt auf dem Boden. Sie bewegt sich nicht!«

Elisabeth verstand nicht, wieso Ida so lange brauchte, um nach dem Professor zu fragen. Ungeduld erfasste sie. Schließlich beschloss sie, auszusteigen und Ida zu folgen.

Der Hut, den Elisabeth trug, besaß einen dünnen, netzartigen Schleier, den sie bis zum Kinn herunterziehen konnte. Einen Fächer hatte sie ebenso bei sich. Elisabeth nahm ihn in die rechte Hand. Wenn sie ihr Gesicht verbergen wollte, würde sie ihn einfach öffnen.

»Majestät«, rief der Kutscher, als Elisabeth ausstieg und die Treppe hinauf zum Eingang ging. Er kam ihr nachgeeilt.

»Öffnen Sie das Tor«, befahl Elisabeth. Der Kutscher tat, wie ihm befohlen, und verneigte sich.

Was für eine Stille, dachte Elisabeth, als sie die Halle betrat. War die Luft so kühl oder lag es an der Atmosphäre, die der Steinboden und die kalkweißen Wände verbreiteten?

Ida kam die breite Treppe herab, den Rock gerafft, damit sie nicht stolperte.

»Das Chefzimmer liegt über uns. Ich kann dort auf ihn warten und dich holen, sobald er zurück ist. Der Professor befindet sich derzeit im Sezierraum, hat man mir gesagt.«

»Wo liegt der Sezierraum?«, wollte Elisabeth wissen.

»Dort kannst du doch nicht hineingehen.«

»Ich besuche Krankenhäuser und Irrenanstalten. Ich mache mit dem Kaiser die Fußwaschung im Zeremoniensaal der Hofburg zu Gründonnerstag. Weshalb also soll ich keinen Seziersaal betreten?«

»Du bist nicht avisiert, der Raum ist nicht für dich vorbereitet ...«, versuchte Ida, die Kaiserin zu überzeugen.

»Umso besser«, sagte Elisabeth. »Ich will das Leben sehen, wie es tatsächlich ist.«

»Im Sezierraum erwartet dich kein Leben ...«

Die Kaiserin überhörte den Einwand ihrer Hofdame. »Wo befindet er sich?«

Ida deutete nach links den Gang hinunter. Elisabeth ging los. Sie erreichten eine halb offene Türe. Ein Emailschild daneben zeigte ihnen, dass sie richtig waren.

Ida kramte aus ihrem Beutel ein Taschentuch und drückte es auf Mund und Nase.

»Wozu tust du das?«, wollte Elisabeth wissen.

»Das solltest du auch machen. Es ist ein Schutz vor den Gerüchen.«

Die Kaiserin klappte den Fächer auf. Ida ging die Treppe hinab in das Souterrain. Licht fiel durch die schmalen Fenster, die sich knapp über dem Straßenniveau befanden.

Sie standen vor einer weiteren Türe, die von innen geöffnet wurde. Elisabeth reckte den Hals. Ein eigenartiger Geruch schlug ihnen entgegen. Es roch nach einer Mischung aus Blut, Fleisch und Wasser.

Elisabeth fächelte sich Luft zu.

In der Tür stand der kecke junge Mann, dem Ida vorhin begegnet war. Er trug nun runde Brillen und starrte Elisabeth an. Er wusste, wer vor ihm stand. Hilflos drehte er sich zurück, machte zwei Schritte, wich dann zur Seite und verneigte sich.

Mit seinem Steinboden und den weißen Kacheln an den Wänden wirkte dieser lange, niedrige Raum noch kälter als die Eingangshalle.

Auf gemauerten Sockeln lagen dicke, rot gesprenkelte Marmorplatten. Sie bildeten eine Art Tisch. Zwei der Tische waren leer, am dritten arbeitete ein Mann, der ihnen den Rücken zugekehrt hatte.

Der zweite junge Mann, den Ida zuvor in der Eingangshalle gesehen hatte, reichte ihm Messer, nahm sie wieder ab und legte sie in eine Metallschale.

Elisabeth sah Füße auf dem Tisch. Die Haut war wachsfarben.

»Professor«, sagte der Mann mit der Brille, der noch immer halb vorgeneigt dastand und sich nicht zu bewegen wagte.

Als sich der Mann vor dem Tisch umdrehte, erkannte ihn Elisabeth sofort. Es war Professor Dlauhy, den sie vor wenigen Monaten zu einer Audienz geladen hatte, um mehr über die Arbeit der gerichtlichen Medizin zu erfahren.

Dlauhy besaß große, stechende Augen und einen ungepflegten Backenbart, den er nicht stutzte. Überhaupt legte er auf die Pflege seiner dunklen Haare wenig Wert. Sie hingen ausgefranst über die Ohren herab.

Elisabeth sah, dass Dlauhys Hände in weißen Handschuhen steckten, von denen eine Flüssigkeit tropfte.

Ida begann, neben ihr zu würgen, und verließ fluchtartig den Raum. Elisabeth aber machte einen Schritt nach vorne.

Auf der Marmorplatte, an der Dlauhy arbeitete, lag ein männlicher Körper mit stark behaarten Armen. Der Brustkorb war geöffnet. Als der Professor Elisabeths Blick auf die Leiche bemerkte, stellte er sich davor und nahm ihr fast die ganze Sicht.

Wollte er sie oder den Toten schützen?

»Majestät.« Dlauhy verneigte sich leicht. Der andere Helfer schien vor Ehrfurcht erstarrt.

»Das also ist der Ort Ihrer Arbeit«, sagte Elisabeth ruhig, als wäre es für sie so selbstverständlich, sich hier aufzuhalten, wie in einem der Palastzimmer der Hofburg.

Der Professor erteilte dem Helfer leise einen Auftrag und kam dann auf die Kaiserin zu. Die Hände mit den nassen Handschuhen hielt er in die Höhe. Er hatte eine große Schürze aus gewachstem Leinen über Hemd und Anzughose umgebunden.

»Sie arbeiten in Handschuhen?«

»Getaucht in Chlorkalklösung, damit wir uns nicht mit dem Leichengift infizieren«, erklärte der Professor.

»Leichengift?«, wiederholte Elisabeth in einem Tonfall, der anklingen ließ, sie wolle mehr darüber erfahren.

»Ein Gift, das Ignaz Semmelweis entdeckt hat. Es war früher der Grund für das gefürchtete Kindbettfieber der Mütter, die gerade entbunden hatten. Ärzte, die pathologische Untersuchungen durchgeführt hatten, kannten die Bedeutung der Desinfektion noch nicht und haben die Mütter infiziert. Ein großer

Österreicher aus Budapest, Professor Semmelweis, hat den Zusammenhang erkannt ...«

»... und wird deshalb ›Retter der Mütter‹ genannt«, setzte Elisabeth den Satz fort. Sie machte eine kurze Pause, die keiner zu unterbrechen wagte.

»Sehr interessant«, sagte Elisabeth schließlich. »Aber, Dlauhy, ich muss mit Ihnen reden.«

»Wenn mir Majestät etwas Zeit geben wollen, um mich zu waschen und meinen Assistenten zu erklären, wie sie die Untersuchung zu Ende führen sollen.«

»Selbstverständlich.«

»Doktor Moser«, sagte der Professor zu dem Mann mit der Brille, »begleiten Sie Ihre Majestät in das Chefzimmer.«

»Danke«, erwiderte Elisabeth, noch ehe sich Moser bewegen konnte. »Meine Hofdame kennt den Weg bereits.«

Damit drehte sich die Kaiserin um und verließ den Raum.

Idas Bewunderung für Elisabeth war grenzenlos. Wie hatte sie es in diesem Leichenkeller aushalten können? Wie hatte sie es geschafft, bei dem Anblick, der sich ihnen geboten hatte, solche Ruhe zu bewahren?

Nun saß sie mit der Kaiserin dem Professor in seinem Arbeitszimmer gegenüber. Die Einrichtung bestand aus Regalen bis zur Decke, die mit Büchern gefüllt waren, einem schwarzen Schreibtisch mit Messingbeschlägen, zwei Sesseln davor und einem bequemen Ledersessel dahinter. Außerdem gab es einen Kleiderständer, auf dem eine Melone und ein dunkler Mantel hingen.

Professor Dlauhy hatte die Schürze gegen eine dunkelgraue Jacke aus Wollstoff getauscht. In ihr wirkte er unsicherer als vorhin bei der Arbeit.

»Majestät haben erwähnt, Sie hätten eine Frage an mich«, begann er nervös.

»Die Frage hat mit Paula von Mayenberg zu tun. Sie erinnern sich?«, fragte Elisabeth.

Der Gerichtsarzt zögerte.

»Ich war es, die Sie um die Untersuchung der Toten gebeten hat. Und ich habe Ihren Bericht gelesen«, half ihm Elisabeth weiter. »Sie werden sich vielleicht gefragt haben, woher mein Verdacht kam, die Fürstin könnte keines natürlichen Todes gestorben sein.«

»Als mir der Erzieher des Kronprinzen Ihren Wunsch bestellt hat, war ich in der Tat überrascht«, gab Dlauhy zu.

»Sie haben in Ihrem Bericht von einem natürlichen Tod geschrieben.«

Dlauhy nickte. »So ist es, Majestät. Es gab keinerlei Hinweise auf ein Fremdeinwirken.«

»Im Frühling dieses Jahres haben Sie beim Hofbibliothekar Oberland eine Vergiftung festgestellt, an der er gestorben ist. Obwohl sein Tod, den meine armen Kinder mitansehen mussten, als Herzanfall bezeichnet wurde.«

»Ich erinnere mich genau. Es handelte sich um Arsen. Geruchlos, geschmacklos und nach einigen Minuten tödlich.«

»Kann die Fürstin nicht auch an einem solchen Gift gestorben sein?«

Ida lehnte sich ein wenig nach vorne. Sie war auf Dlauhys Ausführungen gespannt.

»Die Untersuchung des Mageninhalts hat ergeben, dass die Fürstin die letzte Mahlzeit bereits drei oder vier Stunden vor dem Tod zu sich genommen hatte. Auch getrunken hatte sie schon eine Weile nichts«, erklärte der Professor.

Ida wusste, dass der Professor recht hatte. Paula von Mayenberg hätte vor einer solchen Veranstaltung niemals gegessen. Nichts wäre der Fürstin peinlicher gewesen, als kurz vor der Eröffnung eines Balles auf einmal ein dringendes Bedürfnis zu verspüren. Auch nach dem Einzug wollte niemand gleich wieder den Saal verlassen müssen, um die Toilette aufzusuchen.

»Sie können Gift also ausschließen?«, wollte Elisabeth wissen.

»Majestät, wir haben das Blut der Fürstin daraufhin untersucht und nichts finden können.«

Elisabeth spielte mit dem Fächer, öffnete ihn, schob ihn wieder zusammen und klopfte damit auf den Tisch. Schließlich blickte sie auf.

»Lassen Sie es mich so ausdrücken: Ich glaube, zu wissen, dass die Fürstin ermordet wurde. Auf jeden Fall wusste jemand schon Tage vor ihrem Tod das genaue Datum, an dem sie sterben würde.«

Der Gerichtsarzt wischte sich die Hände an den Hosenbeinen ab.

»Majestät, ich ersuche Sie, mir alle Hinweise zu geben, die Sie besitzen. Sie lassen mich sonst an meiner Qualifikation zweifeln«, keuchte Dlauhy.

»Es gibt nicht mehr zu sagen, als Sie soeben gehört haben«, erwiderte Elisabeth. »Der Tod wurde meiner Hofdame angekündigt, doch haben wir den Hinweis erst viele Tage später entdeckt. Zu spät, um der Fürstin noch helfen zu können. Er ist aber ein Beweis dafür, dass jemand wusste, was auf dem Ball geschehen würde. Daher muss es eine Erklärung für den Tod der Fürstin geben.«

Dlauhy lehnte sich zurück und blickte zur hohen Zimmerdecke. »Verzeihen Sie meine Haltung, aber ich kann auf diese Weise besser meine Gedanken sammeln.«

Elisabeth schwieg und wartete.

»Da es keine sichtbaren Stichwunden gab und auch tödliche Schläge auszuschließen sind, kann in diesem Falle nur Gift zum Einsatz gekommen sein.«

»Das habe ich mir auch schon gedacht. Wieso aber ist Ihnen das entgangen?«, brauste Elisabeth auf.

»Was mir nicht bekannt ist, kann ich nicht erkennen und auch nicht nachweisen«, antwortete Dlauhy ruhig.

»Sie sind doch geradezu Experte für Gifte«, erwiderte Elisabeth.

»Meine Expertise beschränkt sich auf das, was die Medizin kennt und was Kollegen erforscht und beschrieben haben. Handelt es sich um ein bisher noch unbekanntes Gift, so stößt die gerichtliche Medizin an Grenzen, Majestät.«

»Gibt es wirklich keine Möglichkeit, den Mord mit einem noch unbekannten Gift nachzuweisen?«, fragte die Kaiserin.

»Nun«, sagte Dlauhy langsam, »es ist schwer, aber unmöglich ist es nicht. Handelt es sich tatsächlich um Mord, müssen zwei Fragen beantwortet werden.«

Ida bemerkte, dass Elisabeth nun ihre ganze Aufmerksamkeit dem Gerichtsarzt widmete.

Das geheime Fach war von außen nicht zu entdecken. Die Klappe war in den Intarsien des Schreibtisches gut versteckt.

Der Tisch besaß Laden auf beiden Seiten. Links musste die unterste geöffnet sein, rechts die mittlere. Nur dann klappte die Tür des Faches auf.

Der Fürst griff hinein und holte den Revolver heraus, den er dort aufbewahrte. Die Waffe war erst ein Jahr alt und das neueste Modell, das zu kriegen war. Es war nicht illegal, den Revolver zu besitzen, trotzdem wollte ihn Ludwig nicht unverschlossen herumliegen lassen.

Die Waffe war leicht, die Treffgenauigkeit die höchste, die jemals von Waffenfabrikanten erreicht worden war. Der Revolver war geladen.

Ludwig hatte einen Verdacht, wer mit Paulas Tod und dem entsetzlichen Anfall zu tun hatte, den Cosima von Lichtegg durchgemacht hatte. Die Arme wäre fast gestorben. Ihre Haut war bereits kalt und fahl gewesen, als der Arzt eintraf.

Der Doktor hatte mit der Hilfe der beiden Männer die beleibte Cosima aufgerichtet, worauf sie keuchend zu atmen begonnen hatte. Es vergingen bange Minuten, die erst zu einer, dann zu zwei Stunden wurden. Schließlich hatte sich Cosimas Zustand genügend verbessert, sodass sie außer Lebensgefahr schien. Der Arzt verordnete strenge Bettruhe und wollte am nächsten Tag wiederkommen und nach ihr sehen.

»Es ist das Herz. Ihr Herz ist nicht stark und ins Stolpern geraten«, hatte der Arzt zu Friedrich gesagt, als er ihn zur Haustür begleitete.

Cosimas Zusammenbruch hatte den Fürsten an jenen von Paula auf dem Ball des Erzherzogs erinnert. Es konnte Zufall sein, das aber würde Ludwig erst wissen, wenn er der Sache auf den Grund gegangen war.

Der Fürst steckte die Waffe in die Innentasche seiner Jacke. Da das Kleidungsstück für den schlanken Träger eng geschnitten war, zeichnete sich der Revolver durch den Stoff ab. Sobald Ludwig seinen Mantel darüber gezogen hatte, würde die Waffe aber nicht mehr zu sehen sein.

Leopold meldete, dass die Kutsche bereitstand.

»Ich muss in die Schottenfeldgasse und auf den Kohlmarkt«, teilte der Fürst dem Kutscher mit. »Die Reihenfolge ist mir egal.«

47

Richard Wonmar, Professor für Zoologie und Kustos der kaiserlichen Naturaliensammlung, kauerte steif auf der Kante des Sofas im Audienzzimmer der Kaiserin. Gleich nach ihrem Gespräch mit Professor Dlauhy hatte Elisabeth Ida mit einem speziellen Auftrag entlassen und einen Boten ausgesandt, um Wonmar zu sich zu bestellen. Der Bote hatte dem Kustos zu verstehen gegeben, dass die Sache keinen Aufschub duldete.

Nun saß ihr Wonmar gegenüber und wischte sich mit einem Taschentuch immer wieder hastig über die Stirn.

»Was ich Sie fragen werde, mag Ihnen eigenartig vorkommen«, begann Elisabeth.

»Majestät …« Mehr brachte der nervöse Wonmar nicht heraus.

»Sie haben uns gestern diese giftigen Tiere gezeigt. Die Gläser von einigen hat Rudi leider zerbrochen, was ich sehr bedaure.«

Wonmar machte eine Geste, die bedeuten sollte, dass die Sache halb so schlimm wäre.

»Sie erwähnten ein Gift für Pfeile«, fuhr Elisabeth fort. »Und dass das Gift der grünen Schlange für den Menschen tödlich sei.«

Wonmar nickte langsam, offensichtlich ratlos, worauf die Kaiserin hinauswollte.

»Können Sie sich vorstellen, dass diese Gifte aus den Tieren gewonnen werden können?«

Diese Frage verstand Wonmar nicht, wie Elisabeth an seinem Gesichtsausdruck ablesen konnte.

»Kann es das Gift der Schlange und dieser Frösche als Pulver geben?«, fragte Elisabeth weiter. »Oder als Elixier?«

Nach einigem Hüsteln und Räuspern dauerte es noch eine Weile, bis Wonmar zu reden begann. »So etwas wäre mir nicht bekannt, Majestät«, sagte er schließlich. »Doch ich bitte um Verständnis für mein Unwissen. Ich bin kein Experte auf diesem Gebiet.«

»Alles, was Sie mir sagen können, ist von Nutzen«, ermutigte ihn Elisabeth.

»Leider weiß ich nicht mehr ...«

Wonmar machte den Eindruck, am liebsten davonrennen zu wollen, doch Elisabeth dachte nicht daran, den Zoologen jetzt schon zu entlassen.

»Ist die Wirkung dieser Gifte bekannt?«

»Sie sind tödlich.« Bei diesen Worten war Wonmar sichtlich unbehaglich zumute.

»Ich habe Ihnen vorhin angekündigt, meine Fragen könnten in Ihren Ohren seltsam klingen«, warnte Elisabeth. »Haben Sie irgendein Wissen darüber, ob die Gifte schnell oder langsam töten?«

»Die Grüne Mamba beißt ihre Opfer und spritzt das Gift in den Körper«, erklärte Wonmar. »Die tödliche Lähmung setzt schnell ein, um die Flucht des Beutetieres zu verhindern.«

»Wenn man das Gift gewinnen könnte, wäre es also möglich, es einem Menschen mit einer Injektionsspritze zu verabreichen.«

Nun fehlten Wonmar endgültig die Worte.

Elisabeth verwarf den Gedanken gleich wieder. Fürstin von Mayenberg war zur Polonaise in den Saal eingezogen und hatte zwei Tänze mit ihrem Mann absolviert, bevor sie gestorben war. Der Fürst konnte nicht ihr Mörder sein. Es war auch nicht möglich, dass ein anderer Gast der Fürstin unbemerkt eine Injektionsnadel in den Körper gestochen hatte. Das wäre bei der Obduktion sicherlich aufgefallen.

»In der Naturaliensammlung arbeiten doch noch andere Forscher und Kustoden. Befindet sich unter ihnen jemand, der Kenntnisse über Gifte haben könnte? Neue Gifte? Gifte, die bei uns noch weitgehend unbekannt sind?«

»Das weiß ich nicht, Majestät.«

»Erkundigen Sie sich. Fragen Sie. Dann werde ich mich beim Kaiser dafür einsetzen, der Naturaliensammlung mehr Platz einzuräumen. Dazu aber muss ich vorher von ihrer Wichtigkeit noch besser überzeugt werden.«

»Sehr wohl.« Wonmar verneigte sich sitzend mehrere Male.

»Danke.« Elisabeth lächelte dem schüchternen Forscher zu. Es sollte das Zeichen sein, dass er gehen konnte.

Wonmar sprang auf und bewegte sich rückwärts durch das Zimmer.

»Vorsicht, die Vase!«, warnte ihn Elisabeth. Um ein Haar hätte Wonmar mit dem Hinterteil einen kleinen Tisch umgestoßen, auf dem eine kostbare Vase aus chinesischem Porzellan stand.

Mit der Beherrschung des Mannes war es vorbei. Er drehte sich um und hechtete fast auf die Tür zu. Im nächsten Moment war er auch schon verschwunden.

48

»Halten Sie!«, rief Ida durch das kleine Fenster dem Kutscher zu. Da die Kutsche auf dem unebenen Pflaster heftig wackelte und alles an ihr klapperte und quietschte, musste Ida ein zweites Mal rufen, ehe sie verstanden wurde.

Der Kutscher hielt an. Ida streckte den Kopf aus dem Kutschenfenster und sah die Straße hinunter. Es war still hier um diese Tageszeit.

Als die Kaiserin und Ida von Professor Dlauhys Büro zurück in die Hofburg gefahren waren, hatte ihr die Kaiserin aufgetragen, sich erneut zu Ballarin zu begeben. Sie hatte Ida erläutert, was dort zu tun wäre. Ida war stolz, dass ihr Elisabeth so sehr vertraute.

Wie sollte Ida nun aber am geschicktesten vorgehen? Sie könnte bei Ballarin vorfahren und klopfen, um eingelassen zu werden. Viel besser erschien ihr jedoch der Gedanke, den sie schon vor zwei Tagen gehabt hatte: Sie wollte den Garten des Hauses finden, in den sie damals aus dem Hinterzimmer geblickt hatte.

Sie erklärte dem Kutscher, er möge sie in eine Seitengasse bringen, weil sie hier nicht aussteigen wollte.

»Ah ja«, war sein einziger Kommentar. Er wendete die Kutsche. In der nächsten Seitengasse, die von der Schottenfeldgasse abzweigte, hielt er und erkundigte sich, ob es hier so recht sei.

Ida kletterte aus der Kutsche und ging bis zur Zieglergasse. Sie lag weiter entfernt, als Ida geschätzt hatte. Ballarins Garten war bestimmt nicht so groß, dass er bis zu dieser Straße reichte. Trotzdem ging Ida die Straße so lange ab, bis sie sich ungefähr auf der Höhe von Ballarins Haus befinden musste. Vielleicht konnte sie über die Rückseite in den Garten gelangen und herausfinden, ob sich der Goldschmied im Haus befand.

Das Tor eines einstöckigen Hauses stand offen und Ida sah im Hof zwei Frauen Wäsche auf eine Leine aufhängen. Sie trat durch den Torbogen. Womöglich lag der Garten Ballarins hinter den Mauern dieses Hofes.

»Meine Damen, eine Frage hätte ich.«

Die Frauen hatten beide ein Tuch um den Kopf gebunden, wie das Wäschermädchen zu tun pflegten. Sie waren beide jung und von Idas nobler Erscheinung sichtlich beeindruckt.

In breitem Wiener Dialekt antworteten sie: »Was kömm ma denn da gnädigen Frau sogn?«

Ida, deren Muttersprache Ungarisch war und die nur Hochdeutsch beherrschte, hatte Mühe, die Frauen zu verstehen.

»Befindet sich hier irgendwo der Garten, der zum Haus des Goldschmiedes Giuseppe Ballarin gehört?« Sie nannte die Hausnummer in der Schottenfeldgasse.

Die Frauen wechselten einen nachdenklichen Blick.

»Der Garten, jo, jo«, sagten sie.

Ida schöpfte Hoffnung.

»Von am Goldschmied, na so was.«

»Ballarin, Giuseppe Ballarin«, wiederholte Ida den Namen.

»Ah jo ...«

»Er ist Italiener und sein Mündel lebt bei ihm, ein stummes Mädchen«, versuchte sie es weiter.

»Jo, jo«, sagten die Frauen wieder und nickten.

»Können Sie mir den Garten zeigen?« Ida deutete fragend auf das andere Ende des langen Hofes.

»Na, kenn 220 a net.«

»Wie bitte?«

Eine der beiden Frauen bemühte sich, nun ebenfalls Hochdeutsch zu sprechen, was ihr aber nur sehr verkrampft gelang.

»Nei-in, kennen mir nicht.«

»Warum sagen Sie das nicht gleich«, rief Ida verärgert. Sie wollte den Hof verlassen, da fiel ein Schuss. Er klang gedämpft, doch Ida erkannte, dass er in der nächsten Umgebung abgefeuert worden sein musste.

»Jössas!«, riefen die Frauen.

Ida rannte, so schnell sie es mit den Schnürstiefeln vermochte, auf die Straße hinaus.

Fenster wurden geöffnet. Leute lehnten sich heraus und riefen durcheinander. Jeder wollte von den anderen wissen, was denn geschehen war.

Ida hatte das Gefühl, dieser Schuss könnte mit Ballarin zu tun haben. Sie eilte zur Kutsche zurück und befahl dem Kutscher, sie nun doch direkt zur Adresse in der Schottenfeldgasse zu fahren. Es dauerte eine Weile, bis sie den Eingang zum Laden von Ballarin erreichten.

Die Eingangstür war geschlossen, diesmal aber nicht verriegelt. Ida hämmerte mit dem Eisenring dagegen. Sie hörte, wie die Schläge durch das Innere des Hauses hallten.

Ihr wurde nicht geöffnet. Ida klopfte weiter, noch energischer und länger. Es bewirkte gar nichts.

Sie konnte natürlich irren. Es gab keinen Hinweis, dass in diesem Haus geschossen worden war. Weshalb aber wurde sie nicht eingelassen? Vermied Ballarin erneut die Begegnung oder konnte er ihr nicht öffnen?

»Chiara«, rief Ida laut. »Chiara, öffne mir. Aprimi! Aprimi!" Auch das Rufen auf Italienisch nützte nichts.

Ida wandte sich an den Kutscher. »Es kann sich in diesem Haus ein Unglück ereignet haben.«

»Soll ich einen Wachmann holen?«, bot der Kutscher an.

»Ich weiß nicht.« Ida sah unentschlossen an der Fassade des Hauses hinauf. Hinter den Fenstern war niemand zu sehen. Sie klopfte abermals und verlangte, eingelassen zu werden.

Aus den Häusern nebenan kamen mehrere Frauen und ein älterer Mann gelaufen. Auch Lotte tauchte neben ihr auf und zog sie am Rock.

»Sie sind zu Hause. Beide. Der Brüller und die M-m-m.«

»Danke, Lotte.«

Ida konnte nicht verlangen, die Türe aufzubrechen oder ein Fenster einzuschlagen. Vielleicht wollte Ballarin einfach nicht gestört werden oder Ida aus dem Weg gehen.

Eine magere Frau mit tiefen Furchen in den Wangen trat zu ihr. »Der lässt gerne alle warten. Da klopfen oft Leute. So ein aufgeblasener Bamstl.«

Lotte begann, über dieses Wort zu lachen. »Bamstl, Bamstl«, krähte sie.

»Der passt nicht hierher. Der soll wieder zurückgehen, wo er hergekommen ist«, sagte sie Frau bitter.

»Woher der Zorn gegen ihn?«, wollte Ida wissen.

»Weil er denkt, was Besseres zu sein mit der noblen Kundschaft, die zu ihm kommt.«

»Wissen Sie sonst etwas über ihn?«, forschte Ida weiter.

»Wissen? Über den Bamstl? Wie denn? Er redet doch kein Wort mit uns. Wir sind ihm alle zu minder.«

Nachdem sie ein letztes Mal geklopft hatte, beschloss Ida, erst einmal in die Hofburg zu fahren und dort mit dem Hauptmann der Garde zu sprechen. Er wusste bestimmt, was zu tun war.

Das Erste, was er fühlte, als er wieder zu Bewusstsein kam, war ein stechendes Pochen im Hinterkopf. Seine Augenlider waren schwer. Nur mit großer Mühe konnte er sie heben.

Was vor ihm lag, sah er nur verschwommen. Der Schmerz, der seinen Schädel erfüllte, machte das Denken fast unmöglich. Er spürte, wie sich sein Magen nach oben stülpte, und konnte sich gerade noch zur Seite drehen, als er auch schon den Inhalt auf den Boden würgte.

Der Brechreiz wollte nicht aufhören. Das Brennen in Hals und Mund fühlte sich an, als hätte er Säure getrunken. Gelber Schleim rann aus seinem Mund.

Nur sehr langsam schärfte sich sein Blick. Er sah einen Teppich. Seine Hände berührten einen Teppich. Er hatte sich auf den Teppich übergeben.

Nun wurde ihm klar, dass er auf dem Boden saß. Sein Rücken wurde von etwas gestützt. Als er danach tastete, spürte er eine Wand.

Dieser entsetzliche Schmerz, als er den Kopf langsam drehte. Sein Hals fühlte sich an, als wäre er in einem Schraubstock gefangen.

Vor ihm lag ein lang gestreckter Raum, an den Fenstern hingen dicke Samtvorhänge mit Goldbrokat. Es gab protzige Barocksitzmöbel, alle vergoldet und mit dunkelgrüner Stoffbespannung.

Etwas Rotes bewegte sich über den Holzboden. Es wurde breiter und kroch langsam auf ihn zu. Da erkannte er die Blutlacke, die von dem Mann kam, der wenige Meter entfernt von ihm auf dem Boden saß, hinter ihm ein offener Tresor.

Der Mann trug eine dunkle Samtjacke mit Goldborten und ein weißes Hemd mit Rüschenkrawatte. Unter den Augen lagen tiefe Schatten. Sein Mund stand leicht offen. Aus einer schwarz umrandeten Schusswunde in der Stirn war Blut ausgetreten und hatte das Hemd und die Krawatte mit roten Flecken übersät.

Der Mann war tot.

Erschossen.

In der Luft hing noch der Pulvergeruch, der alle anderen süßlichen Düfte verdrängte.

Der Fürst rang nach Luft. Er wollte sich abstützen und aufstehen. Dabei bemerkte er den Revolver in seiner Rechten. Es war sein Revolver.

Der Tote war der Goldschmied Ballarin, dem er an diesem Tag zum dritten Mal persönlich gegenübergestanden war. Das erste Mal war er ihm bei der Bestellung der Schmuckstücke, die sich Paula gewünscht hatte, begegnet. Das zweite Mal bei der Abholung und Bezahlung. Nun war Ludwig von Mayenberg ein drittes Mal in die Schottenfeldgasse gekommen, um Ballarin mit seiner Vermutung zu konfrontieren, dass er mit Paulas Tod und dem Anfall von Cosima von Lichtegg zu tun hatte. Er und dieser schleimige Schneider Brettschmidt. Einer von beiden oder beide zusammen.

Der Verdacht war im Kopf des Fürsten immer weiter gewachsen, bis er schließlich alle anderen Gedanken verdrängt hatte. Er hatte beschlossen, die Männer mit dem Revolver zu bedrohen, damit sie ihm die Wahrheit sagten.

Der Kutscher hatte vorgeschlagen, zuerst in die Schottenfeldgasse zu fahren und danach zum Kohlmarkt. Aber was war nach der Ankunft des Fürsten geschehen? Er konnte sich kaum noch erinnern.

Was er wusste, war, dass ihn sein Kutscher auf seinen Wunsch hin schon am Anfang der Schottenfeldgasse aussteigen hatte lassen. Ludwig war zum Haus von Ballarin gegangen und hatte geklopft. Das stumme Mädchen hatte ihm geöffnet und er war eingetreten.

Hatte er sie nach Ballarin gefragt?

Ludwig vermutete es, war sich aber nicht sicher.

Er sah sich durch den ersten Raum gehen, nach hinten, wo er Ballarin damals das Geld übergeben hatte, um Paulas Schmuck zu bezahlen. Es war ein dickes Bündel Banknoten gewesen.

Was war dann geschehen?

Ludwig konnte sich weder eines Gesprächs noch einer Auseinandersetzung mit dem Goldschmied entsinnen. Gekommen war er, um ihn zur Rede zu stellen. Er wollte erfahren, ob der Italiener etwas über die Nonne und die Todesbotschaft wusste.

Ein Bild tauchte in seinem Kopf auf, verbunden mit einem Gefühl. Er spürte das Metall des Revolvers, den er langsam aus der

Jacke gezogen hatte, während er in den hinteren Raum gegangen war.

Danach endeten seine Erinnerungen.

Endlich hatte es Ludwig geschafft, wieder auf die Beine zu kommen. Er hob die Hand mit der Waffe und sah sie ratlos an.

Er hatte nicht vorgehabt, den Goldschmied zu töten. Er wollte ihm nur Angst machen, damit er redete. Aber er musste ihn erschossen haben, selbst wenn ihm der unmittelbare Grund dafür nicht mehr bewusst war. Genauso wenig wie die Ursache für die höllischen Schmerzen in seinem Kopf und Nacken.

Hatte sich der Schuss vielleicht nur zufällig gelöst? Dann wäre es ein Unfall gewesen.

Im Nebenraum wurde geklopft.

War da nicht auch schon vorhin ein Klopfen gewesen? Eine Frau hatte nach Ballarin und einer Chiara gerufen. Die Stimme war aus weiter Ferne zu ihm gedrungen.

Taumelnd bewegte sich Ludwig zur Eingangstüre. Stimmen waren zu hören. Sie kamen von der Straße vor dem Haus. Neben der Tür befand sich ein Vorhang, der einen winzigen Spalt offen stand. Ludwig gelang es, einen Blick nach draußen zu werfen.

Menschen!

Sie standen auf der Straße herum und redeten.

Nach und nach formte sich für Ludwig ein Bild der Lage, in die er geraten war.

Behutsam tastete er mit der Linken seinen Hinterkopf ab. Er fühlte etwas Feuchtes, Warmes. Als er die Hand vorzog, waren seine Fingerspitzen rot.

Er blutete aus einer Wunde. Ludwig konnte sie sich beim Sturz zugezogen haben. Oder er war niedergeschlagen worden. Jemand hatte ihm mit einem stumpfen Gegenstand eins über den Kopf gezogen. Hatte sich dabei der Schuss gelöst?

Für Ludwig wirkte das Ganze wie ein schrecklicher Albtraum. Er ging zurück, um noch einen Blick auf Ballarin zu werfen.

Die toten Augen des Goldschmieds starrten ihn entsetzt an.

Wo war eigentlich das stumme Mädchen, das ihm geöffnet hatte? Sie kannte sein Gesicht und von seinen früheren Besuchen seinen Namen. Sie könnte aussagen, er hätte Ballarin erschossen.

Als er den Vorhang ein wenig zur Seite schob und einen weiteren Blick auf die Straße warf, zerstreute sich dort gerade der kleine Auflauf.

Ludwig ließ sich auf einen Sessel sinken und stützte den Kopf in die Hände. Die Welt, in der er bis vor wenigen Wochen scheinbar so gut und unerschütterlich gelebt hatte, zerfiel rund um ihn.

Er betrachtete prüfend seinen Mantel. Am linken Ärmel waren Spuren von Erbrochenem, die nicht schwierig abzuwischen waren. Hatte er nicht einen Hut getragen, als er gekommen war? Ludwig ging abermals in den hinteren Raum und fand den Hut dort auf dem Boden. Das Bücken und Aufheben verursachten ihm erneut Schmerzen.

Der Hut war an einer Stelle eingedrückt, der Filz ließ sich aber ausklopfen. Ludwig setzte ihn auf und trat an die Tür.

Auf der Straße wartete niemand mehr. Die Menge war auseinandergegangen.

Wenige Augenblicke später schlüpfte Ludwig ins Freie. Den Hut hatte er tief in der Stirn gezogen, damit so wenig wie möglich von seinem Gesicht zu sehen war. Er wollte schnell gehen, aber die glühenden Stiche im Kopf zwangen ihn, langsam und behutsam aufzutreten.

»Zurück ins Palais«, sagte er krächzend zu seinem Kutscher, als er in die Kutsche stieg.

Weg, nur weg!

Ida war keine gute Lügnerin. Schon als kleines Mädchen hatten ihr die Eltern und Lehrer immer sofort angesehen, wenn sie die Unwahrheit sagte. Aus diesem Grund legte sie sich für den Hauptmann der Garde eine Geschichte zurecht, die glaubwürdig klang.

Der Hauptmann, ein Mann, den sie noch niemals lachen gesehen hatte und der seinen Mund hinter einem riesigen Schnauzbart versteckte, blickte sie regungslos an, als sie ihm die Geschichte erzählte.

Ida wäre zu dem berühmten Juwelier gefahren, von dem man in Wien sprach, weil sie von ihren Eltern ein Geldgeschenk erhalten hatte, mit der Bedingung, es in ein Schmuckstück zu investieren.

Sie erzählte, dass sie Ballarin bereits einmal nicht angetroffen hätte und deshalb heute erneut hingefahren wäre. Zuerst hätte sie sich in der Adresse geirrt. Dieser Teil der Geschichte war wichtig, falls der Hauptmann mit dem Kutscher sprach und dieser von Idas Wunsch berichtete, sie in der Seitengasse abzusetzen.

Dann war da ein Schuss gewesen. Die Nachbarschaft war in hellste Aufregung versetzt worden. Ida hätte endlich das Haus des Goldschmieds gefunden, aber es hätte niemand geöffnet. Egal wie fest sie klopfte oder rief. Ein Mädchen, das auf der Straße spielte, versicherte ihr, dass Ballarin und seine Helferin zu Hause wären.

Als sie fertig war, nickte der Hauptmann. Er würde Idas Beobachtung an den Polizeioberdirektor weiterleiten. Dieser würde Polizeiagenten beauftragen, der Sache nachzugehen.

Mittwoch, 26. September 1866

51

Welche Neuigkeit sollte Ida als erste berichten? Während sie die Adlerstiege zu Elisabeths Appartement hinaufging, versuchte sie, die verschiedenen Informationen im Kopf zu ordnen.

Sie hoffte, Fanny Feifalik hatte noch nicht mit der Haarwäsche der Kaiserin begonnen. Die Prozedur war alle drei Wochen fällig und für diesen Mittwoch angesetzt. Sie dauerte oft Stunden. Die Temperatur in den Räumen der Hofburg war noch nicht niedrig genug, um die Öfen anzuheizen, aber es war schon so kühl, dass die Haare viel länger zum Trocknen brauchten als in den Sommermonaten.

Falls das Shampoo schon gemischt war, würde die Feifalik bestimmt drängen, mit dem Einmassieren zu beginnen, weil es sonst verdarb und neues hergestellt werden musste. Die Mixtur bestand aus Eidotter, Cognac und Apfelessig und war nur frisch gerührt gut anzuwenden.

Egal, dachte Ida, ich werde Elisabeth vielleicht sogar dazu bringen, ausnahmsweise die Haarwäsche zu verschieben. Seit Ida im Dienst des Hofes stand, war das noch nie vorgekommen, aber heute konnte der Tag dafür sein.

Im Stillen genoss Ida schon jetzt den Triumph, den sie damit über die Feifalik haben würde. Als Ida die Tür zum Zimmer der Leibgarde öffnete, verwarf sie den Gedanken bereits wieder. Sie war sich Elisabeths Wertschätzung bewusst, gleichzeitig aber kannte sie auch die Bedeutung der Feifalik, der die Kaiserin als Einzige ihre Haare anvertraute.

Sie fand Elisabeth weder im Toilettezimmer noch im angrenzenden Bad, wo die Vorbereitungen für die Haarwäsche in vollem Gange waren. Für die Kaiserin war ein bequemer Armsessel vor die Metallbadewanne gestellt worden, in dem sie später Platz nehmen würde. Das Verteilen des Shampoos und vor allem das langwierige Ausspülen, das Fanny Feifalik persönlich vornahm, konnten so über der Badewanne stattfinden.

Die Tür zum Wasserklosett stand halb offen. Der »geruchlose Bequemlichkeitsort nach Englischer Art«, wie Erzherzogin Sophie die Toilette zu nennen pflegte, war leer.

Mit schnellen Schritten ging Ida in das Wohn- und Schlafzimmer der Kaiserin. Weil sie so aufgeregt war, vergaß sie, zu klopfen.

Die Feifalik stand mit dem Rücken zur Tür und drehte sich mit ärgerlichem Gesichtsausdruck um, als sie Idas Eintreten bemerkte.

»Jetzt nicht«, fauchte sie leise.

Elisabeth saß vor der Friseuse auf einem Sessel, ihr weißer Morgenmantel fiel zu beiden Seiten auf den Boden herab. Fanny war mit dem vorbereitenden Bürsten der Haare beschäftigt, das der Kopfwäsche vorausging.

»Bist das du, Ida?«

»Sehr wohl, Majestät«, sagte Ida. »Ich bringe einige Neuigkeiten, die ich Ihrer Majestät gerne auf der Stelle mitteilen würde. Ich bin sicher, sie sind für Ihre Majestät von Wichtigkeit.«

»Majestät, die Mädchen haben schon die Eier für die Haarpflege aufgeschlagen«, sagte Fanny drängend.

Es störte Ida, dass ihr beide Frauen den Rücken zukehrten.

»Komm zu mir, Ida!«, hörte sie die Kaiserin sagen. Sie winkte Ida, vor den Sessel zu treten. Ida tat es mit großer Befriedigung. Fanny warf ihr über den Kopf der Kaiserin einen wütenden Blick zu. Ida tat, als hätte sie ihn nicht bemerkt.

»Ich kann meinen Bericht über die Neuigkeiten im Haushalt des Erzherzogs später fortsetzen«, bemerkte Fanny spitz.

Falls sie gehofft hatte, Elisabeth würde sie ersuchen, es sofort zu tun, wurde die Friseuse enttäuscht.

»Ich denke, ich konnte mir ein Bild machen und verstehe jetzt die Begeisterung meines Schwagers für das Geschwisterpaar.« Die Kaiserin wandte sich Ida zu. »Was willst du mir erzählen?«

Ida hielt eine Zeitung in den Händen. Sie faltete sie auf und streckte sie Elisabeth entgegen. Sofort neigte sich Fanny Feifalik von hinten vor, um lesen zu können, was auf der Titelseite stand.

»Ballarin ist ermordet worden«, verkündete Ida. »Ich hatte recht. Der Schuss ist in seinem Haus gefallen. Der Mörder muss sich dort befunden haben, als ich zu dem Goldschmied gehen wollte. Mein inneres Gefühl hat mich abgehalten, in das Haus einzudringen, was ich nur Glück nennen kann.«

Die Kaiserin nahm die Zeitung, überflog die Zeilen und las einige Sätze halblaut vor.

»Erschossen. In die Stirn. Der Täter ist unbekannt. Einige Nachbarn möchten einen noblen Herrn gesehen haben, der sich eilig von Ballarins Haus entfernte.« Elisabeth sah zu Ida auf. »Hast du jemanden gesehen?«

»Keinen noblen Herrn. Nur die Leute aus der Nachbarschaft. Und ein Mädchen, das ich von meinem vorigen Besuch kannte.«

»Dieser Ballarin kann uns also nicht mehr sagen, wer dir den Zettel in den Beutel gesteckt hat.«

Ida bemerkte, wie Fanny, die von der ganzen Angelegenheit nichts wusste, am liebsten eine Frage gestellt hätte, sich aber nicht traute. Ida hatte auch keine Lust, ihr eine Erklärung zu liefern.

»Hast du nicht von einem stummen Mädchen gesprochen, das sich in der Werkstatt aufhält?«, erinnerte sich Elisabeth. »War es das Mündel des Goldschmieds?«

»Das Mädchen ist verschwunden«, antwortete Ida. »So steht es jedenfalls in der Zeitung.«

»Hast du dem Hauptmann der Leibgarde von dem Zettel etwas gesagt, der dir zugesteckt wurde?«

»Selbstverständlich nicht!«

Weil sich die Feifalik noch weiter vorbeugte, damit ihr kein Wort entging, wies sie die Kaiserin zurecht. »Warten Sie nebenan. Ich komme, sobald ich mit Ida alles besprochen habe.«

Die Worte waren eine Wohltat für Ida, die sich insgeheim aber schalt, diese Genugtuung so sehr zu genießen. Nachdem sie Ida einen weiteren finsteren Blick zugeschleudert hatte, zog Fanny Feifalik beleidigt ab.

Elisabeth drehte sich um und wartete, bis die Tür hinter Fanny zugegangen war. »Es muss niemand wissen, was wir in Erfahrung gebracht haben. So etwas macht hier am Hof viel zu schnell die Runde. Die Gerüchte, die Ludwig Viktor über meine Rachsucht der Fürstin gegenüber gestreut hat, waren genug.«

Ida nickte bekräftigend.

»Mein Verdacht wird immer stärker, dass dir dieses stumme Mündel die Karte zugesteckt hat und dich vor dem bevorstehenden Tod der Fürstin warnen wollte.«

»Es würde bedeuten, das Mädchen weiß über den Mord an der Fürstin Bescheid«, sagte Ida.

»Und was der Grund dafür war«, ergänzte Elisabeth.

»Giuseppe Ballarin steht damit in Verbindung.«

»Da habe ich keine Zweifel. Doch ist er nun tot, das Mündel verschwunden und jede Erklärung mit ihr.«

»Ich kann mich in der Straße vor seinem Haus umhören, ob jemand weiß, wo sich Chiara aufhält«, schlug Ida vor.

»Wenn du meinst, dass du so etwas in Erfahrung bringen kannst.«

Ida kam zur zweiten Nachricht, die sie übermitteln musste.

»Deine Schwestern werden erst in der nächsten Woche in Wien eintreffen. Das soll ich dir vom Obersthofmeister des Kaisers bestellen.«

Elisabeth nahm es mit einer enttäuschten Miene zur Kenntnis. »So kann sich zumindest meine Vorfreude steigern.«

Die wichtigste Botschaft hatte sich Ida für den Schluss aufgehoben.

»Elisabeth, Oberst Latour hat mich gebeten, dir etwas zu bestellen.«

»Ist etwas mit Rudi? Ist die Verletzung ernster als angenommen? Als ich am Morgen nach ihm gesehen habe, war er im Bett, die Hand dick eingebunden, aber schon wieder recht munter. Er soll das Bett hüten, hat der Arzt aufgetragen, das wurde doch eingehalten ...«

Die Hofdame konnte leichte Panik in der Stimme der Kaiserin hören und hob beschwichtigend die Hände.

»Nein, nein, dem Kronprinzen geht es von Stunde zu Stunde besser. Der Verband wurde gewechselt und die Wunde verheilt ausgezeichnet«, sagte Ida beruhigend. »Der Herr Oberst aber hat Besuch von Professor Larounge bekommen, einem der Kustoden aus der Naturaliensammlung.«

»Geht es um die zerbrochenen Exponate?«

»Nein. Martin Larounge hat Oberst Latour aufgesucht, weil er keinen anderen Weg wusste, um dir eine Nachricht zu überbringen.«

Mit Interesse blickte Kaiserin Elisabeth Ida nun an. Die Hofdame wusste, sie sollte lieber schnell zur Sache kommen. Die Kaiserin wartete nur ungern.

»Josef ...«, Ida verbesserte sich schnell, »Oberst Latour wäre selbst zu dir gekommen, um dir alles zu schildern, doch will er derzeit an der Seite des Kronprinzen bleiben und überdies hast du bei deinem gestrigen Besuch beim Kronprinzen deine heutige Haarwäsche erwähnt, bei der er dich nicht stören möchte ...«

»Ida!«, rief die Kaiserin. »Was gibt es?«

Ida holte ihr Notizbuch aus dem Beutel.

»Du hast in einer Unterredung Richard Wonmar nach Experten über Gifte gefragt. Über bei uns bisher unbekannte Gifte, ähnlich dem des Frosches, den wir in der Sammlung gesehen haben, oder dem Schlangengift«, las Ida vor.

»So ist es. Der arme Mann ist vor mir in Ehrfurcht erstarrt und konnte kaum noch denken, ist mir erschienen.«

»Er hat seinem Kollegen von deinem Wunsch berichtet und die beiden haben Nachforschungen angestellt.«

»Schneller, Ida, sprich weiter«, verlangte Elisabeth ungeduldig. »Was ist das Ergebnis? Es muss eines geben, sonst wäre der Kustos nicht zu Latour gegangen.«

»Die Sache ist so«, begann Ida. Die Kaiserliche Hoheit hob schnaubend den Kopf.

»Ich muss es dir im Detail schildern, es ist von Bedeutung«, versicherte die Hofdame.

Elisabeth fiel es sichtlich schwer, die Geduld zu bewahren.

»Das Gift der Frösche, das die Eingeborenen am Fluss Amazonas zum Jagen verwenden, sollte zur Erforschung nach Österreich gebracht werden. Das war der Auftrag an den Schiffsarzt an Bord der Fregatte Ihrer Majestät, der Novara.«

»Und? Ist es geschehen?«

»Nein. Weil die Novara nicht nach Amazonien gekommen ist, wo diese Frösche heimisch sind. Das Präparat des Tieres, das wir in der Naturaliensammlung gesehen haben, stammt von der Brasilienexpedition, die viele Jahre davor stattgefunden hatte.«

»Was erzählst du mir das dann, wenn es keine Bedeutung hat?«, fragte Elisabeth genervt.

»Der Schiffsarzt«, fuhr Ida unbeirrt fort, »sein Name ist, wenn ich mich richtig erinnere, Schwarz, berichtet, ein anderes Gift ähnlicher Art gefunden und zur Erforschung zurückgebracht zu haben.«

»Ich will Genaueres wissen! Lade den Schiffsarzt zur Audienz.«

»Das ist nicht möglich.«

»Weshalb?«

»Er ist vor Kurzem verstorben. Mit nur 31 Jahren.«

»Bedauerlich.« Elisabeth seufzte. »Aber woher kommt dann die Kenntnis, er hätte ein ähnliches Gift gefunden?«

»Aus seinem Bericht. Er war nicht nur Schiffsarzt, sondern auch für die Botanik zuständig und hat an die fünfzig Kisten mit Materialien nach Wien gesandt. Überdies einen ausführlichen Bericht über seine Tätigkeiten, seine Funde und seine Erkenntnisse.«

»Wo ist der Bericht?«

»Er befindet sich im Besitz der Naturaliensammlung, die ihn vom Novara-Museum übernommen hat. Doch müssen die Aufzeichnungen in den zahlreichen Kisten erst gefunden werden.«

»Sie sollen sich beeilen!«, rief Elisabeth.

»Das geschieht, Elisabeth, sei versichert.«

Der Kaiserin war anzusehen, dass es ihr nicht schnell genug gehen konnte.

»Wirklich, Elisabeth, die Kustoden tun ihr Möglichstes«, versicherte Ida.

»Wenn die Berichte sich irgendwo in einer Kiste befinden«, begann Elisabeth, laut zu denken, »woher weiß Larounge dann von dem Gift?«

»Larounge hat mit Dr. Schwarz im Novara-Museum zusammengearbeitet«, erklärte Ida. »Angeblich war er ein sehr ernsthafter und gewissenhafter Mann.«

Die Kaiserin deutete Ida, ihr zu helfen, die Haare über die Schultern nach vorne zu legen, weil das den Zug von der Kopfhaut nahm. Währenddessen erzählte Ida weiter.

»Schwarz hat gegenüber Larounge mehrfach erwähnt, er wäre von der Wiener Ärzteschaft kritisiert worden, weil er das Gift der Frösche nicht beschaffen konnte. Man wollte es auf seine Wirkung zur Heilung von Herzbeschwerden untersuchen.«

»Ein Gift, das tödlich ist, soll als Heilmittel eingesetzt werden?«, fragte Elisabeth verdutzt.

»So hat es Larounge mir gesagt. Schwarz berichtete, ein anderes Gift aus einer Pflanze gewonnen zu haben, dessen heilende Wirkung bereits erwiesen wäre, das aber von seinen Kollegen nicht zur Kenntnis genommen wurde.«

»Eins nach dem anderen. Wo ist das Gift hin?«

»Als Exponat für die Ausstellung hat es nicht getaugt«, antwortete Ida. »Larounge beschreibt es als kleine Kristalle, die in einem Glasröhrchen aufbewahrt wurden.«

»Was ist damit geschehen?«

»Larounge möchte den verstorbenen Arzt nicht beschuldigen, doch ist es für ihn denkbar, dass dieser das Röhrchen bei sich behalten hat. Es würde sich dann also nicht mehr in der Sammlung befinden.«

»Es wäre Diebstahl, der aber keine Folgen mehr hätte, da der Arzt tot ist«, folgerte Elisabeth.

»Es besteht eine kleine Hoffnung, mehr über den Verbleib des Giftes zu erfahren.«

»Welche Hoffnung soll das sein?«

»Larounge kennt Schwarz' Witwe. Er will sie aufsuchen und befragen, ob ihr etwas bekannt ist.«

»Wenn der Bericht auftaucht, lass ihn auf der Stelle zu Professor Dlauhy bringen«, verlangte Elisabeth. »Er kann am meisten damit anfangen und er soll mir seine Erkenntnisse nach dem Studium mitteilen. Am besten persönlich, da seine Schreiben zu viele Fachbegriffe enthalten, die mir nicht bekannt sind.«

»Ich werde alles dafür in die Wege leiten«, versprach Ida.

»Noch etwas«, sagte Elisabeth. »Wenn man etwas von der Witwe erfahren hat, will ich es umgehend wissen.«

Ida verbeugte sich. »Selbstverständlich.«

Ohne anzuklopfen, betrat Nora Schmorr den mittleren Salon, wo Heinrich Brettschmidt gerade einer Baronin Stoffmuster an den Busen hielt.

»Borten, V-förmig angebracht, würden die elegante Taille der Frau Baronin auf das Beste betonen«, schwärmte er.

Die erste Schneiderin hüstelte. Hinter seinem Rücken deutete ihr Heinrich, sie möge verschwinden. Schmorr ging ihm mit jedem Tag mehr auf die Nerven. Neuerdings trug sie ein schwarzes Kleid mit weißem Spitzenkragen, das sie wie eine Gouvernante aussehen ließ. Ihm gegenüber benahm sie sich auch so.

Wieder hüstelte die Schmorr, diesmal lauter und drängender.

Die Baronin drehte den Kopf zur Seite. »Kommen Sie nicht näher. In Wien geht dieser schreckliche Husten um. Ich will nicht, dass sie mich ansteckt.«

»Später«, sagte Heinrich scharf zur Schmorr.

»Es handelt sich um etwas Dringliches«, raunte ihm Nora zu.

Die Augen rollend reichte Heinrich seiner Kundin drei weitere Stoffstreifen in verschiedenen Farben.

»Frau Baronin, ich lasse Sie kurz einmal selbst gustieren, welche Farbe Ihnen am meisten zusagt.« Danach schritt er, so schnell es seine verkürzten Beine zuließen, zum Ausgang des Salons und scheuchte die Schneiderin vor sich her.

»Was soll diese impertinente Störung? Falls meine Mutter Sie geschickt hat, so ...«

»Der dort hat gesagt, er hätte etwas für Sie. Aber nur für Sie in Person.« Schmorr deutete mit dem Kopf zur Eingangstür der Wohnung. An der Innenseite lehnte ein schmutziger Gassenjunge mit großer Kappe, löchrigen Hosen und einem fleckigen Hemd. In der Hand hielt er ein Päckchen.

»Ich mache das«, sagte Heinrich, dem der Schweiß aus allen Poren trat.

Gassenjunge! Kästchen! Goldene Rose!

Er hatte am Morgen erfahren, dass Cosima von Lichtegg einen Herzanfall erlitten hatte. Es war geschehen, kurz nachdem er ihr die Rose an das neue Kleid gesteckt hatte.

Heinrich vergewisserte sich, dass Schmorr in den hinteren Räumlichkeiten verschwunden war. Erst dann trat er zu dem Gassenjungen, der ihm frech entgegengrinste. Ihm fehlte ein Schneidezahn.

»Bist du der Schneidermeister?«, wollte er wissen.

Heinrich öffnete die Tür und schob ihn ins Treppenhaus hinaus.

»Wer hat dich geschickt?«

»Die Nonne.«

Seine schlimmste Befürchtung bewahrheitete sich also.

»Welche Nonne?«, fragte er, um zu verbergen, dass er genau wusste, wer gemeint war.

»Die Nonne mit dem Geld. Ich soll dir das da geben.« Er hob das Päckchen hoch.

»Gut. Her damit.«

Der Junge zog es weg, als Heinrich danach griff, und versteckte das Päckchen hinter dem Rücken. »Erst die Bezahlung.«

»Du hast doch schon Geld von der Nonne bekommen.«

»Und jetzt krieg ich was von dir.«

»Wo hat dich die Nonne angesprochen?«, wollte Heinrich erfahren.

»Ich sag es dir. Aber das kostet.«

Heinrich griff in die Hosentasche und holte ein paar Kreuzer heraus. Der Gassenjunge betrachtete sie missbilligend.

»Ich will mehr.«

Weil Heinrich ihn so schnell wie möglich loswerden wollte, legte er einen Gulden drauf.

»Mehr!«, sagte der Bursche frech.

Da riss Heinrich die Geduld. Er packte den Jungen an der Schulter und bohrte ihm die Finger ins Fleisch.

»Au! Hör auf!«, protestierte der Bursche und ging in die Knie. Heinrich drückte fester. »Wo triffst du diese Nonne. Wo? Sag es, sonst ...« Sein Griff wurde noch härter.

»Hinterm Steffl.«

Hinter dem Stephansdom also.

»Das Päckchen!«, verlangte Heinrich.

Gehorsam reichte es ihm der Junge.

»Woher kommt die Nonne? Du weißt das doch sicherlich. Wer ist es? Wie lautet ihr Name?«

Der Bursche hatte Tränen in den Augen. »Ich weiß es nicht! Sie kommt einfach und sagt mir, was ich tun soll.«

»Wieso lungerst du dort herum?«

»Wegen der reichen He...« Der Junge brach ab, aber Heinrich ahnte, wie der Satz weiterging. Entweder war der Bursche ein Taschendieb, der reiche Herren bestahl, oder er folgte ihnen zu einem nahen Bordell und forderte Schweigegeld, wenn sie wieder herauskamen.

Mehr war aus dem kleinen Verbrecher nicht herauszubekommen. Heinrich ließ den Jungen los und warf die Münzen die Treppe hinunter. Sie klimperten die steinernen Stufen hinab. Der Junge lief den Münzen nach, sammelte sie schnell ein und suchte das Weite.

Heinrich drehte das Päckchen in der Hand und betrachtete es von allen Seiten. Es war in Wachstuch gewickelt und zugebunden. Was es enthielt, würde er später herausfinden. Nun musste er zu seiner Kundin zurück. Eilig lief er zu seinem Büro und schloss es auf. Er legte das Päckchen auf den Schreibtisch und trat auf den Flur hinaus.

Nora Schmorr kam ihm entgegen. »Wo bleiben Sie? Die Baronin ist schon ungehalten.«

»Ich komme schon.« Ohne sie anzusehen, eilte Brettschmidt in seinem Watschelgang an ihr vorbei.

53

Ida betrachtete den Zettel, auf dem sie mit ihrer kleinen, exakten Schrift die Wünsche der Kaiserin notiert hatte.

Die Tage wurden deutlich kälter. Sie zog ihre Jacke vorne zusammen und knöpfte sie zu, bevor sie aus der Hofburg ins Freie trat. Sie eilte Richtung Michaelerplatz und bog dort in den Kohlmarkt ein.

Die k.k. Hofzuckerbäckerei Demel war ihr erstes Ziel. Da Elisabeth die nächsten Stunden mit der Haarwäsche beschäftigt war, konnte Ida sich eigentlich ein Stück Torte gönnen.

Die vergoldete Kassettendecke strahlte ihr weiches Licht auf die Demelinerinnen in der schwarzen Tracht mit weißer Schürze herab. Den Spitznamen hatten die Wiener der Bedienung gegeben. Das Innere der Zuckerbäckerei war im Stile des Neorokoko mit Spiegeln und einem Comptoir aus Mahagoni gehalten. Wie immer glänzte alles frisch poliert.

Christoph Demel, der Gründer, war erst kürzlich verstorben, doch seine beiden Söhne Joseph und Karl führten den Betrieb nahtlos weiter. Zwei überaus höfliche und zuvorkommende junge Männer, die Ida beim Eintreten sofort erkannten und auf sie zueilten.

»Welche Ehre, Sie begrüßen zu dürfen!«

»Einen Augenblick!« Ida verließ das Lokal, nur um kurz darauf wieder zurückzukommen. »Es ist mir erst auf den zweiten Blick aufgefallen.«

Die Demel-Brüder lächelten bescheiden.

»Sie haben ein neues Geschäftsschild.«

Christoph Demels Söhne

stand dort in goldenen Buchstaben auf schwarzem Grund.

»Es ist doch nicht zu früh?«, fragte einer der beiden Männer besorgt.

»Hätten wir das Trauerjahr abwarten müssen?«, der andere.

»Ich denke, Ihr Herr Vater hätte es sich genau so gewünscht«, versicherte ihnen Ida.

Eine etwas ältere Demelinerin trat zu Ida.

»Haben schon gewählt?«, fragte sie. »Wünschen, zu speisen?«

»Eine Fächertorte«, bestellte Ida. Sie liebte die Torte, die vier verschiedene Füllungen enthielt: eine Schicht aus gemahlenem Mohn, eine Schicht Walnusspüree, Apfelscheiben und Powidl.

»Dürfen es auch kandierte Veilchen für die Kaiserin sein?«, erkundigten sich die Demel-Brüder.

»Deretwegen bin ich hergekommen«, gestand Ida. »Die Torte ist ein kleines Geschenk an mich selbst.«

Die Brüder führten sie zu einem Tisch am Fenster und die Demelinerin servierte die Torte. Ida ließ langsam die kleine Gabel in die Mehlspeise gleiten und jeden Bissen eine Weile auf der Zunge liegen, bevor sie ihn hinunterschluckte, damit sich die verschiedenen Geschmäcker miteinander vermischen konnten.

Die laute Stimme einer Frau riss Ida aus ihrem Genuss. Jemand sprach nicht nur laut, sondern schnaufte heftig zwischen den Worten. Redete so nicht die alte Frau Brettschmidt aus der Schneiderei?

Da kam die Dame auch schon. Auf ihre beiden Stöcke gestützt ging sie vornübergebeugt zu einem Tisch auf der anderen Seite des Raumes. Dort ließ sie sich auf die Bank sinken und stellte die Stöcke neben sich ab.

Hinter Frau Brettschmidt folgte eine junge Frau in einem taubenblauen Mantel. Das pechschwarze Haar trug sie schlicht aufgesteckt und dazu einen kleinen Hut in etwas dunklerem Blau. Sie nahm am Tisch von Frau Brettschmidt Platz, das Gesicht zum Fenster gewandt.

Ida sah sie nur von der Seite, trotzdem kam ihr die Frau bekannt vor. Wo hatte Ida sie schon einmal gesehen? Ihr Profil war fein gezeichnet, die Haut schimmerte matt. Ihre Haltung und ihre Art, sich zu bewegen, zeigten, dass die Dame aus gutem Hause stammen musste. Aber wer war sie?

Sie redete leise mit der alten Brettschmidt. Ida konnte nichts verstehen. Frau Brettschmidt lachte immer wieder auf. Es war ein tiefes, kehliges Lachen. Sie redete laut und nannte die junge Frau »Kindchen«. Ida schnappte auf, wie Frau Brettschmidt erwähnte, sie hätte sich stets eine Tochter wie sie gewünscht, Gott hätte ihr aber nur einen undankbaren Sohn wie Heinrich als Prüfung gegeben. Während Ida die alte Frau in diesen heftigen Worten klagen hörte, überkam sie Mitleid mit dem Schneider.

Als sie die letzten Brösel mit der Gabel vom Teller gekratzt hatte, erhob sich Ida, um zu gehen. Sie musste weiter. Ein Demel-

Bruder reichte ihr das Säckchen mit den kandierten Veilchen für Elisabeth.

»Die Rechnung an die Hofkanzlei«, sagte Ida.

»Wie bei unserem Vater. Alle sechs Monate.«

Der junge Demel öffnete ihr die Tür und sie trat auf den Kohlmarkt hinaus.

Noch immer beschäftigte sie die Dame, die sie in Frau Brettschmidts Begleitung gesehen hatte. Ida ging an den hohen Fenstern vorbei. Als sie zu dem Fenster kam, neben dem die Brettschmidt thronte, warf sie einen Blick ins Innere der Konditorei. Ida konnte ihre dicken Hände ausmachen, die sie immer wieder hob und fallen ließ. Ihre Begleiterin, die zum Fenster gewandt saß, hörte zu und lächelte höflich.

Ida erkannte sie nun. Die junge Frau schien zu bemerken, dass sie von der Straße aus angesehen wurde. Sie wandte sich kurz von Brettschmidt ab und sah hinaus.

Ihre Blicke trafen sich. Nach einer peinlichen Schrecksekunde lächelte Ida und nickte grüßend. Die Frau erwiderte den Gruß nicht, sondern drehte den Kopf schnell weg und fixierte Frau Brettschmidt. Ida fand die Reaktion der Frau befremdlich.

Noch immer stand Ida vor dem Fenster und konnte die Augen nicht von ihr nehmen.

Doch sie hielt den Kopf so steif auf Brettschmidt gerichtet, als wollte sie mit aller Gewalt verhindern, Ida noch einmal anzusehen.

Es war die junge Italienerin, die Ludwig Viktor beim Ball der Kaiserin vorgestellt hatte. Wie war noch ihr Name gewesen?

Elisa?

Jetzt fiel es Ida wieder ein. Contessa Elisa Romasi. Ihr Bruder hieß Conte Alessio Romasi. Er hatte Ida mit den dunklen Locken, dem weichen Gesicht und den langen Wimpern an eine römische Götterstatue erinnert. Sie schimpfte sich im Stillen als albern wegen dieses Vergleichs.

Ida wusste, dass die beiden einen bleibenden Eindruck bei Elisabeth hinterlassen hatten. Auch schienen sie bei ihrer Begegnung mit der Kaiserin voller Ehrfurcht gewesen zu sein. Wieso also, fragte sich Ida, wirkte die Contessa so erschrocken, sie zu sehen?

Endlich hatte er alle Anproben erledigt. Heinrich fühlte sich erschöpft. Das ewige Lächeln und Schmeicheln der Kundinnen bedeuteten die größten Anstrengungen für ihn. Bereits beim Aufstehen überlegte er sich Komplimente, die er ihnen machen konnte und die nicht sofort als plumpe Lügen zu erkennen waren.

Heinrich ging zu seinem Büro, um das Päckchen zu holen. Öffnen wollte er es nicht hier, sondern in seiner Wohnung. Dort konnte er nicht beobachtet werden.

Die Tür des Büros war nicht abgesperrt. Er musste es vergessen haben, weil die Schmorr ihn so gedrängt hatte. Heinrich betrat den Raum, der sein liebster Rückzugsort in der Schneiderei war.

Der Schreibtisch war leer. Heinrich sah auf den Boden, neben und hinter den Schreibtisch und sogar in die Regale. Schließlich ging er auf die Knie und tastete in sein Versteck unter dem tiefsten Regalbrett.

Das Päckchen blieb verschwunden.

Er rief mehrmals nach Nora Schmorr. Sie ließ ihn warten. Als sie endlich erschien, hielt sie einen halb fertigen Rock in Händen und tat sehr geschäftig.

»Ist es etwas Unaufschiebbares?«, fragte sie.

Heinrich empfand die Frage schlichtweg als frech. Was erlaubte sich diese Person?

»Was haben Sie mit dem Päckchen gemacht?« Er deutete hinter sich auf den Schreibtisch.

»Ich weiß nicht, wovon Sie sprechen.«

»Ich habe etwas auf meinen Schreibtisch gelegt und nun ist es fort.«

»Wie kommen Sie darauf, dass ich es genommen habe?«

Schmorr hatte ihre ausdruckslose Miene aufgesetzt.

»Ich hatte das Päckchen hier abgelegt, bevor Sie mich zur Kundin holten.«

»Bezichtigen Sie mich des Diebstahls?«

»Nein. Aber ...«

Wortlos sah sie ihn an.

»Ach, vergessen Sie es«, sagte Heinrich.

Die Schneiderin drehte sich um und kehrte in die Werkstatt zurück.

Als er darüber nachdachte, erkannte Heinrich, dass er Schmorr gar nicht zutraute, das Päckchen an sich genommen zu haben.

Zumindest nicht aus eigenem Antrieb. Es gab für Heinrich nur eine Person, der er zutraute, entweder Schmorr angestiftet oder das Päckchen gar selbst genommen zu haben.

55

Elisabeth lag in ihrem Toilettezimmer auf einer Chaiselongue. Ihr langes Haar war auf den Querstangen mehrerer Holzgestelle zum Trocknen ausgebreitet worden. Man hatte den Ofen befeuert, damit es im Zimmer wärmer wurde und die Haare schneller trockneten.

Idas Rückkehr war für Elisabeth sehr willkommen. Sie brauchte Unterhaltung.

»Hast du alles bekommen, was ich dir aufgetragen habe?«

»Die kandierten Veilchen auf jeden Fall.« Ida reichte Elisabeth eine Dose aus dünnem Karton, mit feinem Seidenpapier überzogen, in der die Köstlichkeit klapperte.

Die Kaiserin öffnete den Deckel und begann zu naschen. Vielleicht war es nur der Zucker, der schmeckte. Manche behaupteten, die Blüten selbst wären geschmacklos. Trotzdem gehörten die Veilchen in der Zuckerkruste für Elisabeth zu den besten Süßigkeiten, die sie kannte.

Ida zeigte ihr die Handschuhe aus dünnem Leder, die sie besorgt hatte, und einen Tiegel mit Creme Celeste nach einem geänderten Rezept. Die Creme, die normalerweise aus weißem Wachs, Mandelöl, Glycerin und Walrat bestand, war zusätzlich mit Kokosöl angereichert worden, das neu in Wien und sehr kostbar war. So sollte die Creme die Haut vor der bevorstehenden Winterkälte schützen.

»Ich muss dir etwas erzählen«, begann Ida.

»Das will ich hoffen, denn mich quält die Langeweile«, erwiderte Elisabeth und naschte weiter.

»Erinnerst du dich an die Contessa, die dir dein Schwager am Ball vorgestellt hat?«

»Eine schlichte Schönheit und sehr still. Dunkles Haar. Mit einem Bruder von anmutiger Gestalt.«

»Eine poetische Beschreibung des Geschwisterpaares«, sagte Ida bewundernd. »Contessa Elisa und ihr Bruder Conte Alessio. Romasi ist der Name des gräflichen Geschlechts, dem sie entstammen.«

»Was ist mit ihnen?«

»Ich habe die Contessa in der Hofzuckerbäckerei gesehen. Sie hat die alte Frau Brettschmidt begleitet. Ich habe Frau Brettschmidt vor einiger Zeit aufgesucht, um Erkundigungen über Fürstin von Mayenbergs Kleid einzuholen.«

»Ich erinnere mich«, sagte Elisabeth. »Und? Was ist dabei?«

»Als ich die Contessa durch die Glasscheibe angesehen habe, schien sie erschrocken. Sie ist danach meinem Blick regelrecht ausgewichen.«

Elisabeth nickte langsam und entnahm der Dose ein weiteres Veilchen. »Dafür habe ich vielleicht eine Erklärung.«

»Tatsächlich?«

»Die Feifalik hat heute den neuesten Tratsch über den Erzherzog erzählt. Sie hält am Hof zu einem Diener des Kaisers eine nähere Beziehung – nennen wir es so. Der Diener wiederum kennt Paul, den Kämmerer von Luziwuzi, und berichtet ihr sehr bereitwillig, was sich hinter den verschlossenen Türen so tut.«

Nun waren es Idas Augen, in denen die Neugier stand.

»Der Contessa könnte eine Begegnung mit dir unangenehm sein, da sie dich am Ball an meiner Seite gesehen hat«, fuhr Elisabeth fort.

»Ich verstehe dich nicht ...«

»Es hat mich beschäftigt, wieso mein Schwager sich für den Conte und seine Schwester so einsetzt. Er scheint sie überall in die Gesellschaft eingeführt zu haben. Sie mir vorzustellen, sollte wohl die Krönung sein und ihnen endgültig Anerkennung verschaffen.«

Ida streckte ihren Rücken und trat unruhig von einem Bein auf das andere. Elisabeth verstand den stillen Hinweis und bot ihr einen Sessel an. Ida setzte sich ihr gegenüber so hin, dass Elisabeth sie sehen konnte, ohne den Kopf heben zu müssen.

»Ludwig Viktor hat sich trotz des Drängens von Franz Josef nie verlobt oder vermählt. Über die Gründe wird gemunkelt. Der Kaiser schweigt sie tot.«

»Du meinst ...« Weiter wagte Ida nicht zu sprechen.

»Ich meine die Freude an der Gesellschaft seiner Offiziere, die, wie man mir zu Ohren gebracht hat, über Trinkgelage und Kartenspiel hinausgehen kann.«

Elisabeth sah, wie Ida leicht errötete.

»Luziwuzi scheint am Conte Gefallen gefunden zu haben. Der junge Mann geht bei ihm ein und aus und die beiden verbringen lange Stunden hinter verschlossenen Türen, erzählt der gute Paul. Die Feifalik hat behauptet, er könnte eifersüchtig sein.«

»Nein!« Ida schlug die Hand vor den Mund.

»Auf jeden Fall ist der Conte ein gern gesehener und willkommener Gast. Seine Schwester begleitet ihn manchmal und Ludwig Viktor nimmt das wohl in Kauf, um die Gesellschaft des Conte genießen zu können.«

»Du meinst also, mein Auftauchen wäre ihr peinlich gewesen, weil ich von der unsittlichen Verbindung ihres Bruders wissen könnte?«

»Das wäre eine Möglichkeit.«

»Nein«, sagte Ida entschieden. »Nein, Elisabeth. Ihr Blick hatte etwas anderes zu bedeuten. Wenn ich als kleines Mädchen etwas Verbotenes getan habe, schloss ich die Augen und dachte, keiner könnte mich sehen und meine Tat würde so unentdeckt bleiben.«

»Willst du sagen, bei ihr verhält es sich ähnlich? Sie ist kein Kind«, meinte Elisabeth. »Und was soll sie angestellt haben?«

»Das kann ich dir nicht sagen, aber meine Ahnung täuscht mich selten.«

»Ida, das klingt in meinen Ohren unwahrscheinlich«, zweifelte Elisabeth.

»Woher kennt der Erzherzog die Geschwister?«, wechselte Ida das Thema. »Weißt du das?«

Elisabeth überlegte. »Er schwätzt viel, wenn der Tag lang ist. Aber darüber hat er nie erzählt. Mir jedenfalls nicht, vielleicht seiner Mutter, aber die werde ich nicht fragen.«

Plötzlich stahl sich ein Lächeln auf Elisabeths Lippen. »Ich werde es in Erfahrung bringen. Oder lass es mich so sagen: Ich werde die Feifalik losschicken, es herauszufinden.«

Fürst Ludwig von Mayenberg konnte die Augen nicht von der Titelseite der Zeitung nehmen.

MORD

Der Goldschmied war ermordet worden.

Ludwig öffnete die linke unterste Lade und die rechte mittlere des Schreibtisches und tastete an der Seite über das Holz zu der versteckten Klappe. Sie leistete ein wenig Widerstand beim Aufziehen, aber das war ihm nur recht. So konnte sie von niemandem durch Zufall entdeckt werden.

Der Fürst griff mit der Hand in die Öffnung und holte den Revolver heraus. Er legte ihn vor sich neben die Zeitung.

Noch immer war seine Erinnerung nicht völlig zurückgekehrt. Was er zu wissen glaubte, war, dass er bei Ballarin niedergeschlagen worden war. Aber bevor der Goldschmied erschossen wurde oder nachdem er ihn selbst erschossen hatte? Hatte jemand anderer die Waffe benutzt und sie ihm anschließend in die Hand gedrückt?

MORD nannte es die Zeitung.

Mord war es auch gewesen. Da bestand kein Zweifel. Doch wer hatte ihn begangen?

Ludwig stützte den Kopf in die Hände. Die Stille im Haus wurde von Stunde zu Stunde unerträglicher. Paula fehlte ihm so sehr.

Er nahm den Revolver, hob ihn langsam hoch und steckte sich den Lauf in den offenen Mund. Ein Schuss und alle Qual hatte ein Ende. Er war nicht religiös und glaubte nicht daran, seine Paula im Paradies wiederzusehen. Für ihn zählte seine Ehre, die durch diesen Entschluss erhalten bleiben würde. Sein Wissen von damals, die Verantwortung für seine Entscheidung, würde er mit ins Grab nehmen.

Der Fürst neigte den Kopf nach hinten und berührte mit der Öffnung des Laufs den Gaumen. Die Kugel musste in das Gehirn eindringen, um mit Sicherheit zu töten. Ein Kamerad, der sich das Leben nehmen wollte, hatte den Winkel der Pistole falsch gesetzt und sich nur das Augenlicht geraubt.

Das Ticken der kleinen Standuhr erfüllte den Raum. Die Zeit verstrich. Seine letzte Minute, seine letzten Sekunden.

Da wurde an die Tür geklopft.Sonntag, 30. September

An diesem Sonntag konnte Elisabeth das gemeinsame Familienessen kaum erwarten. Sie würde neben ihrem Schwager sitzen, weil sie mit ihm reden wollte. Beim Essen hatte er keine Möglichkeit, ihr zu entkommen, auch wenn ihm das Gespräch sehr unangenehm werden würde. Elisabeth war das nur recht. Zur Abwechslung würde es einmal sie sein, die Ludwig Viktor in Verlegenheit brachte.

Natürlich würde Elisabeth leise sprechen, was sie ohnehin meistens tat. Die anderen Mitglieder der Familie würden nicht viel mitbekommen, höchstens, dass Luziwuzi sich wand wie ein Wurm am Haken des Anglers.

Fanny Feifalik hatte ganze Arbeit geleistet, nicht nur, was Elisabeths Frisur anging. Sie hatte in Erfahrung bringen können, woher der Erzherzog die Geschwister aus Italien kannte. Fanny hatte sich kaum getraut, auszusprechen, was der Kämmerer bereitwillig verraten hatte.

Paul ist doch eifersüchtig, dachte Elisabeth bei sich.

Ausnahmsweise war Elisabeth einmal rechtzeitig an der Tafel erschienen und hatte die anderen nicht warten lassen. Ludwig Viktors Platz aber blieb leer. Als der Kaiser eintraf, begann das Essen ohne den Erzherzog.

Elisabeth hatte Franz Josef selten so schnell alle Gänge hinunterschlingen gesehen. Als er sich erhob und die Familie mit ihm, ging Elisabeth auf Franz Josef zu. Sie wollte sich nach Ludwig Viktors Verbleib erkundigen. Wenn er dem Familienessen fernblieb, hatte er sich entschuldigen müssen, wie jedes andere Familienmitglied auch. Der Kaiser war in dieser Angelegenheit sehr streng und akzeptierte höchstens eine schwere Krankheit oder Abwesenheit aus der Stadt als Grund.

»Franzl«, begann Elisabeth.

»Sisi, der Kerl reizt mich manchmal auf das Äußerste«, brauste Franz Josef auf, bevor Elisabeth noch ein weiteres Wort sagen konnte.

»Du meinst Luziwuzi?«

Erzherzogin Sophie trat zu ihnen. »Was ist denn mit ihm? Er wird doch nicht krank sein.«

»Krank?« Franz Josef schnaubte. »Einen Rausch hat er seit gestern.«

»Wann hat er das mitgeteilt?«, wollte Franz Josefs Mutter wissen.

»Gar nicht«, sagte der Kaiser verärgert. »Am ganzen Hof ist das Gerücht gegangen, dass er wieder einmal zu lang und zu nass gefeiert hat. Schließlich ist es auch zu mir gelangt.«

»Er ist also zu Hause?«, fragte Elisabeth.

»Das will ich hoffen«, schimpfte Franz Josef.

Erzherzogin Sophie legte die Hand auf den Arm ihres Sohnes. »Franzl, du darfst nicht so streng sein mit deinem kleinen Bruder. Er ist noch jung und muss sich die Hörner abstoßen.«

Natürlich wagte er es nicht einmal in diesem Moment, seiner Mutter zu widersprechen, dachte Elisabeth. Sie nickte den beiden zu und verließ das Alexander-Appartement.

Doch Ludwig Viktor würde ihr nicht so einfach entkommen.

Sie ließ nach Ida schicken, die schon hinauf in ihre Wohnung gegangen war. Elisabeth wartete auf sie im kleinen Salon. Bevor Ida noch nach ihren Wünschen fragen konnte, redete die Kaiserin schon los.

»Besorge uns einen Fiaker. Einen geschlossenen, versteht sich. Er soll unten am Ballhausplatz warten. Sorge dafür, dass der Kutscher nicht sieht, wer einsteigt. Es soll niemand wissen, dass ich noch wegfahre, und keiner erkennen können, wohin ich möchte.«

Ida stand unentschlossen da.

»Geh«, fuhr sie Elisabeth ungewohnt heftig an. »Du kommst mit und wartest im Fiaker auf mich.«

»Wie du es wünschst.«

58

Die Gardisten am Eingang des Palais von Ludwig Viktor konnten ihr Staunen nicht verbergen, als Ida ihnen die Kaiserin ankündigte, die umgehend ihren Schwager zu sehen wünschte. Er solle aber nicht verständigt werden.

Elisabeth rauschte an den beiden Männern in Uniform vorbei. An der Treppe kam ihr Ludwig Viktors Oberstkofmeister entgegengeeilt. »Bringen Sie mich auf der Stelle zum Erzherzog. Es ist von größter Dringlichkeit«, trug ihm Elisabeth auf. Er sollte unter keinen Umständen vorlaufen und Ludwig Viktor alarmieren. Sie wollte einen Überraschungsangriff auf ihren Schwager starten. Den Begriff hatte sie einmal von Franz Josef gehört.

Dem Obersthofmeister blieb nichts anderes übrig, als die Anordnung der Majestät auszuführen.

Elisabeth fand ihren Schwager im Salon, der seinem Schlafzimmer vorgelagert war. Er lag in einem seidenen Morgenmantel, der mit großen Pfauen bestickt war, auf einem Sofa und rauchte eine Zigarette. Ludwig Viktor war unrasiert, hatte gerötete Augen und sein blasiertes Gesicht wirkte noch schwammiger als sonst.

»Sisi«, säuselte er, als sie vor ihn trat. Er machte Anstalten, sich aufzurichten, sank aber stöhnend wieder in die Kissen zurück. »Dieser Kopf«, jammerte er. »Da sitzt ein Zwerg drinnen, der mir von innen gegen die Stirn hämmert.«

»Der Kaiser ist über deine Abwesenheit erzürnt.«

»Ach, er wird sich wieder beruhigen«, meinte Ludwig Viktor und winkte ab.

»Wenn du ihn lange reizt, kann er zu folgenschweren Entscheidungen kommen. Er hat schon einmal laut überlegt, ob es nicht besser wäre, dich aus Wien fortzuschicken. Nach Salzburg zum Beispiel.«

»Das hat er nicht. Das hast du erfunden.« Ludwig Viktor versuchte, unbeschwert zu klingen, doch seine Stimme verriet seine Unsicherheit.

»Vielleicht habe ich es ihm auch vorgeschlagen. Du weißt, er hört auf mich. Wie bei Rudolfs Erziehung.«

Die Andeutung reichte aus, Ludwig Viktor etwas mehr Haltung annehmen zu lassen. Er läutete nach seinem Diener und verlangte Wasser, außerdem Eidotter mit Cognac verrührt und feuchte Tücher.

»Willst du dir die Haare waschen?«, fragte Elisabeth verwundert. »Eidotter mit Cognac ist die Grundlage meines Shampoos.«

»Mir hilft es bei Kater«, sagte Ludwig Viktor kleinlaut.

Elisabeth setzte sich ihm gegenüber auf ein Sofa. »Ich will wissen, wo du das italienische Geschwisterpaar kennengelernt hast, das du so protegierst.«

»Den Conte und die Contessa Romasi?«

»Gibt es noch andere, die du unterstützt?«

»Nein, nein.«

Eine Pause entstand.

»Also, wo hast du sie kennengelernt?«, wiederholte Elisabeth ihre Frage mit Nachdruck.

»Bei meiner Reise durch Italien. Vor einem Jahr.«

Wieder schwiegen die beiden einige Momente lang. Die Geräuschlosigkeit zerriss, als die Tür aufging und ein Diener zwei Gläser und zwei feuchte Tücher auf einem Tablett brachte. Ludwig Viktor legte den Kopf in den Nacken und goss sich die Mischung aus Eidotter und Cognac in den Mund. Er schluckte und schüttelte sich. Das Glas Wasser leerte er ebenso in einem Zug. Ein feuchtes Tuch wickelte er sich um den Nacken, das andere hielt er sich an die Stirn.

»Deine Reinlichkeit ist bekannt«, bemerkte Elisabeth ganz nebenbei.

Ihr Schwager sah sie alarmiert an. Elisabeth konnte fühlen, wie er nervös wurde.

»Ist Hygiene nicht die Grundlage für jedes menschliche Leben?«, erwiderte er unsicher lächelnd.

»Selbstverständlich. Daher ist es auch verwunderlich, wieso du in dieses Palais keine Badezimmer hast einbauen lassen.«

»Aber ich habe ein Ba...« Der Erzherzog brach ab. Er erkannte, worauf seine Schwägerin hinauswollte.

Elisabeth fuhr unerbittlich fort. »Du frequentierst gerne die Badeanstalten für Herren. Ich habe mir sagen lassen, du schätzt besonders den Dampf des Hamams und das Wasser des Thermalbeckens.«

»Sisi, was sollen diese Andeutungen? Wir Männer ziehen uns gerne zur Pflege in eine Badeanstalt zurück. Nicht nur ich. Frag andere bei Hof, sie werden es dir bestätigen.«

»Auch das ist mir bekannt«, entgegnete Elisabeth betont ruhig. »Aber du bist gerne Gast in jenen Badeanstalten, in denen besondere Herren verkehren.«

Nun schwieg Ludwig Viktor und wandte den Kopf ab.

»Dort hast du den Conte kennengelernt, nicht wahr?«

Sie bekam keine Antwort.

»Ein schöner junger Mann, das kann man sehen. Die blauen Augen, die edlen Gesichtszüge. Er hat mich an die David-Statue von Michelangelo erinnert. Du warst sofort angetan, als du ihn das erste Mal gesehen hast. Damit liege ich doch richtig?«

In Elisabeths Pausen füllte eisige Stille den Raum. Ludwig Viktor war sichtlich geschockt über das Wissen seiner Schwägerin.

»Damit wir uns richtig verstehen: Wie du deine privaten Stunden verbringst, ist mir gleichgültig. Es geht nur um den Conte, mit dem du dich zweifellos schnell anfreunden konntest.

Man hat mir erzählt, du hättest ihn und seine Schwester sehr verwöhnt.«

»Wer hat dir das erzählt?«

Elisabeth ging auf die Frage nicht ein.

»Hast du gegenüber Franz Josef etwas von deinen neuen Freunden erwähnt? Es ist sicherlich interessant für ihn.«

»Was gehen dich meine Freundschaften an?«, brauste Ludwig Viktor auf.

Elisabeth genoss ihre Rache. Sie konnte ihm seine gehässigen Bemerkungen auf eine Art heimzahlen, die den Schwager in Angst versetzte. Er wusste, dass Franz Josef in manchen Belangen keine Duldsamkeit zeigte.

Aus Luziwuzis Gesicht war der Hochmut verschwunden, dafür stand dort die Zerknirschtheit eines Kindes, das Angst vor einer Strafe hatte. »Du wirst es doch für dich behalten?«

Seine Schwägerin gab darauf keine Antwort. »Was hat die Contessa und den Conte eigentlich nach Wien geführt? Nur die Verbundenheit zu dir?«

»Nein, das ist es nicht. Was denkst du?«

»Ich stelle nur Vermutungen an.«

»Es gab ein Zerwürfnis zwischen Elisa und ihren Eltern, die sie mit einem Mann verheiraten wollten, den sie nicht geliebt hat.«

»Solche Ehen soll es geben«, sagte Elisabeth.

»Elisa wollte deshalb fort und Alessio ist mit ihr gegangen. Die beiden behaupten, enterbt worden zu sein, werden aber von einer Verwandten hier in Wien unterstützt.«

»Wer ist die Verwandte?«

»Darüber haben sie nicht viel erzählt. Aber sie waren von Wien sehr begeistert und wollen sich hier niederlassen.«

»Was weißt du über die Familie?«, fragte Elisabeth.

Ludwig Viktors Gesicht verzog sich vor Schmerz, der ihm das Nachdenken bereitete. »Die beiden haben zwei Geschwister, noch einen Bruder und eine Schwester. Die Familie besitzt ein sehr ansehnliches Schloss am Meer mit Park und einer Menagerie mit exotischen Vögeln. Sie haben mir Lichtbilder und einige Zeichnungen gezeigt.«

»Wie interessant.«

»Wenn du mir nicht glaubst, dann sieh selbst.« Der Erzherzog wollte schnell aufstehen, seine Kopfschmerzen aber zwangen ihn zu langsamen Bewegungen. Er verschwand im Schlafzimmer. Elisabeth hörte ihn rumoren und Laden aufziehen. Als er zurückkehrte, trug er einen kleinen Packen von Bildern, die er vor Elisabeth auf dem Tischchen ausbreitete.

Ein Familienbild zeigte das Elternpaar sitzend, ernst und streng blickend. Vier Kinder standen hinter ihnen, alle schon erwachsen.

»Wieso haben sie dir ihre Fotos dagelassen?«, erkundigte sich Elisabeth.

»Ich habe sie darum gebeten. Damit kann ich sie vorstellen, wenn ich anderen von ihnen erzähle.«

»Ach ja.« Elisabeth legte das Familienbild zur Seite. Darunter befanden sich Bilder eines Parks und eines Schlosses. Als Elisabeth auch diese weglegte, stieß sie auf drei weitere Fotos. Ludwig Viktor wollte sie sogleich wegnehmen, aber Elisabeth hielt sie fest.

Es waren Fotos von Alessio. Eines war ein Portrait. Das andere zeigte ihn mit nacktem Oberkörper. Das dritte war eine Aufnahme des nackten Alessio, auf einem Felsen am Meer sitzend.

Ohne ihn um Erlaubnis zu fragen, nahm Elisabeth das Familienfoto an sich und erhob sich.

»Gute Besserung«, wünschte sie und machte sich ans Gehen.

»Sisi!«, rief ihr Ludwig Viktor nach. Doch sie blieb nicht stehen und drehte sich auch nicht um.

59

Der sonntägliche Besuch im Etablissement von Frau Lieb hatte Heinrich weder die Entspannung noch die Ablenkung gebracht, die er früher dort gefunden hatte. Grit beschwerte sich, dass er sich bereits seit zum wiederholten Male abweisend ihr gegenüber verhielt.

»Hast mich nicht mehr lieb, Heinerle?«, fragte sie ihn treuherzig.

Statt eine Antwort zu geben, hatte Heinrich sie aufs Bett gestoßen und sich auf sie geworfen. Dabei empfand er aber nicht die Lust, die sein Benehmen vermuten ließ.

Das Päckchen war verschwunden geblieben. Nora Schmorr und seine Mutter mimten die Ahnungslosen. Wenn der Brief, der dem Päckchen beigelegen war, eine weitere Drohung und Erpressung der Nonne enthielt und Heinrich sie nicht erfüllte, konnte das Konsequenzen haben. Darüber war Heinrich sehr beunruhigt.

Früher als sonst verließ er das Etablissement. Vorher versicherte er Grit, sie noch immer zu mögen und sich schon auf den nächsten Sonntag zu freuen, an dem er bestimmt besserer Stimmung sein würde.

Heinrich kehrte in einer Gastwirtschaft am Spittelberg ein und bestellte sich ein Gulasch und ein großes Bier. Er aß schnell und seine Gedanken kreisten dabei ständig um die Ereignisse der vergangenen Wochen. Es schmeckte ihm nicht so gut wie sonst und die Portion war ihm zum ersten Mal zu groß. Heinrich bezahlte bei der Wirtin, die emsig zwischen den Tischen herumlief, und machte sich auf den Heimweg.

Zu seinem Erstaunen stand die Tür zur Wohnung seiner Mutter halb offen.

»Ich will mit dir reden«, rief sie.

»Ich bin müde«, sagte Heinrich.

»Ich will mit dir auf der Stelle reden!«

Heinrich seufzte tief und betrat die Wohnung. Gleich hinter dem Vorzimmer ging er weiter in den Salon. In ihrem liebsten Lehnsessel thronte seine Mutter, das verschwundene Päckchen auf den Knien. Die Verschnürung war aufgeschnitten, das Wachstuch aufgeschlagen. Das Paket enthielt eine flache Holzkassette.

»Du hast es aus meinem Büro gestohlen!«, brauste Heinrich auf.

»Papperlapapp. Die Schmorr hat es mir übergeben, weil sie in Sorge ist. Dein Verhalten in letzter Zeit erscheint ihr und mir eigenartig. Du bist mir eine Erklärung schuldig.«

Heinrich trat zu ihr und streckte die Hand nach dem Kästchen aus. Er wusste, dass er es ihr auch einfach abnehmen und damit aus dem Zimmer gehen konnte. Doch er schaffte es nicht.

»Ich kenne den Inhalt. Ich habe den Brief gelesen.« In der Stimme seiner Mutter lag Triumph.

Hinter ihr an der Wand hing ein großes Ölgemälde, das die Eltern in jüngeren Jahren zeigte. Die Mutter saß auf genau diesem Lehnsessel, sein Vater stand neben ihr, eine Hand auf der Rückenlehne. Zwischen den beiden hatte Heinrich nie etwas Liebevolles erlebt. Ihr einziges Interesse galt dem Salon, der von Jahr zu Jahr größer wurde.

»Setz dich«, befahl seine Mutter.

Heinrich ging zur Anrichte auf der anderen Seite des Zimmers und schenkte sich aus einer geschliffenen Glasflasche Rum in ein Kristallglas. Es war das Lieblingsgetränk seines Vaters gewesen. Er tat es, um seiner Mutter zu zeigen, dass er sich von ihr nicht herumkommandieren ließ. Betont langsam kehrte er zu ihr zurück und ließ sich auf dem Sofa gegenüber nieder.

»Was hat das zu bedeuten?« Frau Brettschmidt öffnete das Kästchen und nahm einen Brief heraus. Sie faltete ihn auf, griff nach dem kleinen Metallgestell mit zwei Brillengläsern, das sie an einer Kette um den Hals trug, hielt es sich vor die Augen und las die wenigen Zeilen laut vor.

> **EINE VERSTÄRKUNG FÜR DAS MIEDER DES NEUEN KLEIDES VON BENITA VON GRÜNAU. EXAKT AN DER KANTE DER VERSCHNÜRUNG EINZUNÄHEN.**
> **SO GUT, WIE VALERIA ES GEMACHT HÄTTE.**

Frau Brettschmidt blickte auf.

»Hast du das bestellt? Eine Miederverstärkung aus Metall?«

»Nein.«

Seine Mutter fasste mit ihren Fingern in das Kästchen und holte ein silbern glänzendes Stäbchen heraus. Es hatte die Länge einer Hand und war in der Mitte etwas dicker als an den Enden. Sie drehte es herum und betrachtete es von allen Seiten. Prüfend klopfte sie damit auf das Holz der Schatulle.

»Was ist das dann? Wieso gibt dir jemand solche Anweisungen?«

Dazu schwieg Heinrich.

»Der Pfarrer der Michaelerkirche hatte eines unserer Mieder in den Händen, als er tot aufgefunden wurde«, erinnerte ihn seine Mutter.

Noch immer sagte Heinrich nichts.

»Man hat mir berichtet, dass Gräfin von Lichtegg nach der Anprobe zu Hause einen Schwächeanfall erlitten hat. Sie trug eine Brosche in der Form einer goldenen Rose. Die Schmorr sagt, du hättest sie ihr angesteckt.«

»Was willst du von mir, Mutter?«

»Eine Erklärung für dein Verhalten.«

»Ich habe dir nichts zu sagen.«

Frau Brettschmidt winkte mit dem Brief. »Valeria!«

Der Name ging Heinrich durch Mark und Bein. Doch er presste bloß die Lippen zusammen.

»Valeria«, hauchte sie mit einem spöttischen Unterton. »Meinst du, ich wüsste es nicht?«

Nun richtete sich Heinrich auf. Sein Herz schlug schneller.

»Eine Liaison mit einer Näherin, der du noch dazu ein Kind angehängt hast.«

Größer hätte Heinrichs Überraschung nicht sein können. Er brauchte gar nichts zu sagen, sie sah ihm seine Gedanken an.

»Ich habe immer gewusst, dass du hinter den Näherinnen her bist, statt dir eine anständige Frau zu suchen«, fuhr Frau Brettschmidt fort. »Eine, die unserem Stand entspricht und aus einer angesehenen Familie kommt. Aber du bist so dumm, dir eine Näherin zu nehmen…«

Heinrich konnte spüren, wie sich seine Kiefermuskeln immer fester anspannten.

Der Hohn seiner Mutter ging weiter. »Wenn ich nicht eingegriffen hätte, würde heute hier ein blondes Nichts herumlaufen und sich wichtig machen als Frau Brettschmidt.«

Eingegriffen? Hatte seine Mutter tatsächlich dieses Wort verwendet? All die Jahre dachte Heinrich, vor seiner Mutter alles verborgen gehalten zu haben, und nun wollte sie »eingegriffen« haben?

Sie schien zu erraten, was in ihm vorging. »Wer, meinst du, hat ihr das Geld für die Engelmacherin gegeben?«

»Du warst das?«

»Natürlich war ich das. Ich konnte doch nicht zulassen, dass sie einen Balg in die Welt setzt.«

»Ich verbiete dir, so von Valeria zu reden!«, brüllte Heinrich sie an.

»Als ob du mir etwas verbieten könntest!«

Heinrich erschien, seine Mutter würde immer dicker und breiter werden und bald den ganzen Lehnsessel mit ihrem Körper ausfüllen.

»Ich wusste von dir und dem dummen Ding«, erzählte seine Mutter und er sah, wie viel Freude ihr jedes einzelne Wort bereitete. »Als ich sie damit konfrontierte, hat sie mir von eurer Liaison erzählt und dass du dich zurückgezogen hättest, sie aber ein Kind von dir erwartet. Da habe ich ihr klargemacht, dass sie alles verlieren wird, wenn sie es nicht wegmacht: ihre Arbeit bei uns und in jeder anderen Werkstatt der Stadt, weil ich ihren Ruf zerstören würde. Sie könnte dann nie einen Mann finden, der sie heiraten wolle. Allein würde sie sterben, in Armut. Du jedenfalls wolltest nichts mehr von ihr wissen.«

»Valeria hat sich das Leben genommen!«, schrie ihr Heinrich ins Gesicht.

»Es war kein Fehler der Engelmacherin? Mir hat man gesagt, sie wäre verblutet.«

Heinrich konnte seine Wut nicht mehr unter Kontrolle halten. Er holte aus und schleuderte das halb volle Kristallglas mit voller Wucht auf seine Mutter.

Es verfehlte sie knapp, traf jedoch das Bild. Mit einem Scheppern fiel es zu Boden.

Stilles Entsetzen durchzog den muffigen Raum.

»Raus!«, sagte die Mutter mit drohend gesenkter Stimme. »Verschwinde aus meinen Augen. Wie konnte ich nur so eine Missgeburt in die Welt setzen?«

Eisige Ruhe überkam Heinrich. Er richtete sich auf, so gut es sein Körperbau erlaubte.

»Du hast von Valeria gewusst. Sonst aber niemand. Außer der Person, die diese Nachricht geschrieben hat. Wenn das nicht du warst, wer dann?«

»Was sagst du da?«

»Ich werde erpresst. Mit dem Tod von Valeria, den jemand publik machen möchte, um mir zu schaden, wenn ich nicht tue, was verlangt wird.«

»Was soll das heißen?«

»Wem hast du von Valeria erzählt? Von ihr und ihrem Schicksal?« Heinrich machte einen Schritt auf seine Mutter zu.

Zum ersten Mal an diesem Abend geriet Frau Brettschmidt aus der Ruhe.

»Wovon sprichst du?«

»Wem hast du es gesagt? Wer kann es noch wissen?« Heinrich wurde immer lauter. »Valerias Mutter ist tot, ihre Schwester verschwunden. Niemand in Wien weiß sonst von meinem Geheimnis. Ich will auf der Stelle wissen, bei wem du dein Klatschmaul nicht halten konntest!«

»Wie redest du mit deiner Mutter«, keuchte Frau Brettschmidt. Sie schwang das Metallstäbchen, das sie noch immer mit den Fingern umklammert hielt, drohend in seine Richtung. Der Zorn ließ ihr Gesicht knallrot anlaufen. Sie schlug mit der Hand auf das Kästchen, das auf ihren Knien lag. Mitten in der

Bewegung hielt Frau Brettschmidt inne. Mit weit aufgerissenen Augen starrte sie ihren Sohn an. Langsam hob sie die Hand. Das Stäbchen schien daran festzukleben.

»Was hast du?«, wollte Heinrich wissen.

Seine Mutter öffnete immer wieder den Mund, brachte jedoch kein Wort heraus. Ihr breiter Oberkörper zuckte. Heinrich sprang zu ihr. Sie streckte ihm die Hand entgegen. Noch immer haftete das Stäbchen an der Haut ihrer Finger. Er nahm es und zog es weg. Auf ihrer Handfläche bildete sich langsam ein kleiner, roter Fleck.

Im nächsten Moment sank Frau Brettschmidt zur Seite.

»Mutter!«, rief er, beugte sich über sie und klopfte ihr auf die Wange. »Mutter, Mutter!«

Dienstag, 02. Oktober 1866

60

Schon bei der Begrüßung hatte Elisabeth bemerkt, dass sich ihre Schwester Marie verändert hatte. Was genau es war, vermochte sie jedoch noch nicht zu sagen.

Mathilde hingegen war wie immer, plapperte mit ihrer hellen Stimme und machte dem Kosenamen »Spatz« alle Ehre. Die flatternden Bewegungen und die zwitschernde Sprache der jüngsten Schwester erinnerten sehr an den kleinen Vogel.

»Sisi, Marie, ihr zwei seht einander immer ähnlicher«, schwärmte Mathilde.

»Findest du wirklich, Spatz?« Marie trat vor den hohen Spiegel im Großen Salon. Elisabeth stellte sich neben sie. Mathilde guckte zwischen ihnen durch. »Ich wünschte, wir könnten ein Lichtbild von uns machen lassen und es Mama nach Possenhofen schicken.«

»Das werden wir tun«, beschloss Elisabeth. »Von einer Photographin. Sie hat mich erst unlängst abgelichtet und die Bilder sind vortrefflich gelungen.«

»Eine Photographin! Eine Frau in diesem Beruf?« Mathilde war erstaunt und begeistert.

»Ihr Spezialgebiet ist eigentlich das Photographieren von Toten«, erklärte Elisabeth und weidete sich am Entsetzen der kleinen Schwester.

»Du machst Scherze, Sisi.«

»Nein, es ist wahr. Aber ihr werdet Amalie Buback mögen. Sie ist nicht so wie die kriecherischen Photographen, die uns ständig schmeicheln und Komplimente machen, auf deren Fotos wir aber aussehen, als hätte uns ein böser Fluch getroffen.«

Die Schwestern lachten.

Diener hatten einen Esstisch im Großen Salon für die drei gedeckt und warteten, bis sie sich setzten.

»Nehmt Platz«, lud Elisabeth die Schwestern ein. Sofort eilten Diener hinter die Sessel, um sie vorzurücken, sobald sich die Damen niederließen.

»Ich habe ein Menu zusammenstellen lassen, das euch in den Genuss der Wiener und ungarischen Küche kommen lässt«, sagte Sisi, nachdem die drei Schwestern Platz genommen hatten. »Mit all dem französischen Firlefanz werdet ihr noch am Sonntag beim Familiendiner gelangweilt, zu dem euch Franzl einlädt. Um es gleich vorwegzusagen: Es ist eine Einladung, die keinen Widerspruch duldet, es sei denn, ihr seid so unpässlich, dass ein Arzt es bestätigen würde.«

Marie lächelte auf eine Art, die Elisabeth irritierte. War es säuerlich? War es herablassend? War es verlegen? Sie konnte ihr Lächeln nicht deuten.

Das Essen begann mit einer Grießnockerlsuppe. Da kein Kaiser am Tisch saß, nach dem sich das Tempo richtete, konnten sich die Schwestern mit dem Löffeln Zeit lassen.

»Mama hat mir geschrieben, dass ihr ein recht unstetes Leben führt«, begann Elisabeth das Gespräch.

Empört ließ Marie den Löffel sinken. Er klatschte in die Suppe, dass es spritzte. »Wie hat sie das gemeint?«

Elisabeths Verwunderung wuchs. Sie hatte die Schwester nie so gereizt und empfindlich erlebt.

»Das müsst ihr mir sagen«, erwiderte sie ruhig. »Sie bezieht sich wohl auf eure Reisen quer durch Europa.«

Marie schien sich wieder zu entspannen. Sie begann, Stationen der Reise aufzuzählen, die sie von Rom nach England, dann über Paris und Amsterdam nach Hamburg geführt hatte. Von dort waren sie nach Prag gefahren und machten nun halt in Wien.

»Hörst du von deinem Mann, Marie?«, erkundigte sich Elisabeth.

»Er ist in Rom«, war die knappe Antwort.

Mathilde beugte sich über ihre Suppe. Elisabeth stellte ihr nicht die gleiche Frage. Sie wusste, dass Mathilde von ihrem Mann getrennt lebte, da er ihr untreu gewesen war und außerdem ein Trinker. Graf Ludwig von Trani lebte, genau wie sein Bruder, Maries Ehemann und der frühere König von Neapel und Sizilien, in Rom.

»Man hört so allerhand über dich, Marie«, ließ Elisabeth möglichst beiläufig fallen. Die Gerüchte über das ausschweifende und wilde Leben ihrer Schwester waren Gespräch am Hof. Erzherzogin Sophie hatte sich darüber empört gezeigt, was Elisabeth nur gefreut hatte.

Anstelle von Marie antwortete Mathilde. »Hätte ich doch auch nur diesen Mut! Einmal im Leben will ich die Freiheit spüren, die Marie sich nimmt.«

»Bei meinem Aufenthalt auf Korfu bin ich nackt geschwommen, genau wie du in Ostia«, sagte Elisabeth zu Marie.

Ihre Schwester musterte sie skeptisch.

»Es ist wahr«, versicherte ihr Elisabeth. »Meine Dienerschaft hat eigene Zäune beschafft, die sie am Strand aufstellten, damit ich unbeobachtet ins Meer gehen konnte. So wie Gott mich erschaffen hat.«

»Du solltest dir auch solche Zäune machen lassen«, plapperte Mathilde los. Sie deutete auf Marie. »Sie hat sich hinter Büschen entkleidet und ist durch den Sand ins Wasser gelaufen.«

»Du rauchst auch, habe ich gehört«, sagte Elisabeth.

»Zigarillos«, antwortete Marie.

»In aller Öffentlichkeit?«

»Selbstverständlich.« Marie war stolz darauf, das war ihr anzumerken.

»Ich rauche Zigaretten, wenn ich in der Kutsche durch Wien fahre. Den Rauch blase ich aus dem Fenster, damit die klatschsüchtigen Leute es sehen können«, erzählte Elisabeth und konnte sich ein Lächeln nicht verkneifen.

Mathilde kicherte. »Was habe ich doch für rebellische Schwestern.«

Die Suppe war gegessen. Der nächste Gang war Kalbsgulasch mit Semmelknödeln in der Größe von Kirschen.

Das Gespräch der Schwestern ging weiter, wobei Marie immer stiller wurde. Elisabeth hatte den Eindruck, nur noch Mathilde zu hören. Sie beobachtete Marie aus den Augenwinkeln.

Marie hatte ihr Essen kaum angerührt und ließ den fast vollen Teller abservieren. Den nächsten Gang, feiner Schweinsbraten mit Pilzsoße, kostete sie nicht einmal.

Schließlich konnte sich Elisabeth nicht mehr zurückhalten. »Ist dir nicht wohl, Marie? Möchtest du dich hinlegen?«

Ihre Schwester war bleich. Sie presste die Hand vor den Mund und erhob sich hastig. Hals über Kopf verließ sie den Raum.

»Wo willst du hin?«, rief ihr Elisabeth nach.

»Meine Güte, was ist nur mit ihr?« Mathilde fasste sich an die Brust. »Sisi, sie ist schon seit zwei Wochen so.«

»Seit zwei Wochen leidet sie an Übelkeit?«

»Vor allem am Morgen. Manchmal auch untertags«, bestätigte Mathilde.

»Ihr Mann, der König, er hat doch noch nie ... Man sagt, er wäre nicht in der Lage ...«

Elisabeth hatte von den Gerüchten gehört, der König litte an einer angeborenen Verengung an seinem Geschlechtsteil, die es ihm angeblich unmöglich machte, die Ehe zu vollziehen.

Mathilde errötete. »Sprich nicht weiter. Ich habe es auch gehört. Von Marie, die darüber sogar spottet.«

Ida kam in den Großen Salon gelaufen.

»Elisabeth«, rief sie, verbesserte sich aber schnell, als sie Mathilde erblickte. »Majestät, Ihre Schwester ... Sollen wir den Arzt rufen?«

Wenn er nur mit irgendjemandem sprechen könnte!

Heinrich hielt es in den Räumen des Modesalons nicht mehr aus. Sie erschienen ihm erdrückend und eng. Außerdem fühlte er sich von den fragenden Blicken der Schmorr verfolgt. Er hatte die Vermutung, die kriecherische und ergebene Nähe zu seiner

Mutter war ein Versuch, ihn um sein Erbe zu bringen und die Schneiderei nach ihrem Tod zu übernehmen.

Die Gesundheit seiner Mutter verschlechterte sich zunehmend. Ihr Arzt hatte Heinrich mehrfach darauf hingewiesen, sie sollte sich mehr schonen, nur noch in ihrer Wohnung bleiben, die Treppen vermeiden und vor allem die Ausflüge in die Zuckerbäckerei bleiben lassen.

Der Verdacht, die Schmorr könnte die anonymen Briefe und Drohungen geschickt haben, wurde in Heinrichs Kopf immer stärker und steigerte sich nun zur Besessenheit.

Die Schmorr war es, die ihm das antat. Sie hatte auch die goldene Rose anfertigen lassen, die er Cosima von Lichtegg anstecken sollte. Ihre plötzliche Herzschwäche stand mit der Brosche in Zusammenhang, davon war Heinrich überzeugt.

Die Schmorr hatte ihn all die Jahre ausspionieren können. Sie wusste über seine Gewohnheiten Bescheid und wohl auch von seinen sonntäglichen Besuchen des Etablissements von Frau Lieb.

»Die Schmorr hat es mir damals verraten«, hatte ihm seine Mutter am Sonntag gestanden, als sie auf dem Sofa lag und Todesängste litt. »Sie hat mir von deinem dummen Verhältnis zu dieser Valeria erzählt.«

Nora Schmorr, diese scheinheilige Person, hatte sich auf diese Weise das Vertrauen seiner Mutter erschlichen. Nicht nur durch ihre Arbeit hatte sie es zur ersten Schneiderin gebracht. Die Dankbarkeit seiner Mutter war ihr sicherlich behilflich gewesen.

Was aber nun? Wer war die Nonne, die er in der Michaelerkirche gesehen hatte und die dem Gassenjungen das Päckchen übergeben hatte? Vielleicht die Schmorr, die sich verkleidete?

Als Heinrich sich gerade seinen Mantel nahm, um einen Spaziergang zu unternehmen, kam Nora Schmorr zu ihm.

»Ihre Mutter wünscht, Sie zu sprechen.«

»Später«, sagte Heinrich. Er musste an die frische Luft.

Nora Schmorr kam ihm nach und verstellte ihm den Weg, als er die Treppe hinuntergehen wollte. Heinrich bebte vor Zorn. Nora stand mit dem Rücken zur Treppe und Heinrich erfasste der unbändige Wunsch, sie mit einem kräftigen Stoß in die Tiefe zu befördern.

War er ein Feigling? Oder war es klug, dass er sein Vorhaben bleiben ließ, sich umwandte und wieder einmal dem Befehl seiner Mutter folgte?

Als er das Zimmer betrat, stutzte er. Kam es ihm nur so vor oder wirkte die alte Frau tatsächlich frischer als am Tag zuvor? Ihre Wangen schimmerten rosig, die Augen waren klar.

Heinrich verwirrte ihr Zustand.

»Die Sache mit deiner Valeria«, sagte seine Mutter zu ihm, als er an ihr Bett trat. »Ich habe sie erst vor einigen Wochen wieder einmal erzählt.«

Heinrich war geschockt. »Wem?«

»Die Tochter einer alten Kundin hat mich aufgesucht. Die junge Frau erzählte mir, ihre Mutter hätte sich von deinem Vater einige Kleider schneidern lassen. Es ist lange her. Ich konnte mich nicht erinnern. Aber das Mädchen hat einen netten Eindruck gemacht. Seitdem begleitet sie mich öfter, sie ist ganz reizend.«

»Und dabei hast du ihr erzählt, dass ich mit Valeria ... dass sie ... dass ...«

»Ich habe ihr lediglich mein Leid geklagt, einen Schwächling zum Sohn zu haben, der so wenig von seinem Vater und mir in sich trägt.«

»Wie konntest du?«

»Sie war nett, wie ich schon sagte.« Frau Brettschmidt ließ sich zurück auf ihr Kissen sinken. »Ich schätze ihre Gesellschaft. Sie kennt sich in Wien aus und scheint beliebt bei den reichen Damen, die bei uns ein und aus gehen. Sie kannte auch die Fürstin, war bei ihr sogar zum Kaffee geladen. Die Fürstin hat es mir bestätigt, als sie einmal zur Anprobe kam und ich mit ihr gesprochen habe.«

»Wie heißt deine Freundin?«, fragte Heinrich atemlos. »Ihr Name! Ich muss ihren Namen wissen!«

»Elisa«, antwortete seine Mutter. »Sie ist eine Contessa. Contessa Elisa Romasi.«

62

Der Hofarzt schilderte mit leisen, ernsten Worten den Zustand, in dem sich Marie befand. Damit bestätigte er Elisabeths Vermutung.

»Sie haben Schweigepflicht, nicht wahr?«, erkundigte sich Elisabeth.

»So ist es, Majestät. Ihre Schwester hat mir aber erlaubt, mit Ihnen zu sprechen.«

»Ich meine nicht mich.« Elisabeth stand von ihrem kleinen Schreibtisch auf. »Ich rede von den anderen Ohren hier am Hof, für die ein solcher Befund nicht gedacht ist.«

»Majestät.« Der Arzt schien in seiner Ehre gekränkt.

»Ich muss mich vergewissern«, sagte Elisabeth und nickte ihm zu. Er verneigte sich und verließ den Raum. Elisabeth aber machte sich auf den Weg zum Appartement, das ihre Schwestern für die Zeit des Besuches in der Hofburg bewohnten. Es befand sich im Josefinischen Trakt, ein Stockwerk unter den Räumen von Rudolf. Als sie die Adlerstiege erreichte, fiel Elisabeth etwas ein. Sie machte kehrt und ging in ihr Schlafzimmer zurück. Dort holte sie etwas aus der Lade des Schreibtisches.

Marie lag in ihrem Bett, die Decke bis zum Hals gezogen. Ihre Blässe war nicht mehr so schlimm und die Zofe berichtete der Kaiserin, Ihre Hoheit hätte eine Tasse Bouillon und Zwieback zu sich genommen.

Elisabeth ließ sich auf der Bettkante nieder und tastete nach Maries Hand unter der Decke. Die Schwester zog sie heraus und ergriff Elisabeths Finger. So saßen die beiden eine Weile schweigend da.

»Was soll nun geschehen?«, fragte Marie leise. Ihre heftige, provozierende Art war verschwunden.

»Ist der König der Vater?«

Marie schüttelte den Kopf und sah zum Fenster hinaus.

»Er ist dazu nicht fähig und auch nicht bereit, den Rat der Ärzte zu befolgen.«

»Eine Operation meinst du?«

»Ja.«

Wieder trat Stille ein.

»Der Skandal muss vermieden werden. Du bist mit dem König verheiratet.«

»Was für eine Ehe«, seufzte Marie.

»Das steht im Augenblick nicht zur Debatte. Das musst du später klären. Du weißt, wessen Kind du unter dem Herzen trägst?«

»Ja.«

»Verrätst du es mir?«

»Nein.«

»Marie, es darf keinen Skandal geben«, wiederholte Elisabeth.

»Sag mir, was ich tun soll.«

»Es gibt nur einen Weg: Du ziehst dich an einen Ort zurück, wo du das Kind unbemerkt gebären kannst. Du wirst es danach zu Pflegeeltern geben.«

»Und dann? Was tue ich dann?« Marie blickte ihre Schwester hilfesuchend an.

»Deine Ehe besteht. Du hast einen Mann und er hat Pflichten. Eheliche Pflichten. Auf diese musst du ihn hinweisen. Dazu kehrst du nach Rom zurück. Widersetzt er sich weiterhin dem Rat der Ärzte, kannst du eine Scheidung verlangen.«

Ihre Schwester schwieg und dachte nach.

»Wo ist Mathilde?«, wollte Elisabeth wissen.

»Nebenan. Sie vergeht wohl vor Sorge um mich.«

»Ich rede mit ihr. Willst du ihr den Grund deiner Unpässlichkeit mitteilen oder soll sie es von mir erfahren?«

»Ich sage es ihr selbst.«

»Na endlich!«

Elisabeth fuhr herum. Mathilde war unbemerkt durch eine Verbindungstür getreten.

»Wie lange stehst du dort schon?«, fragte Marie.

»Lange genug, um alles gehört zu haben. Haltet ihr mich für eine dumme Gans, die nichts versteht?«

»Du bist unser Spatz«, sagte Elisabeth ausgleichend. Sie breitete die Arme aus. Mathilde kam zu ihr gelaufen und ließ sich von ihrer großen Schwester umarmen.

»Ich muss wohl umgehend nach Possenhofen reisen«, meinte Marie. Elisabeth sah das genauso.

»Du kannst deine Gesundheit als Grund vorschieben und niemand wird Verdacht schöpfen«, schlug sie vor.

Marie stimmte zu, aufzubrechen, sobald es der Arzt gestattete. Einige Tage würde sie aber noch bei Elisabeth bleiben. Bevor Elisabeth ihre Schwestern verließ, fragte sie: »Ihr beide kennt doch sicherlich adelige Familien auf Sizilien und im Süden Italiens.«

Marie verdrehte die Augen. »Du weißt selbst, was das Leben einer Königin mit sich bringt.«

»Auch meine Repräsentationspflichten waren groß«, warf Mathilde ein.

»Seid ihr der Familie derer von Romasi begegnet?«

»Romasi?«, wiederholte Marie und schüttelte langsam den Kopf.

Doch Mathilde rief: »Romasi!« Ihre Stimme war noch höher als sonst. »Romasi, die Frösche.«

»Verzeih mir, was hast du gesagt?«, fragte Elisabeth.

»So hat mein Mann sie genannt, als er sie bei einer Ballveranstaltung gesehen hat.«

»Wieso die Frösche?«

»Wegen ihrer Augen«, erklärte Mathilde. »Sie treten vor wie bei Fröschen.« Sie lachte in sich hinein. »Es war nicht freundlich von ihm, so über sie zu sprechen, aber sie waren eine recht seltsame Familie, der Conte, seine Frau und ihre beiden Kinder.«

»Ihre beiden Kinder?«, wiederholte Elisabeth überrascht.

»Ein Sohn und eine Tochter. Beide mit Froschaugen«, gluckste die kleine Schwester.

»Sie hatten nur einen Sohn und eine Tochter?«

»Ganz gewiss. Aber wieso interessierst du dich so für sie?«

Elisabeth reichte Mathilde das Foto der Familie, das sie von Ludwig Viktor mitgenommen hatte. Marie stützte sich auf die Ellbogen, um es auch zu sehen.

»Sind das die Romasis?«, wollte Elisabeth wissen.

»Ich kann mich kaum an sie erinnern«, sagte Marie. »Aber ich bin dem Conte und der Contessa auf Sizilien oder in Neapel wohl begegnet.«

»Auf dem Foto sind vier Kinder«, sagte Elisabeth.

»Aber nein. Nur zwei.« Mathilde deutete auf den jungen Mann und die junge Frau, die in der hinteren Reihe außen standen.

»Wer sind die anderen zwei?«

»Das werden die Gemahlin und der Gemahl der jungen Romasis sein, so nehme ich jedenfalls an.«

»Hast du sie jemals gemeinsam gesehen?«

»Warte.« Mathilde tippte sich mit dem Zeigefinger ans Kinn. »Da war ein Sommerball. Es war ein wunderschöner warmer

Abend, die Nacht sternenklar. Der Park des Schlosses war mit bunten Lampions geschmückt.«

»Spatz, eine Antwort, keine romantische Beschreibung«, drängte Elisabeth.

»Der junge Conte war gekommen in Begleitung seiner erst kürzlich angetrauten Gemahlin.«

»Diese Frau hier?« Elisabeth deutete auf Contessa Elisa.

Mathilde hielt das Foto näher an ihr Gesicht, ging damit zum Fenster, wo mehr Licht hereinkam, kehrte schließlich zurück und sagte: »Nein. Das war sie nicht. Diese Frau ist wunderschön, die Frau des Conte hatte ein Pferdegebiss.«

»Wie kommt eine andere Frau auf das Foto?«, wunderte sich Elisabeth. »Solche Aufnahmen werden doch immer nur von der Familie gemacht. In adeligen Familien nimmt man niemanden auf ein solches Foto, mit dem es nicht Verwandtschaftsbande gibt.«

Marie und Mathilde gaben ihr recht.

»In Italien ist es sogar noch strenger als hier«, sagte Marie.

»Die beiden«, Elisabeth zeigte erneut auf die abgelichteten Elisa und Alessio, »diese beiden hier sind kein Teil der Familie Romasi?«

»Sisi, was stellst du heute für Fragen?«, wunderte sich Mathilde. »Ich kann mit Gewissheit sagen, dass die Frau des jungen Conte anders aussieht. Sie hat ein ...«

»Wir haben schon gehört, wie dir ihre Zähne erscheinen«, unterbrach sie Elisabeth.

Das italienische Geschwisterpaar war – soweit sie aus den Aussagen der Schwestern schließen konnte – nicht mit den Romasis verwandt und sie waren ganz sicher nicht die Kinder der Familie. Wie aber kamen sie auf das Foto?

Sie hatten ihren Schwager damit getäuscht und gleichzeitig von ihrer Herkunft überzeugt. Die zwei waren nicht, wer sie zu sein vorgaben. Es handelte sich um Betrüger, um Hochstapler.

Hatten sie sich in die Wiener Gesellschaft einschleichen wollen? Planten sie einen Diebstahl? Oder einen anderen Betrug?

Die Einzigen, die ihr darüber Auskunft geben konnten, waren die zwei Menschen, die sich als Elisa und Alessio Romasi ausgaben.

Ida hatte Elisabeth in ihrem Appartement aufgesucht, dort aber bloß die Auskunft erhalten, sie wäre zu ihren Schwestern gegangen. Weil es wichtige Gründe gab, beschloss Ida, nicht auf sie zu warten, sondern ihr nachzugehen.

Als sie klopfte, wurde sie sofort eingelassen.

»Oh, ich wusste nicht, dass Ihre Hoheit ...«, stammelte sie bei Maries Anblick.

»Es geht ihr schon viel besser, Ida«, versicherte Elisabeth.

»Majestät, ich müsste zwei Nachrichten überbringen, die Dringlichkeit besitzen.«

Die Kaiserin erhob sich von der Bettkante und kam zu ihr.

»Du hast eine Nachricht aus der Naturaliensammlung«, flüsterte Ida ihr zu. »Außerdem hat Professor Dlauhy geschrieben, er wäre bereit, seine Erkenntnisse zu den Unterlagen zu erläutern, die du ihm übermittelt hast.«

»Was ist die Nachricht aus der Naturaliensammlung?«, wollte Elisabeth wissen.

»Der Oberst möchte es dir persönlich sagen. Wann kann er zu dir kommen?«

Elisabeth hatte einen Einfall. »Ich werde nach Rudi sehen. Bei dieser Gelegenheit rede ich mit Latour.«

»Und wann wünschst du Professor Dlauhy zur Audienz?«

»Gar nicht. Wir fahren noch heute zu ihm. Keine Hofkutsche, sondern ein gewöhnlicher Fiaker. Bestelle den Zofen, sie mögen den Hut mit Schleier vorbereiten, meinen Schirm und Fächer.«

»Ist das alles?«

»Noch etwas: Lass nach der Buback schicken.« Elisabeth warf einen Blick zurück auf Marie und Mathilde. »Ich will ein Foto von meinen Schwestern und mir. Am besten gleich morgen. Sie müssen bald weiterreisen.«

64

Eine Stunde später saß die Kaiserin in der Naturaliensammlung, umgeben von offenen Kisten. Vor ihr standen die Glastüren einer Vitrine geöffnet, in die schon einige ausgestopfte Nagetiere gestellt worden waren.

Der bedachte Martin Larounge und der nervöse Richard Wonmar kämpften mit ihren Uniformröcken, die sie eilig geholt hatten, als Elisabeth die Räume betrat.

»Ich dachte, es ist am besten, wenn Ihre Majestät die Details aus erster Hand erfährt«, erklärte Oberst Latour, warum er Elisabeth in die Naturaliensammlung geführt hatte.

»Selbstverständlich«, sagte Larounge. »Wir geben gerne Bericht zu den Fragen.«

»Den Fragen von Majestät«, ergänzte Wonmar.

Endlich hatten es die beiden geschafft, ihre Röcke zuzuknöpfen. Wie zwei Schuljungen bei der Prüfung standen sie vor Elisabeth.

»Ich hore«, sagte sie mit leichtem Nachdruck, der verständlich machen sollte, dass sie nicht länger warten wollte.

»Wie wir Majestät schon haben wissen lassen, wurden die Aufzeichnungen des Schiffsarztes Eduard Schwarz von uns gefunden. Wir haben dazu fast alle Kisten aus dem Novara-Museum geöffnet ...« Larounge deutete auf das Durcheinander, das sich auch in den nächsten und übernächsten Raum weiterzog, wie durch die offenen Verbindungstüren zu sehen war.

»Gut gemacht«, lobte Elisabeth. Das Lob ließ die beiden Kustoden wachsen.

»Die Unterlagen, die das Gift betreffen, das Schwarz entdeckt hat, wurden wie gewünscht an den Herrn Oberst weitergegeben«, fuhr Larounge fort.

»Und von mir an ...«

»Das tut nichts zur Sache«, unterbrach die Kaiserin Latour schnell. Die Kustoden mussten nicht wissen, dass Professor Dlauhy die Unterlagen über das Gift bekommen hatte. Der Oberst neigte entschuldigend den Kopf. Elisabeth deutete Larounge, fortzufahren.

»Ich habe mir erlaubt, die Witwe des Schiffsarztes Schwarz aufzusuchen. Die Frau lebt in der Vorstadt, in einer kleinen Wohnung, und macht für Leute die Wäsche.«

»Ihr Mann war doch Arzt«, wunderte sich Elisabeth. »Man sollte meinen, er hätte ihr etwas Geld hinterlassen.«

»Die Krankheit ihres Mannes hat alle Ersparnisse des Ehepaares aufgebraucht«, erklärte Larounge. »Nach seinem Tod musste sie die Wohnung auf der Wieden aufgeben, weil sie nicht mehr leistbar war.«

»Bedauernswert«, bemerkte Elisabeth. »Konnten Sie in der besprochenen Angelegenheit etwas herausfinden?« Sie wollte weder die Worte »Gift« oder »entwendete Exponate« noch »Diebstahl« in den Mund nehmen.

»Sehr wohl«, antwortete Larounge. »Schwarz besaß einige Objekte von der Weltumrundung, die er verkauft hat, um sich und seine Frau durchzubringen. Es haben sich zahlreiche gepresste Pflanzen darunter befunden, aber auch präparierte exotische Käfer, die bei Liebhabern gute Preise erzielten.«

»Und das ...?« Elisabeth formte stumm mit den Lippen das Wort »Gift«.

»Oh, das Gift!«, sprach Larounge laut aus. Der Kustos verneigte sich und verließ den Raum. Wonmar ruderte verlegen mit den Händen. »Der Kollege kann Majestät etwas übergeben.«

Das ließ Elisabeth aufhorchen. Larounge kehrte zurück. Er hielt ein kleines Glasrohr zwischen den Fingern, das mit einem Korken verschlossen war. Darin befanden sich Kristalle von der Größe einer Erbse.

»Das soll das Gift sein, das Schwarz aus einer Pflanze extrahieren konnte und von dessen Wirkung er so überzeugt war.«

»Der Wirkung, zu töten?«, hakte Elisabeth nach.

»Nein, zu heilen«, entgegnete Larounge.

Diese Aussage erstaunte die Kaiserin, aber sie fragte vorerst nicht weiter nach.

»Die Witwe Schwarz meinte, ihr Mann hätte erwähnt, dass er das meiste Geld für Gift bekommen konnte«, berichtete Larounge. »Sie hat einige solcher Röhrchen gesehen. Es wäre zweimal ein junger Herr vorbeigekommen, an den er das Gift verkauft hat.«

»Gut gemacht«, wiederholte Elisabeth. »Ich befehle Ihnen absolute Verschwiegenheit über dieses Thema.«

Die beiden Kustoden nickten heftig.

»Ich habe beim Kaiser schon ein Wort für die Vergrößerung der Räume der Naturaliensammlung eingelegt und erfahren, dass weitere führende Positionen dafür benötigt werden. Sie scheinen mir dafür geeignet. Die Verschwiegenheit ist aber Voraussetzung.«

Als Elisabeth sich zum Gehen umdrehte, verneigten sich die beiden Männer noch tiefer als sonst.

»Eine Frage noch: Sie erwähnten vorhin, das Gift könne heilen?«

Larounge nickte. »Es steht etwas dazu in den Aufzeichnungen.«

Nur eineinhalb Stunden später legte Elisabeth das Röhrchen auf den Schreibtisch von Professor Dlauhy. Ida und sie hatten sich diesmal ohne den Umweg über den Seziersaal in sein Chefzimmer begeben. Der Professor nahm das Röhrchen und betrachtete die Kristalle. Er ließ sie im Glas klimpern und rollen, öffnete den Korken, roch daran und nahm dann die Zwickerbrille von der Nase.

»Sie sehen hier das extrahierte Gift, wenn die Angaben der Personen, die die Übergabe dieser Probe ermöglicht haben, stimmen«, sagte Elisabeth.

»Es soll sich um das Gift einer Pflanze handeln«, fuhr die Kaiserin fort. »Mir ist jedoch keine Pflanze bekannt, die Kristalle auf den Blättern oder Blüten trägt.«

Dlauhys Augen fixierten sie. Er hatte einen stechenden Blick, der Elisabeth nicht angenehm war. Von niemand anderem hätte sie sich so ansehen lassen, aber die Erkenntnisse des Gerichtsarzts waren für sie von größter Wichtigkeit.

»Majestät, ich habe die Aufzeichnungen und Berichte des verstorbenen Kollegen Schwarz gelesen, analysiert und durch eigenes Wissen ergänzt, damit ich der Majestät eine möglichst genaue Schilderung geben kann.«

»Sie haben meine volle Aufmerksamkeit«, versicherte Elisabeth.

»Das Gift, mit dem wir es hier zu tun haben, trägt den Namen Strophanthus. Es wird aus den Samen einer Lianenart gewonnen, die auf der Inselgruppe der Nikobaren wächst, wo die Novara angelegt hatte, um eine Handelsstation zu errichten.«

»Ich verstehe den Zusammenhang zwischen Kristallen und Lianen noch immer nicht«, sagte Elisabeth ungeduldig.

»Die Samen der Liane werden in Weingeist eingelegt, um das Gift zu extrahieren. Wird dieser dann eingedampft, entstehen diese Kristalle. Man kann sie später mit ein wenig Wasser mischen. So erhält man eine klebrige, zähflüssige Substanz. Es ist das Gift in seiner reinen Form.«

Ida hatte ihr Notizbuch und den Bleistift mit dem Silberhalter gezückt, bereit, alles aufzuschreiben, falls Elisabeth das wünschte.

»Kollege Schwarz war das Gift der Liane nicht unbekannt«, erzählte Dlauhy weiter. »Er hatte vor der Reise auf der Novara Aufzeichnungen einer Afrikaexpedition gelesen, in denen von der wundersamen Heilkraft des Strophanthus berichtet wurde. Ein Mediziner, der an dieser Expedition teilnahm und an einer Herzkrankheit litt, hatte durch Zufall eine Entdeckung gemacht. Seine Zahnbürste kam mit den Pflanzensamen in Berührung. Nach dem Zähneputzen stellte er fest, dass seine Herzbeschwerden deutlich besser geworden waren. Laut seiner Forschungsarbeit ist Strophanthus also als Herzmedikament einsetzbar.«

Aus den Augenwinkeln bemerkte Elisabeth, wie Ida mit offenem Mund den Ausführungen des Professors lauschte. Sie tippte ihr mit dem Fächer aufs Knie, worauf Ida sofort den Mund zuklappte und entschuldigend lächelte.

»Kann ich fortfahren?«, fragte Professor Dlauhy.

»Verzeihung«, sagte Ida.

»Theophrastus Bombast von Hohenheim, genannt Paracelsus, war ein Arzt im 16. Jahrhundert. Von ihm stammt der Ausspruch: ›Alles ist Gift, auf die Dosis kommt es an.‹ Im Falle des Strophanthus trifft das ebenso zu. In geringer Menge kann er bei Herzbeschwerden Erleichterung verschaffen. In größerer Menge kann er – vor allem bei Menschen, die bereits eine Erkrankung am Herzen haben oder hatten – tödlich wirken. Bei einigen wird er nur Herzrhythmusstörungen auslösen, wenn das Wort ›nur‹ in diesem Zusammenhang angebracht ist.«

Elisabeth klopfte mit dem geschlossenen Fächer in die leere Hand. »Sie haben in Ihrem Bericht über den Tod der Fürstin eine Herzkrankheit erwähnt.«

»Sie muss früher einmal an einem rheumatischen Fieber gelitten haben, das Narben am Herzmuskel hinterlassen hat«, bestätigte Dlauhy.

»Sie könnte also mit diesem Gift getötet worden sein?«

Der Gerichtsarzt lehnte sich vor und legte, die Ellbogen auf die Tischplatte gestützt, die Fingerspitzen aneinander.

»Wie ich Majestät beim letzten Besuch sagte«, begann der Professor, nur um schnell hinzuzufügen, »der mir genau wie der heutige eine Ehre und Auszeichnung ist: Wenn es sich um ein unbekanntes Gift handelt, ist der Nachweis auch für die gerichtliche

Medizin nicht möglich. Im Falle des Strophanthus gebe ich zu, davon in diesen Aufzeichnungen zum ersten Mal gelesen zu haben. Er ist auch, soweit mir nun bekannt, wenig erforscht. Weder zum Einsatz in der Medizin noch in der Toxikologie der gerichtlichen Medizin.«

Elisabeth lächelte zufrieden. »Beim letzten Mal haben Sie mir zwei Fragen genannt, die es zu beantworten gilt, wenn der Tod der Fürstin durch ein Ihnen noch unbekanntes Gift herbeigeführt wurde. Die erste Frage lautet ›Welches Gift?‹, die zweite Frage ›Auf welche Art verabreicht?‹.«

Dlauhy nickte. Elisabeth kam es anerkennend vor. »Ja, das sind die beiden wichtigen Fragen«, bestätigte der Mediziner.

»Nun, die erste Frage haben wir vielleicht beantwortet«, meinte Elisabeth. »Bleibt noch die zweite. Wie wird das Gift verabreicht. Doch nicht auf einer Zahnbürste?«

»Nein, eine solche Dosis, das kann ich mit Gewissheit sagen, ist viel zu gering, um zu töten. Das Gift muss in die Blutbahn gebracht werden. Hoch konzentriert. Dann aber reicht schon ein Tropfen der aufgelösten Kristalle.«

»In die Blutbahn? Wie bei einer Injektion?«

Neben Elisabeth schauderte Ida bei dieser Vorstellung.

»Eine kleine Wunde durch einen Schnitt oder ein Stich würde genügen.«

»Haben Sie die Fürstin daraufhin untersucht?«

Elisabeth konnte sogleich sehen, dass sich Dlauhy in seiner beruflichen Ehre angegriffen fühlte.

Er richtete sich auf.

»Majestät, ich muss Ihnen doch nicht versichern ...«

Elisabeth ließ ihn nicht weiterreden. »Ich mache Ihnen keine Vorwürfe. Es gab keinen Verdacht, wie wir soeben festgestellt haben.«

Erleichtert atmete Dlauhy durch. »Wir haben den Körper routinemäßig nach Verletzungen abgesucht. Es waren keine zu entdecken. Diese Aufgabe habe ich gemeinsam mit meinen beiden Assistenten vorgenommen.«

Langsam wanderte Elisabeths Blick durch den Raum. Es waren nicht die Bücher, die sie interessierten, oder die Waschschüssel in der Ecke, sondern die Erinnerungen, die vor ihrem geistigen Auge vorbeiwanderten.

Sie sah sich wieder auf dem Ball bei Ludwig Viktor, wie sie an den wartenden Adeligen am Arm des Kaisers vorbeigeschritten war und auf die Fürstin herabgeblickt hatte, die vor ihr knickste. Elisabeth erinnerte sich an etwas Funkelndes in ihrem Haar, an Edelsteine und den Glanz von Gold. In den Haaren der Fürstin steckte ein breiter Haarkamm, ein kostbares Schmuckstück.

»Der Kopf«, sagte sie unvermittelt.

Dlauhy und Ida sahen sie fragend an.

»Haben Sie auch den Kopf nach Einstichen untersucht?«

»Nein. Dazu wäre es nötig gewesen, die Fürstin kahl zu rasieren, was wir aufgrund ihres Standes und der Vermutung, dass sie in einem offenen Sarg aufgebahrt wird, nicht getan haben.«

»Das ist verständlich«, sagte Elisabeth. »Aber aus eigener Erfahrung weiß ich, dass Kämme, Haarklammern und Haarnadeln sehr leicht die Kopfhaut verletzen können. Die Gräfin trug einen breiten Haarkamm und hat zu Beginn des Balls und kurz vor ihrem Zusammenbruch mit ihrem Gemahl getanzt. Sie war bekannt als wilde Tänzerin. Zu wild für mein Gefühl.« Die letzte Bemerkung hatte sich Elisabeth nicht verkneifen können.

Der Professor nickte ihr zu, sichtlich beeindruckt von Elisabeths Überlegungen. »Majestät, jedes Wort, das Sie gesagt haben, ergibt Sinn.«

»Es ist aber alles nur eine Vermutung und kein Beweis«, gestand Elisabeth ein.

»Der Beweis wäre ein Nachweis des Strophanthus-Gifts auf dem Kamm. Es muss in einem Hohlraum verborgen gewesen sein. Die Zacken des Kamms mit Gift zu bestreichen, hätte nicht ausgereicht.« Dlauhy trommelte mit den Fingern auf den Tisch. »Vielleicht gelingt es mir, den Polizeioberdirektor zu überzeugen, dass seine Leute versuchen sollten, den Kamm aus dem Nachlass der Fürstin zu bekommen und mir zur Untersuchung zu bringen. So sie nicht damit bestattet worden ist, müsste er sich noch im Besitz des Fürsten befinden.«

Ida sog heftig die Luft ein. Elisabeth sah sie tadelnd an.

»Elisabeth!« Sie verbesserte sich schnell. »Majestät ... Darf ich etwas anmerken?«

Die ganze Zeit hatte Ida stumm zugehört. Nun konnte sie aber nicht länger schweigen.

»Ballarin!«, sagte Ida, noch ehe Elisabeth sie zurechtweisen konnte. »Der Goldschmied. Er hat den Kamm angefertigt. Der Verschluss von Armbändern und Colliers ist feinste Mechanik. Ein Goldschmied kann sicherlich die raffiniertesten Formen und Hohlräume schaffen.«

Der zornige Ausdruck verschwand aus dem Gesicht der Kaiserin. Sie nickte ihrer Hofdame zu.

Idas Gedanken gingen weiter. Mit einem Schlag fühlte sie Aufregung in sich hochsteigen. »Ballarin hat den mörderischen Schmuck hergestellt!«

Elisabeth hob die Hand. »Hat dir sein Mündel deshalb eine Warnung über den bevorstehenden Tod der Fürstin zugesteckt?«

»Da bin ich nun gewiss«, sagte Ida schnell. »Das arme Geschöpf musste das Schmuckstück schmieden und schien zu wissen, was sein wahrer Zweck war. Vielleicht hat sie ein Gespräch belauscht oder eine Aufzeichnung von Ballarin entdeckt.«

»Ballarin, Giuseppe Ballarin, der Goldschmied?« Professor Dlauhy kramte in den Akten auf seinem Schreibtisch.

»Kennen Sie ihn?«

»Nun ...« Professor Dlauhy zog ein Papier aus dem Aktenstapel und überflog es kurz. »Er lag bis vor ein paar Stunden auf dem Seziertisch.«

»Aber er wurde doch erschossen. Die Todesart ist klar«, sagte Elisabeth überrascht.

»Es ging um den Abstand, aus dem auf ihn gefeuert wurde«, erklärte der Mediziner.

»Und? Ihr Ergebnis?« Ida hatte Mühe, ruhig auf ihrem Sessel sitzen zu bleiben.

»Ballarin muss die Person, die geschossen hat, vermutlich gekannt oder nicht kommen gehört haben«, erläuterte Dlauhy. »Der Schuss wurde aus höchstens eineinhalb Metern Entfernung abgegeben.«

Die Kaiserin überlegte laut: »So wissen wir, welches Gift womöglich verwendet wurde, wie es wirkt und wie es der Fürstin verabreicht worden sein könnte. Wir kennen den Namen der Person, die das Mordwerkzeug hergestellt hat. Nur eines aber ist noch immer unbekannt…« Elisabeth blickte zu Dlauhy. »Wieso wurde die Gräfin ermordet?«

Der Professor räusperte sich.

»Majestät, in meinem Beruf sind mir bisher nur sechs Gründe begegnet, aus denen Menschen einen Mord verüben:

Hass

Zorn

Eifersucht

Habgier

Rache

Krankhafte Lust am Töten.«

Ida fühlte, wie sich die Härchen auf ihren Armen aufstellten, als der Professor die Liste beendet hatte.

»Einer dieser Gründe muss es gewesen sein«, schloss Dlauhy.

Für Ida schied ein Grund aus: Habgier.

»Die Fürstin wurde nicht bestohlen«, meinte die Hofdame. »Auf dem Ball bestimmt nicht und wohl auch nicht danach. Der Fürst scheidet als Verdächtiger aus. Er ist ein reicher Mann und eine Erbschaft von seiner Frau ist für ihn unbedeutend. Außerdem sprach man davon, dass das Verhältnis der Eheleute sehr gut gewesen sein soll.«

Für Elisabeth kam Zorn nicht infrage, weil der Mord lange vorbereitet worden sein musste. Er war keine Handlung aus dem Affekt.

Der Gerichtsarzt wiederum konnte sich krankhafte Lust am Töten nicht vorstellen.

»Mörder, für die diese Lust das Motiv ist, bringen ihre Opfer gewaltsam um und ergötzen sich an ihrem Sterben«, meinte er mit sachlicher Stimme.

»Eifersucht?«, warf die Kaiserin ein, wirkte aber im nächsten Moment ungewohnt verlegen.

Ida wusste, warum. Paula von Mayenberg war Elisabeths Erzfeindin gewesen. Konnte sie auch niemals denselben Stand wie Elisabeth erreichen, so hatte sie doch den Respekt, die Achtung und Wertschätzung der höchsten Kreise von Wien genossen, die Elisabeth nicht immer gewährt wurden. Die Kaiserin hatte also Grund zur Eifersucht.

»Aus Eifersucht töten nur verschmähte Liebhaber«, sagte Ida schnell, bemüht, Elisabeths Gedanken zu zerstreuen.

So blieben also noch Hass und Rache.

»Wer kann die Fürstin so gehasst haben?«, überlegte Ida laut. »Oder sich an ihr rächen wollen? Und wofür?«

Professor Dlauhy mischte sich wieder ein. »Aus meiner Erfahrung darf ich Ihnen sagen, dass Hass und Rache nicht immer das Opfer betreffen müssen.«

»Sondern?«, fragte Elisabeth. »Wen sonst?«

»Einen Menschen, der dem Opfer nahesteht«, fuhr Dlauhy fort. »Aus Rache und Hass soll ihm das Liebste genommen werden. Er soll leiden, wie der Täter meint, gelitten zu haben.«

»Fürst Ludwig von Mayenberg?« Die Kaiserin klang ungläubig.

Elisabeth versuchte, sich zu erinnern, was Franz Josef über den Fürsten nach dem Tod seiner Frau gesagt hatte. Es war am Sonntag nach dem Ball im Rahmen des Mittagessens gewesen.

Wenn sie nicht alles täuschte, hielt Franz Josef große Stücke auf den Fürsten von Mayenberg. Er hatte die Zeit des Fürsten in der k.k. Armee nur in den höchsten Tönen gelobt und sein Bedauern über den unerwarteten und plötzlichen Tod der Fürstin ausgedrückt.

»Der Kaiser hat erst unlängst von Mayenbergs Verhalten, Disziplin, Kampfgeist und was es im Heer noch so braucht, als vorbildlich herausgestrichen. Wer sollte sich an ihm rächen wollen?«, fragte sie.

Dlauhy sah sie schweigend an.

»Generalmajor von Mayenberg?«, sagte er langsam.

»Kennen Sie ihn?«, fragte Ida.

»Er hat in der Armee des Königs beider Sizilien gedient, wie mein Schwager auch. Daher ist mir der Name bekannt.«

»Moment«, unterbrach Elisabeth. »Aber er war doch in der Armee des Kaisers.«

»Das ist richtig, Majestät. Aber es gab eine Unterbrechung«, sagte Dlauhy. »Während dieser Zeit diente er auf Sizilien. Der König beider Sizilien benötigte eine starke Armee gegen die italienischen Aufständischen. Daher wurden Soldaten aus anderen Ländern angeworben.«

»Als mein Schwager, Ferdinand II., den Thron bestieg, setzte er viele Taten, die beim Volk gut ankamen«, warf Elisabeth ein.

Marie hatte es in einem Brief erwähnt. »Er ordnete Einsparungen an, entließ Beamte, die aufgrund ihrer Korruptheit gefürchtet waren, gab dem Volk das Recht zur Jagd, das bisher dem Adel vorbehalten gewesen war, und ließ Straßen und öffentliche Bauten verbessern.«

Dlauhy nickte. »Doch ein Aufstand sollte die Herrschaft des Königs beenden. Um die Aufständischen zurückzuschlagen, warb er auch Offiziere und Soldaten aus dem Ausland an. Er bot ihnen höhere Ränge als in der Heimatarmee und einen schnelleren Aufstieg. Viele österreichische Soldaten quittierten damals den Dienst und traten zur Armee Siziliens über. So auch mein Schwager.«

»Sizilien«, sagte Elisabeth nachdenklich. »Das Geschwisterpaar behauptet, von dort zu sein. Von Mayenberg hat dort gedient.« Das Bild wurde für sie immer klarer.

»Deine Schwester, die frühere Königin von Sizilien und Neapel!«, rief Ida. »Du hast das beim Ball in Gegenwart des Geschwisterpaares erwähnt. Deshalb ist mir die Contessa mit ihrem Blick ausgewichen, als ich sie in der Zuckerbäckerei Demel gesehen habe. Sie weiß, dass ich in deinem Dienst stehe, und fürchtet, was dir bereits gelungen ist: herauszufinden, dass die beiden lügen.«

Die Kaiserin öffnete den Fächer. »Der Bruder des Kaisers schuldet mir noch etwas. Zeit, dass er die Schuld begleicht.«

Mittwoch, 03. Oktober 1866

»Du hast wieder eine gesunde Farbe im Gesicht«, trällerte Mathilde und tätschelte Marie die Wange.

»Lass das, Spatz«, wurde sie von der Schwester zurechtgewiesen.

»Nobel ist die Blässe«, belehrte sie Elisabeth.

»Ihr zwei mit eurer ewigen Jagd nach Schönheit.« Mathilde schüttelte mit gespieltem Tadel den Kopf.

Die Uhr auf dem Kaminsims in Elisabeths Wohn- und Schlafzimmer schlug zweimal.

»Die Photographin sollte bereit sein.« Elisabeth drängte zum Aufbruch. »Sie besteht auf diese Zeit des Tages, weil das Licht am besten durch die Fenster fällt.«

Noch bevor die Woche zu Ende war, würde die Reise der Schwestern weitergehen. Ihr Aufenthalt war viel zu kurz gewesen, aber Elisabeth freute sich bereits auf das nächste Treffen in Possenhofen.

Sie ging voran durch die Räume ihres Appartements, Marie und Mathilde folgten dicht hinter ihr.

In einem Saal des angrenzenden Alexander-Appartements wartete schon Amalie Buback, wie immer in Hosen, mit großer Kappe und Herrenjackett. Elisabeth konnte ihren Schwestern die Überraschung über den Aufzug ansehen.

»Die beste Photographin Wiens«, stellte sie vor.

Amalie verneigte sich und deutete zur Wand, vor der sich die Schwestern aufstellen sollten. Shadow, der Irische Wolfshund, kam in den Saal gestürmt. Amalie Buback konnte gerade noch das Holzgestell mit dem Fotoapparat in Sicherheit bringen, sonst hätte es der ungestüme Shadow umgerannt.

Von nebenan kam ein junger Mann in einem einfachen, braunen Anzug herbeigeeilt, der den Hund laut rief. Er stürmte in den Saal, bemerkte die Kaiserin und ihre Schwestern aber zu spät, bremste den Lauf, verlor das Gleichgewicht und landete vor ihren Füßen.

»Dieser Platz ist dem Hund vorbehalten«, bemerkte die Photographin trocken.

Entschuldigungen stammelnd kam der verstrubbelte Bursche wieder auf die Füße.

»Der Shadow wollte zur Majestät, als ich vom Spaziergang zurückgekommen bin. Er hat Ihre Majestät gehört und hat sich losgerissen. Ich konnte ihn nicht halten.«

Elisabeth kannte Anselm, den Hundsbuben. Er hatte eine gute Hand für Tiere und sie schätzte ihn daher.

»Schon gut. Er kommt auch auf das Foto«, entschied sie und befahl Shadow, sich zu setzen. Anselm bewegte sich rückwärts mit vielen Verneigungen aus dem Saal.

Es dauerte, bis alle den richtigen Platz eingenommen hatten und Amalie Buback zufrieden war.

»Nicht atmen, nicht bewegen«, befahl sie. Dann nahm sie den Deckel mit einer schwungvollen Bewegung vom Objektiv und zählte laut. Bei zehn setzte sie ihn wieder auf. Sie wechselte die Platte aus und machte auf diese Weise noch drei weitere Aufnahmen.

»Das war's, die Damen können sich wieder bewegen.«

Shadow schmiegte seinen riesigen Kopf in Mathildes Hand und ließ sich streicheln. Marie trat ans Fenster und blickte auf den Ballhausplatz hinunter.

Während ihre Schwestern abgelenkt waren, trat Elisabeth neben die Photographin.

»Wie kann es geschehen, dass auf einer Photographie die falschen Personen zu sehen sind?«, fragte sie leise.

Amalie, die dabei war, die Kamera abzubauen, sah sie belustigt an. »Majestät, ich hoffe, ich erscheine nicht allzu dumm, wenn ich diese Frage nicht verstehe.«

»Sie haben ein Foto von meinen Schwestern und mir gemacht.«

Die Photographin runzelte leicht die Stirn.

»Nun aber sind auf dem Foto zwar meine Schwestern Marie und Matilde zu sehen, aber nicht ich, sondern meine Hofdame Ida.«

Noch immer konnte Amalie Buback ihr nicht ganz folgen.

Elisabeth ließ Ida rufen und wies sie an, das Foto der Romasis aus ihrem Schreibtisch zu holen. In der Zwischenzeit wurden Tee und kleine Kuchen auf einer Platte zur Erfrischung serviert.

Mathilde und Amalie Buback griffen herzhaft zu, Elisabeth und Marie nippten nur an ihrem Tee.

Nachdem Ida das Foto gebracht hatte, zeigte Elisabeth es der Photographin. Sie deutete auf Elisa und Alessio.

»Man hat mir gesagt, dass diese beiden Personen in Wirklichkeit bei der Aufnahme nicht dabei gewesen sind. Die wahren Personen hier in der Mitte seien die Ehepartner der beiden, die aber andere Gesichter besitzen. Wie ist das möglich?«

»Ach, das ist gemeint.« Amalie Buback klatschte sich mit der Hand gegen die Stirn.

»Die Photographie verfügt über Techniken, die jedes Lichtbild verschönern und verbessern können«, erklärte sie. »Neulich habe ich den Kopf einer Fürstin auf den Körper einer anderen Frau gesetzt, der ihr besser gefallen hat. Niemandem ist es aufgefallen. Alle denken, es wäre ein originales Foto.«

Elisabeth konnte nicht glauben, was sie da hörte.

»Ja, Majestät«, bestätigte Amalie. »Die Photographie beherrscht die Möglichkeit, den Kopf einer Person von einem Foto auf den Körper einer anderen auf einem zweiten Foto zu setzen.«

Elisabeth musste das Gehörte in eigene Worte fassen. »So kann es sich hier sehr wohl um die Körper der Gemahlin und des Gemahls der Kinder der Familie handeln, die Gesichter aber stammen aus einem anderen Bild«, folgerte sie.

»So ist es«, sagte Amalie Buback.

Mathilde, die mitgehört hatte, scherzte mit den Schwestern. »Wenn ihr einmal alt seid, könnt ihr auf eure Photographien einfach die Köpfe aus euren Jugendzeiten setzen lassen.«

Elisabeth sagte nichts, schloss jedoch nicht aus, auf diese Technik einmal zurückzugreifen.

Die Kaiserin hielt das Foto hoch. »Betrug! So etwas nenne ich Betrug. Und die beiden, die sich als die jungen Romasis hier in Wien ausgeben, werden sich erklären müssen.«

Freitag, 05. Oktober 1866

Ida wartete mit Elisabeth in einem geschlossenen Fiaker im Schatten der Baustelle des Palais Württemberg.

Der Kutscher war angewiesen worden, die Kutschenlampen gelöscht zu halten, die links und rechts von seiner Bank angebracht waren.

Von ihrer Position aus hatten Ida und die Kaiserin den Eingang des Palais von Ludwig Viktor gut im Blick, konnten aber von der anderen Seite des Schwarzenbergplatzes nicht entdeckt werden. Es war kurz nach acht Uhr abends und die Dunkelheit neben den halb fertigen Mauern bot ihnen Schutz.

Damit das Vorhaben gelang, war es wichtig, nicht zu früh beim Erzherzog einzutreffen, aber auch nicht zu spät. Die Falle war gestellt, sie musste aber noch zuschnappen.

»Hat dir dein Schwager auch bestimmt die Wahrheit gesagt?«, fragte Ida leise.

»Ich habe ihm einen genauen Auftrag erteilt und er hat zugesichert, ihn auszuführen. Andernfalls werde ich dem Kaiser einiges über das Leben seines Bruders mitteilen müssen ...«

Elisabeth stellte mit Befriedigung fest, dass sie sich selbst nicht zur Feindin haben wollte. Luziwuzi bereute bestimmt schon die Gemeinheiten, die er in den vergangenen Jahren über sie hatte regnen lassen.

Sie hörten eine Kutsche kommen. Ida spähte aus dem Fenster des Fiakers. Auf der anderen Seite des Platzes rollte eine noble Kutsche durch das Licht der Gaslaternen. Ida war nicht sicher, hatte aber den Eindruck, es könnte sich um die gleiche Kutsche handeln, die sie vor dem Geschäft von Ballarin gesehen hatte und aus der niemand ausgestiegen war.

Wahrscheinlich war darin die Contessa mit dem Goldschmied gesessen. Sie hatte Ida bemerkt und wollte von ihr nicht gesehen werden. Die Gründe dafür kannte Ida nun.

Das Wappen! Nun war es gewiss. Es war die Kutsche, die Ida damals gesehen hatte. Sie erkannte die verschlungene Form des Wappens an der Tür.

Die Kutsche hielt vor dem Eingang des Palais. Wer ausstieg, konnte Ida nicht erkennen, da die von ihr abgewandte Seite der Kutsche auf den Gehsteig aufging.

Das hohe Eingangstor des Palais öffnete sich. Man hatte die Besucher erwartet. Während das Tor wieder geschlossen wurde, fuhr die Kutsche um die Ecke. Dort würde der Kutscher sie abstellen und sich dann im Kaffeehaus ein Abendessen besorgen.

»Sie sind im Palais«, teilte Ida der Kaiserin mit gesenkter Stimme mit.

»Dann haben wir keinen Grund, hier zu flüstern«, meinte Elisabeth. »Gib dem Kutscher Befehl, uns hinüberzufahren.«

Ida beugte sich zu dem kleinen Fenster, das die Verbindung zum Kutschbock darstellte, und rief dem Kutscher den Auftrag zu. Die Pferde gingen los, der Fiaker setzte sich mit einem Ruck in Bewegung. Eine Minute später hatte er das mächtige Holztor mit den kunstvollen Schnitzereien erreicht. Langsam wurde es von innen geöffnet.

Die Kaiserin zog den Schleier ihres Hutes herab. Ida stieg als Erste aus, drehte sich um und reichte Elisabeth die Hand. Mit gesenktem Kopf schritt die Kaiserin durch das Tor, Ida hinter ihr.

Der Lakai, der ihnen geöffnet hatte, war angewiesen worden, das Tor so lautlos wie möglich zu öffnen und zu schließen und die Personen, die ankamen, nicht anzusehen. Ida sah prüfend in seine Richtung und stellte zufrieden fest, dass er auf seine Schuhspitzen starrte.

Den Weg, den sie im Palais zurücklegen mussten, kannte die Kaiserin. Sie ging mit sicheren Schritten. Ida hatte Mühe, ihr die Treppe nach oben und über den Flur zu folgen.

Der Raum, der für das Unternehmen vorgesehen war, lag über der Beletage. Er verfügte über einen Eingang und einen Ausgang. Aus dem Fenster zu klettern und zu entkommen, war unmöglich, da die Flucht mit einem tödlichen Sturz auf das Pflaster geendet hätte.

Elisabeth ging einige Schritte den Flur hinab und blieb vor einer Tür stehen. Als Ida ihr nachkam, bemerkte sie eine Bewegung im Halbdunkel des hinteren Teiles des Ganges. An der Uniform erkannte sie zwei Mitglieder der Garde. Ida wusste, welche Aufgabe sie hatten.

Elisabeth hatte angeordnet, dass Gardisten am Ein- und Ausgang der Dienstbotenwohnung positioniert werden sollten, die sie gleich betreten würden. Außerdem waren zwei Gardisten hinter einem Paravent versteckt. Ihre Majestät und Ida konnten sich sicher fühlen.

»Ich bin gleich zurück«, hörte Ida Ludwig Viktor hinter der Tür sagen. Er trat auf den Flur und warf Elisabeth einen leidenden Blick zu, als wollte er sagen: »Muss das sein?«

Der Erzherzog ging die Treppe hinab. Als er sich noch einmal zu ihnen umwandte, glaubte Ida, zu erkennen, wie er an den Fingernägeln kaute.

Doch bevor sie länger auf Ludwig Viktor achten konnte, setzte sich Elisabeth in Bewegung. Die Kaiserin schlug ihren Schleier zurück, zog die Tür auf und betrat den dahinterliegenden Raum.

Elisabeth hatte noch nie die Wohnung eines Hofbediensteten betreten. Wie klein hier alles war! Durch die andere Tür gelangte man in ein Schlafzimmer, wie sie von Ludwig Viktor wusste.

Die Wohnung gehörte seinem Kämmerer Paul, der für eine Woche zu seinen Eltern nach Salzburg gereist war, da sein kranker Vater mit dem Tod rang.

Der Conte und die Contessa wirbelten herum, als die Tür geöffnet wurde. Sie erkannten Elisabeth und wichen erschrocken zur anderen Seite des Zimmers zurück. Alessio machte einen Sprung auf die Türe zu und riss sie auf. Gardisten verstellten ihm den Weg und drängten ihn zurück. Der Conte versuchte, sich zwischen ihnen durchzuzwängen, was ihm aber nicht gelang. Einer der Gardisten beförderte ihn mit einem kräftigen Stoß zu Boden. Die beiden Wachen schlossen die Tür.

Elisa starrte mit großen Augen auf Elisabeth und Ida, dann zuckte ihr Blick zum Fenster.

Elisabeth zog die Augenbrauen hoch. Wollte sie tatsächlich aus dieser Höhe springen? Der Contessa schien ein ähnlicher Gedanke durch den Kopf zu gehen. Sie rührte sich nicht.

Die Türen waren geschlossen und bewacht. Der Raum war zu der Falle geworden, die sich Elisabeth gewünscht hatte.

Zwei außergewöhnlich schöne Menschen, dachte Elisabeth. Von beiden ging etwas Anmutiges aus, gleichzeitig aber auch etwas fast Kindliches. Wenn sie tatsächlich den Mord an der Fürstin begangen hatten, so hätte man ihnen eine so schreckliche Tat ihrem Aussehen nach niemals zugetraut.

Elisabeth redete die beiden auf Deutsch an. Sie wusste von Ludwig Viktor, dass Alessio und Elisa die Sprache gut genug beherrschten.

»Hass und Rache sind Gründe, einen Menschen zu töten«, begann Elisabeth. »Ich bin sicher, dass ihr Fürstin von Mayenberg aus einem dieser Motive ermordet habt. Vor den Augen ihres Mannes und aller Gäste des Balles. Ein Todesfall, der natürlich aussah, aber ein Mord war. Was hat euch dazu bewogen?«

Wie zwei Kinder drängten sich Elisa und Alessio aneinander. Sie standen Schulter an Schulter und Elisabeth beobachtete, wie Elisa nach der Hand ihres Bruders tastete.

»Wer seid ihr wirklich? Wie lauten eure richtigen Namen?«

Ida deutete auf die Türen. »Ihr kommt hier nicht raus. Der Raum ist von Wachen umstellt.«

»Welch ein raffinierter Plan«, sagte Elisabeth. »Was für ein Aufwand. Aber wieso?«

Niemand bewegte sich. In ihrer Unbeweglichkeit erinnerten die beiden Geschwister mehr denn je an Statuen. So rein und unschuldig sahen sie aus. Doch eine einzige Bewegung würde genügen, um diese Perfektion in sich zusammenfallen zu lassen.

Die Anspannung im Raum wuchs an. Elisabeth zwang sich, ruhig zu bleiben.

Nun durfte sie sich keine Fehler erlauben, sich zu keiner übereilten Handlung hinreißen lassen.

Es war das Mädchen, das sich als Elisa Romasi ausgab, das schließlich das Schweigen brach. Sie ließ die Hand ihres Bruders los und trat einen Schritt nach vorne.

»Um den Tod unserer Mutter zu rächen«, sagte Elisa mit gesenkter Stimme.

»Also Rache.« Elisabeth verspürte ein leichtes Gefühl von Triumph, als sie ihren Verdacht bestätigt sah.

»Fürstin von Mayenberg hat eure Mutter ermordet?«, fragte Ida ungläubig.

»Wir verdienen den Galgen nicht ...« Hinter seiner Schwester brach Alessio in Tränen aus.

»Wann und wie sollte Fürstin von Mayenberg eure Mutter ermordet haben?«, forschte Elisabeth weiter.

Die Italiener machten keine Anstalten, zu sprechen. Elisabeth fürchtete schon, die Wachen herbeirufen zu müssen, um die beiden abführen zu lassen, da hob Elisa ihren Kopf.

»Vendetta«, sagte sie. »Rache für den Schmerz, der über unsere Familie gebracht worden ist.«

»Von Fürstin von Mayenberg?«

Alessio beugte sich nach vorne und flüsterte seiner Schwester etwas auf Italienisch ins Ohr. Die beiden begannen, heftig zu diskutieren, und beachteten Elisabeth nicht weiter.

Schließlich wandte sich Elisa der Kaiserin zu. »Lassen Sie uns gehen.«

»Ihr habt einen Menschen umgebracht«, sagte Elisabeth.

»Wenn das so ist«, sagte Elisa ruhig, »warum haben Sie uns dann nicht längst ausgeliefert an die scheinbare Gerechtigkeit dieses Landes?«

»Scheinbare Gerechtigkeit?«, fragte Elisabeth.

»Für wen gilt hier das Recht?«, fragte Elisa.

»Für alle«, antwortete Ida heftig.

»Wir können Ihnen Menschen nennen, für die es nicht gilt.« Die junge Italienerin funkelte die Hofdame zornig an. »Die über dem Recht stehen, weil sie reich sind und hochgeboren. Sie glauben, etwas Besseres zu sein als wir.«

Elisabeth tappte mit der Schuhspitze unruhig auf den Parkettboden. »Dazu müsste ich erst einmal wissen, wer ihr seid.«

»Unsere Namen sind Alessio und Elisa«, erklärte Alessio.

»Sie sind aber keine Romasis«, bemerkte Ida.

Der junge Italiener machte Anstalten, zu antworten, doch dann stürzte er einfach los. Er stieß Ida mit beiden Händen so heftig zur Seite, dass sie gegen Elisabeth prallte, die das Gleichgewicht verlor. Das fest geschnürte Mieder und der enge Rock gaben ihr keine Möglichkeit, den Fall zu verhindern. Mit den Armen rudernd stürzte sie rücklings zu Boden.

Die Gardisten, die sich bis jetzt hinter dem Paravent versteckt gehalten hatten, sprangen hervor.

Die Tür zum Flur wurde aufgerissen. Elisabeth sah, wie die beiden jungen Italiener hinausstürmten. Einer der Gardisten jagte ihnen hinterher, während der andere Elisabeth zu Hilfe kam.

Ein Schrei ertönte, doch Elisabeth konnte nicht ausmachen, von wem er kam. Noch ein Schrei. Diesmal von einer Frau. Die Geräusche einer Schlägerei drangen durch die offene Tür ins Zimmer.

Ida, die sich an einem Armsessel hatte abstützen können, streckte Elisabeth den Arm hin. Gemeinsam mit einem der Gardisten half sie ihr auf.

Nun konnte Elisabeth hören, wer da rief.

Es war Alessio. »Elisa!«, rief er. »Oh, dio mio!«

Es war lange nach Mitternacht, als Ida und die Kaiserin das Palais des Erzherzogs verließen. Ihr Fiaker brachte sie zurück zum Ballhausplatz, wo Ida den Kutscher nicht nur bezahlte, sondern auch mit einem fürstlichen Trinkgeld für seine Diskretion belohnte.

Auf der Stiege verabschiedeten sich die beiden Frauen voneinander. Ida musste hoch in das Dachgeschoss der Amalienburg, Elisabeth zog sich in ihr Appartement zurück. Bevor Ida und sie aufgebrochen waren, hatte sie vorgetäuscht, zu Bett zu gehen. Wie früher, als sie noch ein Mädchen gewesen war, hatte sie sich später davongeschlichen, diesmal mit Idas Hilfe. Bloß die Wachen hatten ihr Verschwinden mitbekommen, aber von Ida den Auftrag erhalten, zu schweigen.

In ihrem Schlafzimmer ließ sich Elisabeth auf das Bett sinken. An Schlaf war nicht zu denken. Sie war viel zu aufgewühlt dafür. Nach einigen Momenten erhob sie sich und trat ans Fenster.

Ein paar Gaslaternen brannten noch und tauchten den inneren Burghof in einen schwachen, rotgoldenen Lichtschein.

Die Worte des Kaisers und seiner Mutter fielen Elisabeth wieder ein. Sie sahen die Erziehung des Kronprinzen so anders als Sisi. Die Bedeutung des Militärs stand für den Kaiser an erster Stelle. Für ihn waren dort alle Werte vertreten, auf die er etwas hielt. Er würde sich niemals von etwas anderem überzeugen lassen, nicht einmal von seiner Sisi. Viel zu fest saßen all diese Annahmen und Überzeugungen seit Kindheitstagen in ihm.

Scheinbare Gerechtigkeit – diese Worte gingen Elisabeth nicht aus dem Kopf. Für wen galt das Recht in diesem Land?

Samstag, 06. Oktober 1866

72

»Eine Dame will Sie sprechen«, meldete Nora Schromm.
Heinrich konnte die Schromm nicht ansehen. Er starrte vor sich hin und schwieg.

Was war nur mit der Welt geschehen? Mit seiner Welt? Sie war niemals eine schöne Welt gewesen, aber früher hatte er sich darin zurechtgefunden. Nun hatte er schon lange die Orientierung verloren.

»Die Dame war schon einmal da und hat damals mit Ihrer Mutter gesprochen«, riss ihn Schromm aus den Gedanken.

»Wer? Diese Italienerin?«, platzte es aus Heinrich heraus.

»Die Dame kommt vom Hof. Sie könnte, meinte Ihre Mutter, Hofdame der Kaiserin sein.«

Der Wunsch seiner Mutter, das »k.k.« auf dem Geschäftsschild stehen zu haben, lastete schon seit jeher auf Heinrich.

»Ich komme«, sagte er.

Im Vorraum stand eine zierliche Frau, deren Kleid und Mantel auf eine noble Herkunft schließen ließen. Ihre Augen waren sehr wach, ihr Gesicht strahlte Entschlossenheit aus.

Nora Schromm wich Heinrich nicht von der Seite. Die wartende Dame warf einen Blick in ihre Richtung, der Heinrich zu verstehen gab, dass sie allein mit ihm sprechen wollte.

»Danke, Nora«, sagte er. Widerwillig zog sich seine erste Schneiderin zurück.

»Können wir irgendwo ungestört reden?«

Heinrich war überrascht. »Ungestört?«

»Wissen Sie, was? Begleiten Sie mich doch auf einen kleinen Spaziergang«, schlug ihm die Dame vor.

»Spaziergang?«, wiederholte Heinrich hilflos.

Die Frau beugte sich nahe an ihn heran. »Sie sprechen mit einer Hofdame der Kaiserin. Entweder Sie nehmen meine Einladung zum Spaziergang an oder ich muss den Hauptmann der kaiserlichen Garde darüber unterrichten, dass sich in unmittelbarer Nähe des Kaiserpaares jemand aufhält, der verbrecherische Aufträge ausgeführt hat.«

»Ich weiß nicht, wovon Sie reden«, verteidigte sich Heinrich, doch es klang sehr schwach.

»Es ist mir bekannt, dass Sie jenes Mieder in die Michaelerkirche gebracht haben, das der tote Pfarrer in Händen hielt, als er gefunden wurde.«

Heinrich spürte einen feurigen Stich in seinen Eingeweiden.

»Sie müssen mich entschuldigen.« Er flüchtete zur Treppe. Als er sich umdrehte, sah er den grimmigen Ausdruck im Gesicht der Frau. »Ich bin umgehend zurück. Ein menschliches Bedürfnis. Glauben Sie mir, bitte.«

Die Zeit am Abort erschien ihm wie eine Ewigkeit. Als er endlich in das Haus zurückkehrte, erwartete ihn die Frau am Haustor. Er hielt es ihr auf und sie traten auf den Kohlmarkt hinaus. Schweigend gingen sie Richtung Michaelerplatz und von dort die Herrengasse hinunter.

»Ihnen ist in letzter Zeit bei verschiedenen Gelegenheiten eine Nonne begegnet«, sagte die Frau leise.

Heinrich blieb stehen und starrte sie an. In seinen Eingeweiden wühlte wieder die feurige Faust.

»Ihnen ist, wie mir zur Kenntnis gebracht wurde, ein Kästchen mit einer Korsettversteifung durch diese geheimnisvolle Nonne zugekommen. Ist die Versteifung noch in Ihrem Besitz?«

Heinrich machte keinen Versuch, es zu leugnen. Die Frau wusste offenbar alles über ihn. Was hatte Lügen jetzt noch für einen Zweck?

»Ich wurde erpresst, bitte glauben Sie mir ... Ich wollte das alles nie ... Ich hatte nur solche Angst ...«

Die Dame unterbrach ihn. »Ich weiß«, sagte sie. »Sie brauchen sich nicht zu erklären. Ich möchte bloß wissen, ob Sie die Versteifung noch haben.«

»Ja. Das heißt, nicht ganz«, stotterte er. Als Heinrich das Stirnrunzeln der Frau bemerkte, verbesserte er sich schnell. »Ich habe das Kästchen und die Versteifung.« Die Dame schien erleichtert.

»Ich bin beauftragt, dieses gute Stück, am besten im Kästchen, von Ihnen zu verlangen.«

»Es ist ... Meine Mutter hat die Schatulle geöffnet und ...«

Die Dame fuhr erschrocken zusammen. »Ist Ihrer Mutter etwas geschehen? Ist Sie wohlauf?«

Heinrich versuchte, die Dame zu beruhigen. »Seit sie sich gestochen hat, scheint es ihr besser zu gehen.«

»Erklären Sie mir das«, verlangte die Dame.

Heinrich sammelte seine Gedanken. Stockend begann er, von dem Abend zu erzählen, an dem ihm seine Mutter die Wahrheit über Valeria eröffnet hatte.

Als seine Mutter mit der Versteifung heftig auf das Holz geschlagen hatte, war eine Nadel ausgefahren und hatte sich in ihre

Handfläche gebohrt. Es handelte sich um einen raffinierten Mechanismus, den ein wahrer Könner der Goldschmiedekunst angefertigt haben musste. Wäre das Stäbchen als Verstärkung ins Korsett genäht worden, hätte sich die Nadel durch die Haut der Trägerin gebohrt, davon war Heinrich überzeugt.

Seine Mutter war über den unerwarteten Stich erschrocken. Die Nadel musste tief, vielleicht gar bis zum Knochen, eingedrungen sein. Sie hatte gejammert, der Schmerz ginge bis in die Schulter und sie könne den Arm kaum bewegen.

Danach hatte sie über Herzrasen geklagt. Heinrich hatte alle Fenster geöffnet und frische Luft eingelassen. Er hatte ihr Wasser gebracht und ständig auf sie eingeredet. So sehr er sie hasste, wollte er sie trotzdem nicht verlieren. Sie war der letzte Mensch, den er noch hatte. Wenn seine Mutter starb, war er allein.

Als der Arzt, den er gerufen hatte, eintraf, war mindestens eine Stunde vergangen. Der Zustand seiner Mutter hatte sich in der Zwischenzeit etwas gebessert. Der Arzt half Heinrich, die Mutter in das Schlafzimmer zu dem mächtigen Doppelbett zu bringen, in dem sie früher mit seinem Vater geschlafen hatte. Ihr Zimmermädchen hatte an diesem Abend Ausgang, sodass Heinrich seiner Mutter beim Entkleiden helfen musste, was ihm überaus peinlich war.

Der Arzt untersuchte Frau Brettschmidt, verarztete ihre Hand, die schon nicht mehr blutete, und verordnete Bettruhe.

Am Morgen, als Heinrich nach seiner Mutter sah, war sie bereits im Bett gesessen, hatte das unterwürfige Zimmermädchen herumkommandiert und ihn für sein Verhalten am vergangenen Abend beschimpft.

Das Kästchen und die Versteifung für das Korsett hatte sie nicht mehr erwähnt, was Heinrich beruhigte. Er hatte beides wieder an sich genommen und dabei etwas entdeckt, das ihm am Abend zuvor entgangen war.

An der Nadel hing ein klebriger Tropfen. Die klare Flüssigkeit von honigartiger Konsistenz kam aus dem Hohlraum, in dem die Nadel versteckt gewesen war.

Heinrich verbarg das Kästchen seitdem in seinem Kleiderschrank unter den gestärkten Hemden. Er hoffte auf eine Rückkehr der Italienerin, die er damit konfrontieren wollte.

»Verstehen Sie das?«, fragte Heinrich die geheimnisvolle Besucherin, nachdem er seine Erzählung beendet hatte. »Meine Mutter ist schon lange krank, aber seit sie den Stich erhalten hat, scheint es ihr besser zu gehen.«

»Wenn es Ihrer Mutter besser geht, so soll uns das alle freuen«, sagte die Dame leichthin. »Darf ich Sie zurückbegleiten? Dann können Sie mir das Kästchen übergeben. Tun Sie das, werde ich Ihnen etwas bestellen, das Sie erleichtern wird. Ich versichere es Ihnen.«

Als sie das Haus am Kohlmarkt wieder erreichten, führte Heinrichs erster Weg ihn erneut in den Hof, wo der Abort stand. Danach holte er das gewünschte Kästchen aus seiner Wohnung und übergab es der Dame, die am Ende der Treppe auf ihn wartete.

»Sie wollten mir etwas bestellen?«

»Schlafen Sie wieder ruhig. Die Albträume sind vorbei. Sie werden weder weitere Briefe noch Kästchen bekommen.«

Heinrich blickte sie ungläubig an. »Woher wissen Sie davon? Ist das gewiss?«

Die Dame sah ihn lächelnd an.

»Ich bin nur die Überbringerin der Botschaft, die ich von jemandem bekommen habe, der Sie kennt. Außerdem soll ich Ihnen in Aussicht stellen, dass Sie in den nächsten Jahren einen Auftrag aus höchsten Kreisen bekommen könnten.«

»Von der Kaiserin?«, entfuhr es Heinrich.

Doch die Dame hatte sich schon umgewandt und war auf die Straße hinausgetreten.

Heinrich zog sich vorsichtshalber auf den Abort zurück. Er konnte noch nicht abschätzen, welche Folgen das, was er gerade gehört hatte, auf seine Verdauung haben würde.

73

Ida fühlte sich unendlich müde, gleichzeitig aber so aufgeregt wie selten zuvor in ihrem Leben. Sie hielt das Holzkästchen gut fest, das sie soeben von Heinrich Brettschmidt bekommen hatte, während sie die Kutsche zur Spitalgasse brachte.

Sie hatte schon in der Nacht wenig Zweifel am Wahrheitsgehalt dessen gehabt, was die Kaiserin und sie von den Italienern erfahren hatten. Nun aber war sie vollends von ihrer Geschichte überzeugt.

Sie würde Elisabeth umgehend Bericht erstatten, nachdem sie das Kästchen Professor Dlauhy übergeben hatte.

Wie Ida die Kaiserin kannte, würde diese nun alles in Bewegung setzen, um ihren Plan zu verwirklichen. Es war ein Plan, der großes Geschick erforderte. Doch Elisabeth verfügte zweifellos darüber. Außerdem mussten alle Beteiligten überzeugt oder überredet werden, dabei ihre Rolle zu spielen. Das zu erreichen, traute Ida der Kaiserin ebenfalls zu.

Allerdings gab es dann noch einige Ungewissheiten, auf die niemand Einfluss hatte. In einem Monat würden sie wissen, ob Elisabeths Überlegungen zum Ziel geführt hatten.

Elisabeth hatte es Ida gegenüber so ausgedrückt: Sie würden wahre Gerechtigkeit dort suchen, wo es sie nicht zu geben schien.

*Sonntag,
07.
Oktober
1866*

»Ein Maskenball?« Ludwig Viktor sah seine Schwägerin ungläubig an. »Ich dachte, dir sind solche Veranstaltungen zuwider.«

»Das Datum ist ein alter Brauch, der in den vergangenen Jahren in Wien wenig gepflegt wurde. Lass ihn wieder aufleben«, sagte Elisabeth.

»Ich bin auf das Höchste überrascht«, gestand Ludwig Viktor.

»Ich bin eine Frau voller Überraschungen.«

Ihr Schwager beugte sich vor. »Und eine Frau der Verschwiegenheit, nicht wahr?«

Elisabeth lächelte. »Verschwiegen, wenn ich es für richtig halte.« Sie bemerkte die Unruhe, die sie in Ludwig Viktor auslöste, und freute sich im Stillen daran. »Ich kann den Ball als vereinbart annehmen?«

»Am 11. November, dem offiziellen Beginn des Faschings«, bestätigte Ludwig Viktor.

»Noch etwas.« Elisabeth sprach, als wäre ihr die Idee gerade erst gekommen. »Es soll eine Tanzeinlage geben, vom Zeremonienmeister angekündigt.«

Ludwig Viktor musterte sie beunruhigt. »Was für ein Tanz?«

»Das soll eine Überraschung sein. Auch für dich.« Elisabeth lächelte unschuldig. »Am Abend des Balles werde ich dir eine Karte übergeben. Darauf stehen die Worte, mit denen die Einlage angekündigt werden soll.«

Franz Josef trat zu den beiden. Das sonntägliche Essen der Kaiserfamilie war ruhig verlaufen und ausnahmsweise einmal nicht so schnell zu Ende gewesen.

»Sisi, Luziwuzi, es freut mich, euch beide in einem trauten Gespräch zu sehen«, sagte der Kaiser.

»Dein Bruder wird einen Ball geben«, erzählte Elisabeth. »Am 11. November.«

»Soso«, sagte Franz Josef. Es war offensichtlich, dass er dieser Information kaum Bedeutung beimaß.

»Und wir gehen hin, Franzl«, sagte Elisabeth.

»Sisi?« Franz Josefs Erstaunen war so groß wie vorher jenes von Ludwig Viktor. »Das ist doch nur eine Tanzveranstaltung.«

»Nicht nur«, sagte die Kaiserin beschwingt. »Wir werden mehr daraus machen. Es ist ein fröhlicher Anlass in dunkler Zeit und eine gute Gelegenheit, Leute zu ehren.«

Franz Josef schien verwirrt. »Wen willst du denn ehren?«

»Bei einer Audienz neulich habe ich von Taten gehört, die eine Auszeichnung verdienen, Franzl. Natürlich ist es deine Entscheidung, aber ich denke, dass es Orden sein sollten. Wie ich weiß, kümmerst du dich oft selbst um die Personalien in deiner Armee. Ich kann dir die Namen nennen.«

»Du hast dich noch nie für die Verleihung von Orden interessiert«, merkte Franz Josef an.

»Sisi erstaunt uns immer wieder«, meinte Ludwig Viktor.

»Ja, Luziwuzi, eine Frau wie Sisi wünsche ich dir auch einmal«, sagte der Kaiser. »Hast du noch keine finden können in all den Jahren?«

Elisabeth blickte ihren Schwager herausfordernd an.

»Nein, die richtige nicht«, antwortete Ludwig Viktor knapp. »So eine wie Sisi gibt es eben nur einmal. Bitte entschuldigt mich, ich muss mit Mama etwas bereden.«

»Er hat es auf einmal eilig«, stellte Franz Josef kopfschüttelnd fest.

»Jaja, der Luziwuzi«, sagte Elisabeth so laut, dass Ludwig Viktor es noch hören konnte.

Dienstag, 16. Oktober 1866

Majestät,

die Untersuchung der Substanz auf einer Nadel unbekannter Bestimmung und auf einem Haarkamm aus dem Besitz der verstorbenen Fürstin Paula von Mayenberg im Vergleich mit den Proben von Strophanthus, die meinem Institut übergeben wurden, hat folgendes Ergebnis gebracht.
Bevor ich zur Erläuterung komme, die Vorgangsweise, die gewählt wurde:
Der Rest der farblosen Substanz auf Nadel und Kamm wurde mit Methylalkohol ausgewaschen, in einem Uhrglasschälchen eingedampft und nach der Abkühlung einem Frosch auf den Rücken aufgetragen.
Die Reaktion des Frosches, die ich in diesem

Bericht nicht in allen Details beschreibe, ist Sekunden danach eingetreten und hat zum Tod geführt.

Die Gegenprobe, gewonnen aus den Kristallen des Strophanthus, hat bei gleicher Konzentration dieselbe Reaktion und dasselbe Ergebnis gebracht. Wir können, ohne den Strophanthus vollständig auf toxikologische Wirkung untersucht und erforscht zu haben, davon ausgehen, dass es sich bei dem Gift auf der Nadel und den Zacken des Kammes um Strophanthus handelt.

So verbleibe ich mit meiner vorzüglichsten Hochachtung,

Ihr ergebenster

Professor Johan Dlauhy
Sonntag, 11. November

Novembernebel lag in den Gassen, als die Kutsche Ida zum Palais des Erzherzogs am Schwarzenbergplatz brachte. Wie feurige Augen erschienen ihr die Lichter der Gaslaternen, die vor dem Kutschenfenster vorbeizogen.

Ein eigenartiger Zeitpunkt für den Beginn des Faschings, dachte Ida. Sie trug eine Maske, die Stirn, Augen und Nase bedeckte, kunstvoll bemalt war und einen Schleier bis zum Kinn besaß.

Maskierte Frauen in prächtigen Abendroben und Männer im Frack oder in Uniform, auch alle mit schmalen Augenmasken, betraten den prächtigen Bau, dessen Herzstück der Ballsaal war.

Als Ida die Treppe hochstieg, klopfte ihr Herz mit jeder Stufe schneller. Heute würde sich alles entscheiden. An diesem Abend würde zum Abschluss kommen, was in Ludwig Viktors Palais begonnen hatte: die Aufdeckung einer schrecklichen Wahrheit.

Um sich zu beruhigen, blieb Ida vor dem Eingang stehen und atmete ein paar Mal tief durch. Zusammen mit der kühlen Abendluft kehrte die Erinnerung an jene Nacht Anfang Oktober zurück, in der Elisabeth und sie dem italienischen Geschwisterpaar eine Falle gestellt hatten.

Der Fluchtversuch des jungen Mannes blieb unvergesslich. Ida hatte die Kaiserin nie zuvor auf dem Boden liegen gesehen. Es war ein ungewohnter und seltsamer Anblick, da Elisabeth sonst immer ihre aufrechte und elegante Haltung bewahrte.

Der Gardewachtmeister hatte die Italienerin gepackt, als sie auf die Treppe zulief. Er hielt sie von hinten fest, entschlossen, sie nicht entkommen zu lassen. Elisa hatte geschrien und Alessio Gott um Hilfe angerufen, als er die Auswegslosigkeit der Situation erkannte. Niemals hätte er seine Schwester zurückgelassen.

Elisabeth war aus der Dienstbotenwohnung auf den Flur getreten, wieder ganz Kaiserin. Sie hatte dem Gardisten einen Wink gegeben, die junge Frau loszulassen.

»Wir können unsere Unterhaltung fortsetzen«, hatte sie mit ruhiger Stimme angeboten. »Ludwig Viktor wird uns dafür sicherlich seinen Salon zur Verfügung stellen.«

Ihr Schwager war sofort einverstanden gewesen und hatte sich von Elisabeth ohne Widerspruch oder eine spitze Bemerkung wegschicken lassen.

Die Unterhaltung fand unter acht Augen statt. Elisabeth und Ida saßen auf einem Sofa, Alessio und Elisa ihnen gegenüber auf dem anderen.

»Wir kennen eure Vornamen«, hatte die Kaiserin das Gespräch wieder aufgenommen, das auf so abrupte Weise unterbrochen worden war. »Wir wissen, dass ihr keine Romasis seid. Ihr habt eure Köpfe in ein Familienfoto der Romasis gesetzt.«

Ida bemerkte, wie die Geschwister staunend den Ausführungen der Kaiserin folgten. Sie konnten sich wohl nicht erklären, woher Elisabeth das wusste.

»Nun«, sagte die Kaiserin. »Damit bleibt eine Frage: Wer seid ihr wirklich?«

Die Geschwister wechselten einen langen Blick. Keiner wollte den Anfang machen.

»Ich erwarte eine Antwort«, sagte Elisabeth.

Ida sah das Gesicht von Alessio deutlich vor sich, wie die Muskeln um seinen Mund zuckten, ehe er zu erzählen begann.

»Unsere Familie heißt Borsa. Sie steht seit fast hundert Jahren im Dienst der Romasis«, begann Alessio.

»Im Dienst? In welcher Funktion?«

Elisa übernahm nun das Sprechen. »Unser Urgroßvater, unser Großvater und unser Vater haben das Schloss und die Ländereien der Romasis auf Sizilien verwaltet. Immer zur vollsten Zufriedenheit des Conte. Unsere Familie wurde gut behandelt und entlohnt. Bis im Jahre 1848 der Krieg begann, die blutigen Unruhen und Kämpfe der Aufständischen gegen den König und alle, die ihn unterstützten.«

»König Ferdinand II. ist mein Schwager«, warf Elisabeth ein.

Die Geschwister nickten stumm.

»Die Romasis erhielten eine Warnung, dass die Freiheitskämpfer es auf ihr Schloss abgesehen hätten und sie in Gefahr wären und flüchten sollten«, erzählte Alessio. »Das haben sie auch getan.«

Wieder trat Schweigen ein.

»Was ist nach der Flucht der Romasis geschehen?«, wollte Elisabeth wissen.

»Unsere Eltern haben das Schloss und das Anwesen nicht im Stich gelassen, sondern Haus, Park und Tiere versorgt«, sagte Alessio. »Wochen und Monate sind vergangen, die Romasis sind nicht zurückgekehrt. Mein Vater ist in Geldnot geraten, hatte aber ein Schreiben des Conte, mit dem er sich nach Palermo begeben sollte, um dort einen Anwalt aufzusuchen. Er sollte ihm das Schreiben übergeben und würde Hilfe erhalten. So ist unser Vater aufgebrochen.«

Elisa und Alessio blickten zu Boden.

»Und dann?«, drängte Ida, zu erfahren.

»Eine Offizierspatrouille ist gekommen.«

»Eine Offizierspatrouille der Armee des Königs also.« Genau wie die Kaiserin wartete Ida auf eine Antwort. Sie wollte verstehen, warum dieses schreckliche Verbrechen begangen worden war. Was konnte diese beiden jungen Menschen, die so schön und unschuldig aussahen, zu Mördern gemacht haben? Die Antwort darauf würde Ida niemals vergessen.

»Es waren vier Offiziere, aus Österreich«, hatte Alessio fast flüsternd gesagt.

»Das ist nicht möglich. Die Armee des Kaisers ist dem König beider Sizilien nicht zu Hilfe gekommen«, sagte Elisabeth.

»Sie waren alle vier aus Österreich«, bestätigte Elisa die Worte ihres Bruders.

»Das ist nicht möglich«, wiederholte Elisabeth. »Das ist eine Lüge.«

»Keine Lüge!«, verteidigte Alessio seine Schwester und sich. »Es ist die Wahrheit. Sie waren in der Armee des Königs von Sizilien.«

Ida erinnerte Elisabeth an das, was Professor Dlauhy gesagt hatte. Zahlreiche österreichische Offiziere waren damals übergetreten und dienten in der Armee des Königs beider Sizilien.

Daraufhin begannen die Geschwister mit dem Bericht von jener Nacht, als die Offiziere in das Schloss der Romasis gekommen waren. Als sie geendet hatten, bedeckten Tränen ihre hellen Wangen. Elisabeths Blick war starr und ausdruckslos geworden.

Ida griff nach dem Handlauf der Treppe. Sie spürte ein Brennen in den Augen. Hastig zog sie ihr Taschentuch aus dem Beutel und tupfte sich die kleinen Tropfen unter der Maske aus den Augenwinkeln.

Das Geständnis der beiden Geschwister lag fast einen Monat zurück, doch es hatte keine Nacht gegeben, in der Ida nicht daran gedacht hatte.

Die Hofdame der Kaiserin atmete noch einmal tief durch, richtete ihre Maske und trat in die erleuchtete Eingangshalle von Ludwig Viktors Palais.

Der Einzug der hohen Gäste fand wie immer um Schlag 19 Uhr zu den Klängen der Polonaise statt. Elisabeth stand mit Franz Josef an derselben Stelle, an der sie bei jenem schicksalhaften Ball gestanden war, auf dem Fürstin von Mayenberg den Tod gefunden hatte.

Die Kaiserin blickte durch die Augenöffnungen ihrer Maske auf die Tanzfläche. Es herrschte ausgelassene Ballstimmung und die Paare drehten sich zu Walzer und Polka über das Parkett.

Die Tanzenden verschwammen zunehmend und lösten sich in wilden Farbwirbeln auf, während Elisabeth in jene Nacht zurückkehrte, als sie ein Stockwerk höher mit dem Geschwisterpaar aus Sizilien gesprochen hatte.

Elisabeth war es danach einige Zeit unmöglich gewesen, ein Wort herauszubringen. Ihr Hals war wie abgeschnürt gewesen. Sie hatte Mühe gehabt, die Tränen zurückzuhalten, die ihr langsam in die Augen stiegen. Ein Gefühl, das sie nur selten überkam. Fieberhaft hatte Elisabeth damals überlegt, was sie sagen sollte. Sie entschied sich schließlich für einen Satz, der kein Urteil, aber eine klare Feststellung war:

»So abscheulich, grauenhaft und entsetzlich auch war, was ihr miterleben musstet, so rechtfertigt es keinen Mord. Wir leben nicht mehr nach dem biblischen Spruch ›Aug um Aug, Zahn um Zahn‹.«

Elisa und Alessio hatten nichts entgegnet, bloß mit gebrochenen Stimmen weitererzählt.

Seit ihrer Kindheit waren sie dazu erzogen worden, ihre Rollen zu erfüllen, sich das nötige Wissen anzueignen und den Plan zu entwerfen, den sie in Wien in die Tat umgesetzt hatten.

Der Conte hatte ihrem Vater Zugang zum Vermögen der Familie Romasi eröffnet, damit er die Güter bestellen und das Schloss erhalten konnte. Die Romasis hatten Angst, die Aufständischen könnten auch nach der Niederschlagung erneut an Macht gewinnen. Der Conte fürchtete um das Leben seiner Familie und wählte ein Leben im Exil in Frankreich.

Der Vater von Alessio und Elisa hatte die beiden erzogen, wie er es bei den Kindern der Romasis gesehen hatte. Für sich selbst verwendete er nie etwas von dem Geld der Familie, für die Ausbildung seiner Kinder aber schon.

»Unser Vater war ein einfacher Mensch, aber ein guter«, erklärte Alessio. »Es hat ihn nur ein einziger Gedanke getrieben: Der schrecklichste Verlust in unser aller Leben sollte gerächt werden. Die Mörder sollten das Leid fühlen, das sie unschuldigen Menschen zugefügt hatten. Doch niemand von uns sollte bei dieser Rache zu Schaden kommen, im Kerker landen oder am Galgen hängen. Bis eines Tages entdeckt worden wäre, was wir getan hatten, wären wir schon lange wieder fort und unauffindbar.«

Elisabeth dachte an die Unterredungen mit Professor Dlauhy. Ein unbekanntes Gift, das keine Spuren hinterließ, verabreicht auf eine Art, die unerklärlich schien, nur so konnte ein Mord funktionieren, der fast unmöglich aufzuklären war.

»Woher wusstet ihr von dem Gift, von dem Strophanthus?«, hatte Elisabeth wissen wollen.

Die Erklärung, die Alessio ihr gab, ließ ihn nicht wie einen kaltblütigen Mörder erscheinen.

Über die Weltumsegelung der Novara gab es ein Buch, das auch in die italienische Sprache übersetzt worden war. Es war beliebt und wurde von vielen gelesen. Auch von Alessio, der sich für ferne Länder interessierte. In dem Buch war von der Erforschung von Giften die Rede, die in Europa bisher noch unbekannt waren. Ihre Wirkung sollte für den zukünftigen Einsatz in der Heilkunst untersucht werden. Das brachte Alessio auf den Gedanken, die Geschwister sollten in Wien nachforschen, welche Gifte von der Expedition zurückgebracht worden waren. Womöglich konnte ihnen eines davon nützlich werden.

So stieß Alessio nach langer Suche und dem Studium weiterer Berichte auf Doktor Eduard Schwarz und kaufte von ihm ein

Gift, von dem der Arzt garantierte, es wäre in Wien unbekannt und es bestünde keine Möglichkeit, es in Toten nachzuweisen, da der gerichtlichen Medizin die Kenntnisse dafür fehlten.

Die nächste große Frage war, wie das Gift verabreicht werden konnte. Wieder half Alessios Begeisterung für das Lesen. Er hatte schon als kleiner Junge alle Abenteuerromane verschlungen, die er in der Bibliothek des Schlosses finden konnte. In einem ging es um einen Ring, in dem ein vergifteter Stachel angebracht war. Wer ihn auf den Finger streifte, starb. So kam ihm die Idee, das Gift über Schmuck zu verabreichen. Oder über die Versteifungen eines Mieders, das Damen besonders eng schnüren ließen. Wichtig war ein geheimer, raffinierter und sehr kleiner Mechanismus, der das Gift in den Körper der Opfer brachte.

Elisa freundete sich mit der alten Frau Brettschmidt an und entlockte ihr die Geschichte um Heinrichs Verhältnis mit Valeria. Die Geschwister benutzten dieses Wissen, um den Schneider zu erpressen. Um mit ihm in Kontakt zu treten, hatte sich Elisa einige Male als Nonne verkleidet. Etwas, für das sie sich zutiefst schämte.

Neben Heinrich Brettschmidt war Giuseppe Ballarin das letzte Puzzlestück in ihrem Plan. Ballarin war der jüngere Bruder ihrer Mutter und vom Wunsch nach Rache genauso getrieben wie ihr Vater.

Onkel Giuseppe sprach dem Opium zu und benötigte immer mehr Geld, um die Droge zu beschaffen. So hatte er begonnen, reiche Witwen in Neapel und Rom aufzuspüren, ihnen den Kopf zu verdrehen, Trost und vorgetäuschte Nähe zu spenden und sie so um viel Geld zu erleichtern.

Seine verführerische Art kam für den Racheplan der jungen Borsas gerade recht. Er würde helfen, an die Opfer heranzukommen, und ihnen die Schmuckstücke einreden, mit denen das Gift heimlich verabreicht werden konnte. Dazu sollte er in Wien ein Geschäft eröffnen.

Da er keine Ahnung von der Goldschmiedekunst hatte, suchte er Hilfe und fand sie in der stummen Chiara. Sie galt als äußerst talentierte Goldschmiedin, die aber aufgrund ihrer Behinderung von ihrem Lehrmeister immer schlecht behandelt worden war. Chiara war überaus geschickt und hatte zusätzlich eine Uhrmacherlehre absolviert. Der Bau feinster Mechanismen war ihre Leidenschaft. So hatte sie eine Pendeluhr gebaut, die nicht größer als ein Daumennagel war.

Ballarin versprach ihr das Blaue vom Himmel, sie fiel darauf herein und folgte ihm von der Toskana nach Wien, wo er die Goldschmiede in der Schottenfeldgasse einrichtete.

In Venedig holte sich Ballarin bei Goldschmieden Ideen für Schmuckstücke, die er Chiara in Wien herstellen ließ. Nach Anweisung seines Neffen musste sie Hohlräume einbauen und Nadeln, die bei Berührung ausfuhren.

Da er dem Opium mehr und mehr zusprach, waren Ballarins Sinne immer öfter benebelt. Klares Denken fiel ihm schwer. Alessio und Elisa hatten viel damit zu tun, ihn unter Kontrolle zu halten. Nicht selten mussten sie ihn aus dem dunklen Lokal holen, in dem er seiner Sucht nachging, und mit der Kutsche zu seinem Haus zurückbringen. Bei einer dieser Gelegenheiten hatte Ida vor dem Eingang zu Ballarins Geschäft gewartet. Elisa, die sie erkannt hatte, verlangte vom Kutscher, weiterzufahren, damit Ida weder Ballarin in seinem erbärmlichen Zustand noch Elisa selbst sah.

Seit der Begegnung mit Elisabeth am Ball, wo sie die Verwandtschaft mit der früheren Königin beider Sizilien erwähnt hatte, fürchteten die Geschwister, die Kaiserin könnte ihre falsche Identität aufdecken.

Elisa und ihrem Bruder war entgangen, dass ihr Onkel Chiara immer mehr wie eine Sklavin behandelte, sie einsperrte, wenn er fortging, und in seinem Opiumwahn demütigte.

War Chiara zu Beginn nicht klar gewesen, wozu die Mechanismen dienten, die sie in die Schmuckstücke einbauen sollte, so erkannte sie die Wahrheit, als sie Gespräche belauschte, die Ballarin mit den Geschwistern führte. Chiara war entgegen ihrem Erscheinen ein intelligentes Mädchen, das die Namen der Kundinnen und ihrer Ehemänner verstand und sich merkte.

»Sie war es, die mir die Warnung in den Beutel gesteckt hat, weil sie das Leben der Fürstin retten wollte«, murmelte Ida.

Chiara war es auch gewesen, die Ballarin erschossen hatte. Nach der Tat hatte sie sich am Ende der Schottenfeldgasse in einer Hauseinfahrt so lange versteckt und gewartet, bis Alessio und Elisa in der Kutsche kamen, um Ballarin aufzusuchen. Sie hatte die Kutsche aufgehalten, war zugestiegen und hatte ihnen mit Händen und Füßen zu verstehen gegeben, die Goldschmiede zu meiden. In der Wohnung der Geschwister, die sie in der Innenstadt bewohnten, hatte sie ihnen aufgeschrieben, was sich zugetragen hatte.

Der Mann der Fürstin war in ihrem Geschäft aufgetaucht. Er war Ballarin in den hinteren Raum gefolgt und hatte dabei eine

Waffe aus dem Rock gezogen. Chiara sah ihre Chance gekommen, sich zu befreien. Sie schlug den Fürsten nieder und nahm ihm den Revolver ab. Damit hatte sie Ballarin bedroht und die Herausgabe ihrer Papiere sowie des ausstehenden Lohnes verlangt, den Ballarin ihr schon lange vorenthielt. Doch der Goldschmied hatte sie bloß verhöhnt. Als er sie zu packen und zu schlagen versuchte, hatte sich der Schuss gelöst. Chiara war nicht bewusst, ihn abgefeuert zu haben. Sie hatte keine Ahnung vom Umgang mit einer solchen neuartigen Waffe. Sie hatte Ballarin damit nur bedrohen wollen, um ihre Freiheit zurückzugewinnen. Als Ballarin tot auf dem Boden lag, bekam es Chiara mit der Angst zu tun. Deshalb drückte sie dem bewusstlosen Fürsten den Revolver in die Hand und flüchtete.

»Sie hat alles Geld und Gold aus dem Tresor mitgenommen, außerdem natürlich ihre Papiere«, erzählte Alessio.

Die Geschwister, die bis zu diesem Zeitpunkt keine Ahnung von Chiaras Misshandlungen gehabt hatten, überließen ihr die Wertsachen, damit sie ein neues Leben beginnen konnte, und brachten sie zum Bahnhof. Von dort konnte sie den Zug auf der Südbahnstrecke bis nach Triest nehmen. Was sie weiter vorhatte, wussten die Geschwister nicht. Sie waren aber gewiss, dass Chiara ihren Weg finden würde.

Der Anblick von Ludwig Viktor holte Elisabeth aus den dunklen Erinnerungen jener vergangenen Nacht zurück in die Gegenwart des bunten Treibens, zu dem sich der Faschingsball entwickelt hatte. Ihr Schwager trat, ein Glas Champagner in der Hand, zu Elisabeth und winkte einem Lakaien, ein Glas für die Kaiserin zu bringen.

»Der Abend hat erst begonnen«, sagte Elisabeth und prostete ihm zu.

Ihr tat der Schwager fast ein wenig leid, war er doch dem Charme des jungen Italieners verfallen. Sie wusste nicht, ob sie Genugtuung verspürte, dass ihm seine Begierde zum Verhängnis geworden war, oder ob sie für sein gebrochenes Herz Mitleid empfand.

Alessio hatte sich Viktor Ludwigs Verliebtheit zunutze gemacht. Der Erzherzog war für die Geschwister ein wichtiger Fürsprecher und Förderer gewesen. Ohne es zu wissen, war auch er zu einer Figur in ihrem Plan geworden.

Mit ihrer feinsinnigen Art, der guten Erziehung und ihrem Verständnis für Kunst und Musik hatten sich Alessio und Elisa in den gehobenen Kreisen Wiens immer beliebter gemacht. Sie hatten auf diese Weise mehr und mehr über die Menschen und ihre Familien ausfindig machen können, denen ihre Rache galt.

»Es ist bald neun Uhr«, machte Ludwig Viktor die Kaiserin aufmerksam.

»Dann lass den Zeremonienmeister die Nachricht verkünden und führe deinen Bruder an den Ort, den wir vereinbart haben.«

Ludwig Viktor nickte untertänig und ging los. Elisabeth wandte sich an ihren Mann. »Franzl, der Luziwuzi will etwas mit dir bereden. Aber unter vier Augen.«

Franz Josef war überaus erstaunt. »Heute? Hier? Um diese Zeit?«

Das Orchester spielte einen Tusch. Der Zeremonienmeister kam mit steifen Schritten auf das Podium und stieß dreimal mit seinem Stab auf. Im Saal verstummten alle.

»Zur Unterhaltung ein Tanz aus dem fernen Sizilien, aufgeführt von Arlecchino und Colombina.«

Überraschtes Gemurmel setzte ein.

Ein Mann in engen Kniehosen und mit kurzer Joppe kam auf die Bühne gesprungen. Sein Gewand war mit Rauten aus glitzerndem Stoff in den Farben Rot, Gelb und Blau verziert. Eine schwarze Augenmaske verbarg das Gesicht des Mannes, der seinen dreieckigen Hut zog und sich fast bis zum Boden verneigte.

Elisabeth stellte mit Befriedigung fest, dass alle Augen auf ihn gerichtet waren.

Der Zeremonienmeister rief mit lauter Stimme eine Erklärung ins Publikum.

»Der Arlecchino ist eine Figur aus der italienischen Komödie. Er springt zwischen den Welten, zwischen Gut und Böse, zwischen Diener und Herr, Engel und Teufel, Himmel und Hölle. Ein Arlecchino bringt die Menschen zum Lachen und die Ordnung, die man für fest und unerschütterlich hält, ins Wanken.«

Von der anderen Seite betrat eine junge Frau in einem ähnlichen Kostüm die Bühne, doch trug sie statt der Kniehose einen langen Rock. Auch ihre Maske war schwarz, auf ihrem Kopf saß ein Hut mit breiter Krempe.

»Ebenfalls aus der italienischen Komödie stammt die Figur der Colombina«, fuhr der Zeremonienmeister fort.

Er las die Worte von einem Zettel ab, den Elisabeth wiedererkannte. Immerhin hatte sie ihn selbst geschrieben.

»Colombina versteht es, Männern den Kopf zu verdrehen, Verehrer anzuziehen, sich aber ihrer wieder zu erwehren. Colombina ist die Gefährtin des Arlecchino, manchmal seine Schwester, in manchen Komödien sogar seine Frau.«

Arlecchino und Colombina verneigten sich. Der Kapellmeister redete leise mit den Musikern, die in den Noten zu blättern begannen und Seiten vorzogen.

»Der Tanz!«, rief der Zeremonienmeister. Er bekam vom Kapellmeister jedoch ein Zeichen, sich noch ein wenig zu gedulden. Das Orchester war noch nicht bereit.

Wieder stieß der Zeremonienmeister den Stock fest auf den Boden und las die letzten Zeilen, die Elisabeth verfasst hatte. »Arlecchino und Colombina werden ihre Runde durch den Saal drehen, sodass alle sie bewundern können. Die beiden sind bekannt für ihre Scherze, denen sich keiner widersetzen kann.«

Endlich begann die Musik. Es war eine Tarantella, ein feuriger Volkstanz aus Süditalien. Arlecchino und Colombina bewegten sich wild und mit vielen Verrenkungen auf der Bühne. Als sie auf die Tanzfläche sprangen, ging ein Aufschrei durch die Ballgäste.

Der Zeremonienmeister folgte ihnen mit säuerlicher Miene. Er bahnte einen Weg durch die Menge. Die Damen und Herren wichen zur Seite und bildeten eine Gasse.

Vor einem Mann blieb Colombina stehen. Sie schlug die Hand vor den Mund, als könnte sie nicht fassen, wen sie da sah. Dann packte sie ihn am Arm, hängte sich ein und zog ihn mit.

Elisabeth ging vor ihrem geistigen Auge eine Liste mit vier Namen durch. Den ersten konnte sie durchstreichen. Korbinian von Rappich.

Das tanzende Paar wurde vom Zeremonienmeister weitergeführt. Außer Elisabeth fiel niemandem auf, wie er mit seinem langen Stab unauffällig, aber deutlich genug auf die Personen zeigte, auf die er den Arlecchino und dessen Gefährtin hinweisen sollte.

Georg von Sandfeldt war der Nächste, den Colombina mitnahm. Sie hatte nun zwei Herren, einen links und rechts, untergehängt und tänzelte weiter. Den beiden Männern war anzusehen, wie unbehaglich sie sich fühlten, aber Colombina nahm darauf keine Rücksicht.

Vor Friedrich von Lichtegg, der aus seinem viel zu engen Frack zu platzen schien, vollführte Arlecchino eine seiner übertriebenen Verneigungen. Er packte ihn wie einen Schuljungen am Ohr und zog ihn unter dem Gelächter der Umstehenden mit. Von Lichtegg stolperte neben Arlecchino her.

Der Vierte und Letzte war Wenzel von Grünau, der über das Spektakel gerade noch herzhaft gelacht hatte. Als er aber nun vom Arlecchino mitgenommen wurde, verging ihm das Lachen schnell. Unbeholfen humpelte er hinterher. Blieb er stehen, drohte Arlecchino ihm mit einem kleinen Holzschwert.

Ida war an Elisabeths Seite getreten, um sie an den vereinbarten Ort zu führen. Ihre Aufgabe war es, dafür zu sorgen, dass die Kaiserin nicht aufgehalten wurde und rechtzeitig in dem Salon ankam, in dem Elisabeth ihre Gerechtigkeit finden wollte.

Der kleine Salon, in dem alles in dunklem Rot, Gold und Weiß gehalten war, befand sich neben dem Rauchsalon, zu dem es eine Verbindungstür gab.

Elisabeth stand zwischen den beiden Fenstern, die Maske noch immer vor dem Gesicht. Die schweren Vorhänge waren geschlossen, der Raum wurde von Kerzen auf vier vielarmigen Leuchtern erhellt.

Die letzten Töne der Tarantella verklangen im Saal. Lauter Applaus brandete auf. Gleichzeitig führten Arlecchino und Colombina die vier Männer durch die Tür, um sich danach hinter ihnen aufzustellen. Ida stand in einer Nische und beobachtete mit großer Spannung das Geschehen.

Der Zeremonienmeister schloss die Tür. Die vier Herren zuckten bei dem Geräusch erschrocken zusammen. Wie sie da so standen, gaben sie einen reichlich hilflosen Eindruck ab.

Ida spurte ihr Herz heftig klopfen. Die ganze Zeit sorgte sie sich, dass Elisabeths Vorhaben schiefgehen könnte. Der erste Teil war jedoch erfolgreich abgelaufen.

Natürlich wussten die vier, wer sich am anderen Ende des Raumes befand.

Die Erscheinung der Kaiserin war unübersehbar. Doch sie schienen ratlos, wie sie sich verhalten sollten.

»Meine Herren«, begann Elisabeth, noch immer die Maske vor das Gesicht haltend.

Sofort verneigten sich die Männer tief.

»Wer von Ihnen hat in Italien in der Armee gedient?«, fragte die Kaiserin. »Wohlgemerkt nicht in der Armee des Kaisers, sondern in jener des Königs beider Sizilien.«

Als die Männer nicht gleich antworteten, kamen Arlecchino und Colombina mit tanzenden Bewegungen näher. Sie stellten sich vor die Männer und forderten sie mit ungeduldigen Gesten zum Sprechen auf.

»Wir vier, Majestät«, sagte Korbinian von Rappich schließlich.

»Gehörte es zu Ihren Pflichten, als Offizierspatrouille die Gegend zu erkunden?«, fragte Elisabeth weiter. Ihre Stimme war völlig neutral. Die vier konnten nicht erahnen, worauf die Kaiserin hinauswollte. Ida bewunderte, wie Elisabeth die Situation unter Kontrolle behielt.

»Zum Beispiel, ob sich Aufständische in einem Schloss versteckt hatten. Immer wieder gab es den Verdacht, dass Rebellen von ihren Landsleuten versteckt gehalten wurden. Hat Sie an einem Tag im April 1849 ein solcher Verdacht in das Schloss der Familie Romasi geführt?«

Ida konnte beobachten, wie alle Farbe aus den Gesichtern der Männer wich. Die Trinkernase des Friedrich von Lichtegg leuchtete nun noch mehr als sonst.

»So war es, Majestät«, sagte Georg von Sandfeldt kaum hörbar.

»Ich fordere Sie auf, mir die Ereignisse zu schildern, die sich dort zugetragen haben.«

Die Männer starrten die Kaiserin voller Entsetzen an.

»Sie wollen nicht berichten?« Elisabeth streckte die Hand aus, die in einem seidenen Handschuh steckte, der bis zum Ellbogen reichte. Arlecchino und Colombina übergaben der Kaiserin ein Schreiben. Langsam öffnete sie die Briefbögen und sortierte sie.

In dem Raum war nur das Rascheln zu hören, in das sich das Schnaufen von Friedrich von Lichtegg mischte. Um mehr Luft zu bekommen, steckte er einen Finger in den engen Stehkragen und zerrte daran.

»Zwei Kinder befanden sich damals im Schloss. Wussten Sie davon?«

Keiner der Männer sagte etwas.

»Zwei Kinder, ihre Mutter und ihre Tante. Was mit der Mutter geschah, wissen Sie nur allzu gut. Die Tante lebt leider auch nicht mehr. Die Schrecken von damals haben dazu beigetragen, dass ihre Tage gezählt waren. Doch die Kinder sind heute erwachsen.«

Elisabeth ließ ihre Augen von einem Mann zum anderen wandern. Eine lange Pause trat ein, bis sie endlich weitersprach.

»Mir liegt ein Bericht über die Ereignisse jener Nacht vor. Gezeichnet von den beiden mittlerweile erwachsenen Augenzeugen. Dazu habe ich ein Schreiben in Italienisch, das Vater und Tante vor vielen Jahren verfasst haben. Auf diese Weise habe ich Kenntnis von allen Details der Geschehnisse jener Nacht bekommen. Die Worte ›abscheulich‹, ›abstoßend‹ und ›entsetzlich‹ reichen nicht annähernd aus, um zu beschreiben, was damals vorgefallen ist. Wollen Sie den Bericht lesen?«

Die Kaiserin streckte ihnen die Seiten hin. Keiner der vier Männer reagierte. Sie waren wie versteinert.

»Da Sie keinen Einspruch erheben, gehe ich davon aus, dass es sich um die Wahrheit handelt.«

Niemand brachte auch nur ein Wort der Verteidigung vor.

»Sie haben später den Dienst auf Sizilien quittiert und sind in die Armee des Kaisers zurückgekehrt«, fuhr Elisabeth fort. »Entweder durch Verwundung oder aus Altersgründen sind drei von Ihnen im Ruhestand, ein Vierter dient noch als Hauptmann.«

Elisabeth ließ eine kleine Pause, in der das Gesagte wie ein kühler Lufthauch durch das Zimmer strich, ehe sie fortfuhr: »Der Kaiser ist mit Ihren militärischen Laufbahnen vertraut, wurden Sie doch für die Verleihung einer allerhöchsten Auszeichnung, eines Ordens, vorgeschlagen. Haben Sie sich nicht gewundert, wieso gerade Sie vier auf diesem Ball geehrt werden sollten?«

Die Erkenntnis, in eine Falle gelockt worden zu sein, kam für die Männer zu spät.

Ida war nicht entgangen, dass die Verbindungstür zum Rauchsalon die ganze Zeit einen kleinen Spalt offen gestanden war. Sie wusste, wer dahinter das Gespräch verfolgte. Nie aber hätte sie damit gerechnet, was nun geschah.

Die Tür wurde aufgerissen. Der Kaiser betrat mit einem energischen Schritt den Salon. Die Männer nahmen Haltung an.

Franz Josef würdigte sie keines Blickes. Er ging ans andere Ende des Salons und stellte sich an die Seite seiner Frau. Es fiel dem sonst so beherrschten Monarchen sichtlich schwer, die Ruhe zu bewahren.

»Man hat mich von dem Verbrechen unterrichtet, das Sie auf Sizilien begangen und soeben eingestanden haben«, begann er. Seine Stimme bebte.

»Keiner von Ihnen ist würdig, den Rock des Kaisers zu tragen. Ich kann Sie nicht mehr zur Verantwortung ziehen für das, was Sie damals getan haben. Sie dienten in einer anderen Armee. Doch ich werde Ihnen alle Würden aberkennen lassen und Ihnen meine Achtung entziehen. Ihnen genauso wie Ihrem Oberst von damals, der als Generalmajor aus meiner Armee geschieden ist und Ihre unverzeihlichen Vergehen keinem ehrenräthlichen Verfahren zugeführt hat. Ich erwarte die sofortige freiwillige Quittierung Ihres Dienstes. Verlassen Sie die Stadt, bevor ich Sie davonjagen lasse.«

Arlecchino und Colombina öffneten mit einer spöttischen Verneigung die Tür hinter den vier Männern, drehten zunächst die Hände, als wollten sie ihre Untertänigkeit ausdrücken, deuteten ihnen dann aber recht unfein, zu verschwinden.

Ida wusste, was es für die vier bedeutete, wenn sie durch diese Tür gingen: Ihre Ehre und ihr Ansehen waren für alle Zeit zerstört.

Rückwärtsgehend bewegten sie sich zum Ausgang, verneigten sich, stießen aneinander, stolperten und flüchteten aus dem Salon.

Schwer atmend stand der Kaiser da und starrte ihnen hinterher. Ida konnte den Blick, den Elisabeth ihrem Gemahl zuwarf, nur schwer deuten. Lag gar Mitgefühl darin?

Elisabeth fehlten die Worte. Sie ahnte, was die Enthüllung für Franz Josef bedeuten musste.

»Ich bin nebenan«, erklärte er knapp und kehrte eilig in den Rauchsalon zurück. Elisabeth wusste, Ludwig Viktor war bei ihm. Er hatte dem Kaiser in Elisabeths Auftrag die Abschrift des Schreibens übergeben, das sie in Händen hielt.

Arlecchino zog sich Maske und Hut vom Kopf. Darunter kamen die dunklen Locken und das ernste Gesicht von Alessio zum Vorschein. Colombina war keine andere als seine Schwester Elisa, die sich mit dem Handrücken die Tränen aus den Augen wischte.

»Grazie!«, sagten die Geschwister leise.

Die Tür zum Rauchsalon wurde geöffnet und Ludwig Viktor steckte den Kopf herein.

»Die Kutsche steht bereit.«

Elisa knickste, Alessio verneigte sich tief.

Noch immer hatte Elisabeth kein Wort gesagt. Die Geschwister setzten die Masken und Hüte wieder auf, um unerkannt das Palais verlassen zu können.

»Wartet«, rief Elisabeth. Sie wusste, dass sich die zwei eine Absolution für das erwarteten, was sie in den vergangenen Wochen getan hatten. Elisabeth konnte, wollte und würde sie ihnen nicht geben.

In ihrer Brust tobten zwei Seelen. Die eine war voller Wut über die Schandtat der Offiziere und ihres Befehlshabers. Die andere jedoch hatte ein klares Verständnis von Recht und Ordnung, die nötig waren, um das Leben in einem Staat zu regeln.

Mit dem Wissen, das Elisabeth besaß, konnte sie zwei Menschen, die den Tod einer Frau herbeigeführt hatten, nicht einfach laufen lassen. Gleichzeitig aber war es für Elisabeth nicht denkbar, Elisa und ihren Bruder der Justiz auszuliefern. Der Tod von Paula von Mayenberg wurde zurzeit als natürlicher Todesfall aufgrund einer Vorerkrankung des Herzens geführt. Eine Mordanklage gegen die Geschwister Borsa hätte ohne deren Geständnis nicht erhoben werden können.

So hatte Elisabeth beschlossen, die Offiziere und den Oberst von damals ihrer gerechten Strafe zuzuführen. Kein Gericht konnte mehr ein Urteil über sie sprechen. Die Achtung des Kaisers, dem sie gedient hatten, zu verlieren, war die härteste Strafe, die sie in ihrem Leben noch ereilen konnte.

Als Kaiserin wählte sie ihre Worte mit Bedacht.

»Nach allem, was geschehen ist, zeigt Reue und tut Buße«, sagte sie an Alessio und Elisa gerichtet. »Unrecht mit Unrecht zu vergelten, wird einem in fast allen Fällen einen Teil jener Schuld aufladen, die man zu rächen suchte.«

Alessio senkte den Blick zu Boden. Elisa nickte bedächtig. Ihnen war wohl nicht entgangen, dass Elisabeth die Phrase »in fast allen Fällen« verwendet hatte.

»Ihr werdet, wie vereinbart, umgehend die Stadt und das Land verlassen. Von nun an ist der Zweck eures Lebens, der Menschheit Gutes zu tun, als Ausgleich für eure Taten.«

Die Geschwister hoben die rechte Hand. »Wir schwören, bei unserer geliebten Mutter.«

»Nun geht in Frieden«, sagte Elisabeth.

Nach einer weiteren Verneigung schlüpften die zwei hinaus auf den Flur.

Ida kam zur Kaiserin. »Sie werden den Schwur nicht brechen«, sagte sie voll Zuversicht.

Elisabeth erwiderte nichts darauf. Ihre Gedanken kreisten um das zukünftige Leben der Geschwister.

Im Gespräch vor einem Monat hatten sie ihre Pläne geschildert und Elisabeth bewiesen, dass sie keine kaltblütigen Verbrecher waren, sondern Menschen mit tiefen Verletzungen und großer Verzweiflung, die Vergeltung gesucht hatten. Beide wollten nicht nach Sizilien zurückkehren.

Elisas Ziel war Neapel. »Wir haben unsere Mutter viel zu früh und auf so fürchterliche Weise verloren«, hatte sie der Kaiserin erzählt. »In Neapel leben viele Kinder auf den Straßen, ohne Zuhause, ohne Eltern, ohne Schutz. Ich habe von einem Heim erfahren, in dem sie Zuflucht finden können. Es wird von einer reichen Contessa geleitet. Dort will ich arbeiten und für diese Kinder sorgen.«

Alessios Plan war es, sich der Erforschung der neuen Welten zu verschreiben. »Ich will mich Expeditionen anschließen. Die Botanik ist es, die mich interessiert. Pflanzen mit Heilkraft möchte ich finden und in die Heimat bringen.«

Hatten die beiden die Gerechtigkeit gefunden, die sie gesucht hatten? Elisabeth schob die Frage zur Seite und ging in den Nebenraum.

Der Kaiser stand allein im Rauchsalon, eine Virginia in der Hand.

»Franz.« Elisabeth trat zu ihm und fühlte Mitleid wie selten zuvor.

»Sisi, was hast du da nur getan?«

Zunächst glaubte Elisabeth, sich verhört zu haben. Ihr Mitleid verschwand schlagartig. Entrüstet funkelte sie ihn an.

»Was habe ich denn getan?«

»Wie konntest du nur …?«

Nun war es mit Elisabeths Fassung völlig vorbei. »Du machst allen Ernstes mir Vorwürfe, dass ich das unmenschliche und verbrecherische Verhalten dieser Offiziere zu deiner Kenntnis gebracht habe? Wolltest du, dass sie weiterhin alle Ehren behalten?«

Franz Josef hob beschwichtigend die Hände, die Virginia zwischen den Fingern. Er ging zu einer Wandkonsole und legte sie in einem Aschenbecher ab.

»Sisi, so höre mir doch zu. Ich meinte doch nur: Wie hast du es angestellt, einen solchen Frevel ans Tageslicht zu bringen, wenn nicht einmal ich davon gewusst habe?«

Elisabeths Entrüstung wandelte sich in Überraschung.

»Du schätzt, was ich getan habe?«

»Es zählt jedenfalls nicht zu den Aufgaben einer Kaiserin.«

»Nur zu glänzen und zu winken, ist mir zu wenig, Franzl. Weißt du das noch immer nicht?«

Der Kaiser fing ihre Hände ein und hielt sie sachte fest.

»Meine liebe Sisi, bitte errege dich nicht so sehr. Meine Empörung über das, was du ans Tageslicht gebracht hast, könnte nicht größer sein. Doch hätte ich niemals von dir erwartet, mir eine solche Enthüllung zu machen.«

Elisabeth lächelte ihn still an.

»Ich weiß, ich muss dir danken, aber ich stehe noch im Zeichen des Entsetzens, der Abscheu und der Fassungslosigkeit über das unentschuldbare Verhalten von Soldaten, die auch in meiner Armee dienten.« Franz Josef schüttelte den Kopf.

»Zum Dank könntest du die Erziehung, die ich Rudolf zukommen lasse, akzeptieren. Die Bildung und Werte, die ich ihm vermitteln lasse, erhält er nicht vom militärischen Drill.«

Das Kaiserpaar stand einander gegenüber. Franz Josef hielt noch immer Sisis Hände. Er beugte sich vor und küsste eine nach der anderen.

»Meine Sisi«, sagte er, nachdem er sich aufgerichtet hatte, »wenn du wüsstest, wie sehr ich dich liebe.« Er blickte ihr fest in die Augen. »Auch wenn wir einander so fern manchmal scheinen, sei dir meiner Hochachtung immer bewusst.«

Montag, 12. November 1866

»Wenzel von Grünau, Durchlaucht«, meldete Leopold.

Der Fürst war noch beim Ankleiden und knöpfte gerade seine Weste zu.

»Um diese Zeit?« Ludwig klappte seine Taschenuhr auf. »Es ist nicht einmal noch halb acht.«

»Er sagt, es wäre von äußerster Dringlichkeit, und hat darauf bestanden, auf der Stelle vorgelassen zu werden.«

»Führen Sie ihn in mein Arbeitszimmer. Ich komme gleich.«

Als der Fürst wenig später das Zimmer betrat, stand Wenzel am Fenster und blickte in den grauen Morgen hinaus.

»Wie fühlt es sich an, vom Kaiser einen Orden verliehen zu bekommen?«, wollte Ludwig wissen.

Als sich Wenzel umdrehte, erschrak Ludwig.

»Was ist mit dir geschehen?«

Wenzels Gesicht war aschfahl, seine Augen von dunklen Ringen umgeben. Er war schlecht frisiert, der oberste Knopf seines Hemdes stand offen.

»Ich will es dir als Erster sagen.«

»Was?«

»Es hat gestern Nacht einen Skandal auf dem Ball gegeben. Wir sind ruiniert.«

»Was redest du da?«

Stehend berichtete Wenzel von den Geschehnissen, von der Konfrontation mit der Kaiserin, vor allem aber von den Worten des Kaisers.

Fürst von Mayenberg ließ sich auf seinen Schreibtischsessel sinken. Die Buchregale drehten sich um ihn. Er fühlte sich unendlich erschöpft.

»Das kommt einem Todesurteil gleich.«

Damals, Ende September, als er Ballarin erschossen vorgefunden hatte, wollte er seinem Leben ein Ende setzen. Wieder einmal war es sein Diener Leopold gewesen, der offenbar gefühlt hatte, dass mit Ludwig etwas nicht stimmte. Bevor er abdrücken konnte, hatte Leopold an die Tür des Arbeitszimmers geklopft. Ludwig hatte die Waffe weggelegt. Er hatte ein Gefühl von Erleichterung gespürt. In seine Verzweiflung und Traurigkeit hatte sich ein Funken Hoffnung geschlichen, von diesem letzten Schritt doch noch abgehalten worden zu sein.

Seit damals hatte sein Leben fast zur alten Ruhe zurückgefunden. Niemand brachte den Mord an Ballarin oder die lange zurückliegenden Ereignisse auf Sizilien mit ihm in Verbindung. Mit jedem Tag, der verstrich, rückten all die schrecklichen Geschehnisse weiter in die Vergangenheit. Und nun brachte Wenzel diese heile Welt, die er sich so mühsam errichtet hatte, mit wenigen Worten zum Einsturz.

»Was wirst du tun, Ludwig? Was sollen wir machen?« Wenzel winselte wie ein geprügelter Hund.

Stumm starrte der Fürst vor sich hin. Die Ereignisse von damals kehrten mit einem Schlag wieder zurück. Stärker und klarer als je zuvor. Der Fürst erkannte, dass sie all die Jahre in seinem Gedächtnis geblieben waren, so sehr er sich auch bemüht hatte, sie zu verdrängen.

Er, Ludwig von Mayenberg, hatte auf allen Linien versagt.

82

Drei Gründe hatten Ludwig bewogen, sich von der Armee Ferdinands II. anwerben zu lassen:

Erstens hatte er sich in der Armee des Kaisers ungerecht behandelt gefühlt. Zweimal waren ihm Kameraden, die über bessere Verbindungen verfügten, bei Beförderungen vorgezogen worden.

Der zweite Grund war der Streit mit seinem älteren Bruder Anton, der allen Besitz, den die Familie von Mayenberg besaß, nach dem Tod des Vaters geerbt hatte. Die Apanage, die er Ludwig zugestand, war zu gering, um in Wien ein standesgemäßes Leben führen zu können. Anton war nicht zu bewegen gewesen, die jährliche Zahlung zu erhöhen, was zu einem Zerwürfnis zwischen den Brüdern geführt hatte. So kam Ludwig der Ruf nach Sizilien gerade recht.

Der dritte Grund war Judith, die Frau, die er liebte. Um sie heiraten zu können, hatte er die Heiratskaution zu stellen. Der hohe Geldbetrag sollte seine Witwe versorgen, falls er im Krieg fiel. Aus eigenen Mitteln konnte er die Kaution aber nicht aufbringen und Judiths Eltern waren auch nicht wohlhabend genug dafür. Er musste die Verbindung zu ihr lösen. Nur ein halbes Jahr später heiratete sie den reichsten Tuchhändler Wiens.

Damit er in der Armee des krisengebeutelten Siziliens diente, wurde Ludwig der Rang eines Regimentskommandanten geboten und dazu ein Jahresgehalt, das fast das Doppelte von dem betrug, was er in Österreich bezahlt bekam.

Bei den vier anderen Offizieren, seinen Landsleuten, waren die Gründe ähnliche gewesen.

Ludwig, der die italienische Sprache nicht sehr gut beherrschte, stützte sich auf Leutnant von Rappich, einen sehr ernsthaften Mann, dem er vertraute und der alle Übersetzungstätigkeiten für den Fürsten vornahm.

Major Georg von Sandfeldt war ein Mitläufer, wie Ludwig schnell herausgefunden hatte. Er war niemand, dem man große Verantwortung übertragen konnte, der aber folgsam assistierte.

Hauptmann Wenzel von Grünau war Ludwig treu ergeben und teilte mit ihm ein Schicksal: Er war der dritte Sohn der Familie und wurde von seinem ältesten Bruder finanziell sehr kurz gehalten. Überdies war er bereits schwer verschuldet. Seine Familie hatte den Eintritt in die Armee für ihn bestimmt, wo er mehrere Beförderungen erfahren hatte. Wenzel langweilte sich, war einsam, weil er nach den Regeln der Armee nicht heiraten durfte, und hegte heftigen Groll gegen die von Grünau. In Wien hatte er die Verbindung zu einer Dirne gepflegt, doch war dieses unredliche Verhältnis bekannt geworden und Wenzel sollte zu einem Regiment nach Ungarn versetzt werden. Um dem tristen Soldatenleben in Ungarn zu entkommen, entschied auch er, in Sizilien sein Glück zu suchen.

Oberleutnant Friedrich von Lichtegg stammte aus einer verarmten Adelsfamilie. Von Beginn an war er für Ludwig ein ständig wiederkehrender Grund zur Sorge. Es war üblich, auf Sizilien nur Wein zu trinken, da das Wasser verschmutzt war und zu Krankheiten führte. Friedrich aber sprach dem Wein mehr zu als alle anderen. Man sagte, dass er die Schande des Bankrotts seiner Familie auf diese Weise für sich selbst erträglicher machte. Mehrere disziplinare Maßnahmen bewirkten bloß eine kurze Besserung.

Um den Oberleutnant aus dem Lager zu bekommen, wo ihn Ludwig für die Moral der Soldaten als nicht zuträglich empfand, hatte er ihn einer Offizierspatrouille zugeteilt, die für den nächsten Tag vorgesehen war. Die Streife sollte erkunden, ob sich Rebellen im Schloss oder auf dem Gut der Adelsfamilie Romasi versteckt hielten. Es war bekannt, dass die gräfliche Familie geflüchtet war. Dem Verdacht, die Rebellen könnten sich der Vorräte auf dem Gut bemächtigen, war so schnell wie möglich nachzugehen.

Jede liberale Bestrebung wurde von Ferdinand II. – wenn nötig blutig – niedergeschlagen, da er weiterhin absolut über das Königreich beider Sizilien herrschen wollte.

Die Offiziere ritten zum Schloss der Romasis, wo sie aber nur zwei Frauen antrafen. Die eine trug den Namen Lucia Borsa und war die Frau des Verwalters. Die andere, Sophia Ballarin, war ihre Schwester.

Ludwig wusste nur, dass es ein außergewöhnlich heißer Tag im April gewesen war. Was sich in den Räumen des Schlosses ereignet hatte, erfuhr er aus den Berichten der vier Offiziere, die einander sehr ähnlich waren.

Die Frauen beteuerten, dass das Schloss unbewohnt war und sich auch auf dem Gut keine aufständischen Rebellen befanden.

Von Lichtegg misstraute den Frauen und verlangte Zugang zum Schloss, damit sie sich selbst überzeugen konnten. Außerdem wollte er mit Wein versorgt werden.

Von Grünau kam die Idee, die Frauen sollten ihnen eine Mahlzeit kochen. Auf dem Gut gab es Gemüse und Fleisch und das Essen wäre hier sicherlich besser als die karge Ration, die sie im Lager der Armee bekamen. Von Sandfeldt stimmte ihm zu.

Korbinian übernahm das Übersetzen. Er erklärte den Frauen, es wäre ihre Pflicht, für die Soldaten der königlichen Armee zu kochen und ihnen Wein zu reichen.

Widerwillig holte Lucia Wein in einem Krug aus dem Keller. Von Lichtegg leerte den Krug in einem Zug allein und schickte sie erneut hinunter. Sie sollte am besten gleich mehrere Krüge Wein bringen.

In der Zwischenzeit heizte Sophia in der Küche den Herd an und bereitete das Essen vor.

Leutnant von Rappich sprach dem Wein nicht so sehr zu wie die anderen. Der Oberleutnant forderte seine Offizierskameraden heraus, zuzulangen und sich nicht zurückzuhalten. Die Romasis hatten einen guten Tropfen im Keller, der nicht verkommen sollte.

Von Sandfeldt, als Major eigentlich höherrangig, ließ sich das nicht zweimal sagen und schloss sich dem Gelage an.

Weil das Essen auf sich warten ließ, ging Hauptmann von Grünau nachsehen, wo es blieb. Vor der Küchentür hielt er inne. Sie war nur angelehnt und dahinter hörte er Stimmen. Er spähte durch den schmalen Türspalt und konnte die beiden Frauen sehen, die sich darüber unterhielten, warum Offiziere des Königs offensichtlich keine Italiener, sondern Österreicher waren. Wurden sie hier wirklich gebraucht? War das Königreich schon so schwach?

Wenzel spürte, wie Zorn in ihm aufstieg. Er kehrte zu den anderen zurück und berichtete ihnen, was er gehört hatte.

In ihrem angetrunkenen Zustand entbrannte ein hitziges Gespräch, bei dem sich alle vier in Rage redeten. Sie fühlten sich in ihrer Ehre gekränkt, wo sie doch für König Ferdinand II. als Offiziere kämpften.

Der Wein und die Wut über die Lage, in der sich jeder der vier befand, weder in ihrer Heimat noch in der Ferne geachtet, setzten einen gefährlichen Verdacht in ihre Köpfe: Die Frauen konspirierten mit den Aufständischen. Von Grünau, von Sandfeldt und von Lichtegg forderten, dass Leutnant von Rappich sie zur Rede stellte.

Als die Frauen die Suppe brachten, erhob sich von Rappich. Lucia Borsa ließ sich von ihm nicht einschüchtern und erklärte, dass sie nicht zu den Rebellen gehörte. Doch sie verstand deren Kampf für eine Verfassung und Gerechtigkeit, die keinen Unterschied zwischen den Menschen machte.

Wenzel, mittlerweile sturzbetrunken, fasste Lucia ans Hinterteil und erklärte lallend, dass Frauen gar nichts zu verlangen hätten. Ihr Platz sei in der Küche und im Bett.

Lucia schlug seine Hand weg. Einen Moment lang starrte Wenzel die Italienerin ungläubig an. Dann schrie er sie an und drohte ihr mit Prügeln. Sophia, ihre Schwester, griff zu einem eisernen Schürhaken und richtete ihn gegen die Offiziere. Sie verlangte, dass die Männer auf der Stelle das Schloss verlassen sollten.

Ab diesem Moment wurden die Berichte, die Ludwig erhalten hatte, ungenau. Es kam zu einem Handgemenge mit Sophia, bei dem von Sandfeldt den Säbel zog und sie verletzte.

Den klarsten Bericht hatte Ludwig von Korbinian von Rappich erhalten, obwohl auch dieser Leerstellen enthielt: Von Rappich glaubte, sich zu erinnern, Lucia schreien gehört zu haben. Als er sich umblickte, stellte er fest, dass Oberleutnant von Lichtegg, Major von Sandfeldt und Lucia verschwunden waren. Korbinian begab sich auf die Suche, doch er konnte weder von Lichtegg noch die Frau finden. Bloß ein betrunkener von Sandfeldt torkelte ihm entgegen, die Hosen bis zu den Knien hinuntergelassen. Korbinian überkam eine dunkle Vorahnung. Er schleifte den Major zurück zum Speisesaal. Dort lag Sophia auf dem Boden. Sie hatte eine Stichwunde an der Hüfte, aus der Blut floss. Wenzel von Grünau stand hilflos über ihr.

Von Rappich und von Grünau beschlossen, den Oberleutnant zu finden und dann zu verschwinden. Während Wenzel den betrunkenen von Sandfeldt stützte, der kaum noch gehen konnte, rief Korbinian nach Oberleutnant von Lichtegg.

Sie fanden ihn in der Küche. Friedrich von Lichtegg taumelte ihnen entgegen und murmelte unverständliches Zeug. Als ihn Korbinian an der Schulter packte, deutete der Leutnant hinter sich in Richtung einer kleinen Speisekammer. Dort fand Korbinian Lucia auf einem Strohsack liegend. Ihr Rock war hochgezogen, ihre nackten Beine verdreht. Sie starrte mit weit aufgerissenen Augen zur Decke. An ihrem Hals erkannte Korbinian Würgemale. Sie war tot.

Korbinian konnte sich vorstellen, was geschehen war. Zuerst musste sich von Sandfeldt an ihr vergangen haben. Als von Lichtegg das Gleiche tun wollte und sich Lucia zur Wehr setzte, hatte er sie gewürgt und sie dabei getötet.

Auch in ihrem betrunkenen Zustand war den vieren klar, dass sie gegen die Standesehre verstoßen hatten. Dieses Vergehen würde Konsequenzen für sie haben. Ein ehrenräthliches Verfahren, bei dem kollektiv über ihre Vergehen geurteilt wurde, konnte sie die Offizierscharge kosten. Eine unehrenhafte Entlassung war mehr als wahrscheinlich.

Fluchtartig verließen sie das Schloss und kehrten zum Standort des Regiments zurück. Nachdem sie ihren Rausch ausgeschlafen hatten, berieten sie, was geschehen sollte. Sie beschlossen, den Vorfall zu verschweigen. Niemand wusste, wer sie waren. Außer Sophia gab es keine Zeugen.

Sieben Tage später war Federico Borsa, Lucias Mann, beim Regimentskommando erschienen. Es gelang ihm, bis zu Ludwig von Mayenberg vorzudringen, dem Regimentskommandanten. Borsa erhob Anklage gegen vier Offiziere der Armee. Vier Österreicher hätten seine Frau ermordet und seine Schwägerin schwer verletzt.

Ludwig wusste sofort, dass es sich bei den Beschuldigten um die Offizierspatrouille handeln musste, die er losgeschickt hatte, und dass an der Anschuldigung etwas Wahres dran sein konnte.

Wider besseres Wissen stritt er alles ab. Er verlangte von Borsa einen Beweis. Er rechnete damit, dass Borsa ihm keinen Beweis liefern würde können. Doch damit hatte er sich getäuscht.

Wenzel hatte seine Meldetasche mit der Landkarte, darauf die Eintragungen des Marschweges, und einigen Stiften darin beim überstürzten Aufbruch liegen gelassen. Darauf hatte Borsa die Nummer des Regiments gefunden. Als er Ludwig die Tasche zeigte, nahm sie ihm dieser sofort ab. Er log und erklärte, es handle sich um ein anderes Bataillon, zu dem diese Tasche gehöre. Borsa wäre hier falsch. Aber der Italiener ließ sich nicht so leicht abwimmeln. Schließlich gab Ludwig Befehl, ihn aus dem Lager zu führen.

Er ließ einen Offizier nach dem anderen kommen und befragte sie auf das Härteste.

Von Lichtegg hatte die Unverfrorenheit, zu behaupten, die Frau hätte es so gewollt. Sie hätte ihn gereizt, bis er nicht mehr an sich halten konnte. Es wäre allein ihre Schuld.

Von Sandfeldt hatte in seiner Feigheit alles abgestritten, die Aussage von Hauptmann von Grünau und von Leutnant von Rappich, er hätte den Saal verlassen und sie hätten daraufhin einen Schrei von Lucia gehört, belastete ihn aber schwer.

Ludwig von Mayenberg wusste, dass es nur einen einzigen richtigen Schritt gab: Er musste die vier einem ehrenräthlichen Verfahren zuführen. Das aber hätte bestimmt auch seinen Ruf beschädigt, hatte er doch die vier als Patrouille zusammengestellt und losgeschickt. Er hätte als ihr Kommandant über ihre Schwächen Bescheid wissen müssen. Außerdem war seit dem Vorfall bereits einige Zeit verstrichen. Man hätte ihn sicherlich beschuldigt, die Sache vertuschen zu wollen.

Nur einen Tag später erschien Borsa erneut, wurde aber nicht vorgelassen. Zwei Wochen später meldeten die Wachen, Borsa stehe wieder vor den Toren des Kommandos. Diesmal hatte er die Schwester seiner Frau mitgebracht. Ludwig gab Anweisung, sie fortzuschicken und auf keinen Fall einzulassen.

Daraufhin hatte Borsa begonnen, Drohungen zu rufen, und angekündigt, so lange vor dem Lager zu bleiben, bis er den Kommandanten zu sprechen bekam.

Ludwig war zum Tor gegangen, vor dem sich der Vorfall abspielte. Borsa stand dort mit einer jungen Frau. Ludwig erkannte, dass sie sich noch immer nicht von der Verletzungen erholt hatte, die ihr die Soldaten zugefügt hatten. Dennoch war ihre anmutige, einfache Schönheit kaum zu übersehen. Ludwig würde nie vergessen, wie sie vor ihm gestanden war und ihn angestarrt hatte. Nie hätte er gedacht, dass ein Mensch so viel Hass empfinden konnte.

Die Wachen drohten Borsa und der Frau, sie zu inhaftieren, so sie nicht endlich gingen. Als es finster wurde und sie noch immer unter einem Baum warteten, verscheuchten sie die Wachen schließlich.

Wenige Wochen später erhielt Ludwig die unerwartete Nachricht vom Tod seines älteren Bruders. Er war bei einem Reitunfall ums Leben gekommen. Für Ludwig änderte sich alles. Er hatte einen Grund, den Dienst zu quittieren, ohne dabei Aufsehen zu erregen. Als der älteste Sohn der Familie würde er alle Pflichten übernehmen, die sein Bruder innegehabt hatte. Außerdem verfügte er nun über das nicht unbeträchtliche Vermögen derer von Mayenberg, was schlagartig viele seiner Sorgen beseitigte.

Nachdem er seinen Abschied bekannt gegeben hatte, kam Wenzel zu ihm. Er war von den anderen dreien bestimmt worden, für sie zu sprechen.

Federico Borsa hatte einer der Wachen am Eingang des Lagers mitgeteilt, dass er die Täter, die seine Frau auf dem Gewissen hatten, der Gendarmerie melden würde. Er wollte Gerechtigkeit und er würde sie erhalten. Er würde jede Mühe auf sich nehmen.

So war ein paar Stunden, bevor Ludwig die Heimreise nach Österreich antrat, ein Abkommen zwischen ihm und den Offizieren geschlossen worden. Sie würden für immer Stillschweigen bewahren und jede Anschuldigung bestreiten. Die vier würden ebenfalls in ihre Heimat zurückkehren. Sie hofften, wieder in den Dienst der k.k. Armee eintreten zu können, auch wenn sie gehört hatten, dass man dort ihren Dienstgrad zurückstufen würde. Das nahmen sie in Kauf. Natürlich rechneten sie mit Ludwigs Unterstützung, war ihnen doch klar, dass er durch das Unterlassen jeglicher disziplinarischen Maßnahme selbst Schuld auf sich geladen hatte.

Ludwig ließ sich nach seiner Rückkehr in Wien nieder und trat, nachdem er von hoher Stelle dazu aufgefordert worden war, in die k.k. Armee ein. Als er Jahre später Paula kennenlernte, war es für ihn kein Problem, die Heiratskaution zu hinterlegen. Er ließ ein Palais für sie erbauen, während sie mehrere Jahre in Paris weilten, wo er als Militärattachée beschäftigt war. Er bekam allen Respekt, der ihm als junger Mann verwehrt geblieben war. Und sein Glück ließ ihn letztlich vergessen, mit welcher Lüge es erkauft worden war.

Die vier Offiziere hatten in der k.k. Armee ihre Karrieren mit mittelmäßigem Erfolg fortgesetzt. Von Lichtegg war nie befördert worden, erlitt aber eine Verwundung in der Schlacht bei Solferino und wurde deshalb pensioniert. Wenzel von Grünau hatte bei Königgrätz ebenfalls eine Verwundung davongetragen und befand sich seither in der Position des Oberstleutnants im Ruhestand. Eine reiche Heirat ermöglichte ihm ein gediegenes Leben. Georg von Sandfeldt war nach einer Verwundung als Oberstleutnant in Pension gegangen. Nur Korbinian von Rappich diente im Grad des Hauptmanns weiterhin in der Armee des Kaisers.

Die Verbindung zwischen dem Fürsten und seinen Offizieren war bestehen geblieben. Er hatte nie entscheiden können, ob er sie als alte Freunde oder mögliche Feinde ansehen sollte. Im Schachspiel, zu dem sich Ludwig jede zweite Woche mit Wenzel im Café Frauenhuber traf, nannte man diese Situation ein Patt.

Montag, 12. November 1866

L B

Dem Fürsten war endlich klar, wofür die Buchstaben an der Spitze der eigenartigen Liste standen, die er nach dem Tod von Paula vor die Tür gelegt bekommen hatte.

L B

Darunter P M, die Initialen seiner Gattin.

Neben beiden konnte man ein Kreuz erkennen, wenn man das Blatt gegen das Licht hielt. Außerdem waren sie durchgestrichen.

L B waren die Initialen von Lucia Borsa. Sie war die erste Tote gewesen. Paula die zweite.

Mit einem Mal verstand Ludwig auch, wieso ihm die junge Italienerin, diese Contessa, bekannt vorgekommen war. Die Ähnlichkeit mit ihrer Tante war frappant. Sie war der Schwester ihrer toten Mutter wie aus dem Gesicht geschnitten.

»Ludwig, es war alles eine Verkettung unglücklicher Ereignisse«, hörte der Fürst Wenzel neben sich wimmern. »Keiner von uns wollte, was damals geschehen ist.«

Wutentbrannt sprang der Fürst auf. Er packte Wenzel an den Schultern und schüttelte ihn mit aller Kraft.

»Unglückliche Ereignisse? Ihr habt einer unschuldigen Zivilistin Gewalt angetan und seid schuld an ihrem Tod!«

»Nicht wir«, verteidigte sich Wenzel. »Friedrich war das. Friedrich und Georg. Das weißt du doch. Die beiden sind schuld!«

»Du hast nicht einmal jetzt den Anstand, Verantwortung zu übernehmen.« Der Fürst stieß Wenzel gegen einen offenen Bücherschrank, der daraufhin ins Wackeln geriet. Bücher fielen aus den Fächern und auf Wenzel herab. Schützend hob er die Arme und flüchtete zur anderen Seite des Raumes.

Mit der Beherrschung des Fürsten war es vorbei. Er stürzte sich auf Wenzel und packte ihn am Rock. Mit mehr Kraft, als er sich selbst zugemutet hätte, schleuderte er ihn auf den Schreibtisch. Wenzel wollte den Sturz abfangen, streckte den Arm aus und krachte mit der rechten Seite des Burstkorbs gegen die Schreibtischkante. Sein Gesicht verwandelte sich im nächsten Augenblick in eine schmerzverzerrte Fratze. Die Augen traten aus den Höhlen, er röchelte, unfähig, einzuatmen. Hart fiel sein Körper zu Boden, wo er zusammengekrümmt liegen blieb.

»Hilfe ...«, hörte Ludwig ihn japsen. Noch immer bekam er keine Luft. Speichel rann aus seinem Mund auf den Boden. »Hilf mir ...«

Wie versteinert stand Ludwig da, unfähig, etwas zu unternehmen. Immer verzweifelter wurde der Todeskampf des Mannes, der einmal unter ihm gedient hatte. Er lief bläulich an, zuckend wie ein Fisch, der aus dem Wasser gezogen worden war und an Land nicht atmen konnte.

Statt auf ihn zuzugehen, sich zu ihm zu knien und Hilfe zu leisten, wich der Fürst immer weiter zurück.

Die abgehackten Atemstöße, das krampfartige Ringen nach Luft, wurden langsamer und leiser. Wenzels Arme und Beine erschlafften, sein Körper kippte vornüber. Nun lag er regungslos auf dem Bauch neben dem Schreibtischsessel.

Das blutige Band hatte ihn eingeholt. Wenzel und ihn und seine anderen drei alten Kameraden. Die letzten Worte, die die Schwester von Lucia Borsa gerufen hatte, als sie und Lucias Mann von den Soldaten weggebracht wurden, hallten durch seinen Kopf:

»Ein blutiges Band umgibt euch alle. Eines Tages werdet ihr euch daran erhängen!«

Der Fluch hatte sich erfüllt. Friedrich, Georg, Wenzel, Korbinian und ihn selbst traf alle Schuld. Paula aber nicht. Sie war so unschuldig gewesen wie die Frau des Schlossverwalters.

Das alles lag in Ludwigs Verantwortung. Er hatte sie zu tragen. Niemals würde er ihr entkommen.

Eine Minute später hallte ein Schluss durch das Palais Mayenberg. Diesmal kam Leopold zu spät.

*Sonntag,
25. November
1866*

Das Familienessen war zu Ende. Franz Josef wollte sich in sein Rauchzimmer zurückziehen. Elisabeth aber hielt ihn auf.

»Franzl, schenk mir eine Stunde mit dir.«

Der Kaiser sah sie überrascht an. Mit diesem Begehren seiner Frau hatte er wahrlich nicht gerechnet.

»Was kann ich tun für dich, Sisi?«

»Begleite Rudi und mich, bitte.«

»Begleiten? Wohin?«

»Erwarte uns am Kaisertor. Oberst Latour wird sich uns auch anschließen. Du kennst den Oberst ja.«

»Natürlich kenne ich den Erzieher unseres Sohnes«, antwortete Franz Josef ein wenig beleidigt.

»Danke, Franzl.«

Elisabeth kehrte in ihr Appartement zurück, wo sie nach einer Hofdame läutete. Die Kaiserin beauftragte sie, den Kronprinzen und Oberst Latour zu verständigen, den Kaiser und sie im Burghof zu treffen.

Als Elisabeth die Treppe herabkam und aus dem Kaisertor trat, stand Franz Josef schon im Freien bereit. Sisi bemerkte, dass er unruhig war. Der Kaiser war es nicht gewohnt, in Ungewissheit gelassen zu werden.

Vom Josefinischen Trakt kam Latour geschritten, neben ihm ein aufgeregter Rudolf in einem blauen Anzug. Höflich grüßte er seinen Vater mit einer Verbeugung, Elisabeth breitete die Arme leicht aus und er drückte sich an sie. Ein wenig argwöhnisch musterte sie Franz Josef von der Seite. Solche Kundgaben von Zuneigung waren ihm fremd.

Der Oberst verneigte sich vor dem Kaiserpaar.

»Der Weg ist nicht weit. Brechen wir auf«, sagte Elisabeth. Sie ging flott voran. Rudolf lief neben seiner Mutter. Er hüpfte vergnügt auf und nieder und sagte immer wieder, wie sehr er sich auf diesen Tag gefreut hatte.

»Bin ich hier der einzige Unwissende, was Ziel und Zweck dieses Ausflugs angeht?«, fragte Franz Josef leicht ungehalten.

»Mir hat Ihre Majestät auch nichts verraten. Es ist ein Geheimnis zwischen ihr und dem Kronprinzen«, sagte Oberst Latour.

»Soso«, erwiderte der Kaiser.

Elisabeth führte ihren Mann und Latour zur kaiserlichen Naturaliensammlung, wo sie bereits von Martin Larounge und Richard Wonmar erwartet wurden.

Wonmar schwitzte und verneigte sich gleich mehrere Male.

»Lassen Sie das, es ist genug«, sagte Franz Josef, was den Zoologen noch mehr in Verlegenheit brachte.

»Sie können ganz ruhig sein«, flüsterte ihm Latour zu.

Larounge führte das Kaiserpaar durch die Räume der Sammlung.

»Majestät, die Erweiterung der Räumlichkeiten bietet große Möglichkeiten, noch mehr Exponate, die von der Brasilienexpedition und der Weltumrundung der Novara nach Österreich gebracht wurden, zu zeigen. Das Interesse der Bevölkerung, die jeden Samstag Zutritt hat, ist groß. Die Dankbarkeit für die Fülle der ausgestellten Naturschätze gilt Ihrer Majestät.«

»Sisi, ich verstehe noch immer nicht ...«, raunte Franz Josef.

»Ein wenig Geduld noch«, vertröstete sie ihn.

Rudolf lief in den letzten Raum und breitete die Arme aus, als wäre er der Hausherr.

»Papa, hier siehst du Schmetterlinge aus Amerika.«

»Und den Philippinen und Australien«, ergänzte Larounge.

Der Kaiser ließ seinen Blick über die vielen Schmetterlinge gleiten, die in einer hohen Glasvitrine präsentiert wurden. Jeder einzelne befand sich in einem Bilderrahmen. Auf einer Nadel oder auf Papier hingen sie hinter Glas. Die Farbenpracht war, wie Elisabeth erneut feststellte, überwältigend.

»Rudi zeigt großes Interesse an Steinen und Schmetterlingen, die von der Novara gesammelt wurden. Oberst Latour hat deshalb einen Teil des Unterrichts in diesen Räumlichkeiten abgehalten, wo unser Sohn die Tiere aus der Nähe und nicht nur in Büchern studieren konnte«, erklärte sie.

»Soso.« Der Kaiser schien nicht weiter beeindruckt.

»Larounge, zeigen Sie, wie Ihre Arbeit abläuft«, forderte Latour den Kustos auf.

Geschäftig brachte Larounge eine Kiste, stellte sie vor dem Kaiser auf einen Tisch und öffnete den Deckel. Franz Josef beugte sich vor und warf einen Blick hinein.

»Noch mehr Schmetterlinge«, stellte er trocken fest.

»Schmetterlinge, die hier bestimmt und mit Namen versehen werden«, erklärte ihm Elisabeth.

»Aha.« Elisabeth kannte den Ton ihres Mannes. Franz Josef wollte gehen.

»Papa, manche der Schmetterlinge wurden von österreichischen Forschern zum ersten Mal beschrieben«, sagte Rudolf mit Stolz.

»Die Tiere haben alle Art- und Gattungsnamen und noch weitere«, sagte Elisabeth. Sie deutete auf einen mit besonders prächtiger Flügelzeichnung in der Vitrine. »Dieser hier zum Beispiel. Wie heißt er?«

Wonmar hüstelte mehrere Male, bevor er sprach. »Er gehört zu den Lepidoptera, den Schmetterlingen. Zur Familie der Edelfalter Nymphalidae. Er zählt zur Gattung der Danaus und ist von der Art her ein Monarchfalter.«

»Interessant«, sagte Franz Josef und nickte. »Es hat mich wirklich sehr gefreut.«

Der Kaiser wandte sich schon zum Gehen.

»Franz«, rief Elisabeth und zwang den Kaiser, sich noch einmal umzudrehen. »Die Schmetterlinge bekommen zusätzliche Namen, um sie ganz genau zu bestimmen. Rudi hat die Namensgebung von den Kustoden erklärt bekommen und erfahren, dass dieser Schmetterling hier …«

»Ein Monarchfalter«, warf Larounge ein.

»… ein Monarchfalter, wie du gehört hast, noch den letzten Teil seines Namens benotigt. Erst dieser Name macht ihn einzigartig.«

Der Schmetterling hatte eine feine Flügelzeichnung in den Farben Schwarz und Goldgelb, mit ein wenig Rot und Weiß.

»Rudi hat bei seinem Unterricht eine Idee vorgebracht, die er dir selbst mitteilen soll.« Elisabeth gab ihrem Sohn ein Zeichen. Es war Zeit für seinen großen Auftritt.

»Papa, der Monarchfalter soll den Namen ›Franciscus Josephus‹ tragen«, sagte Rudolf schüchtern. »Benannt nach dir.«

Mit Zufriedenheit stellte Elisabeth die Überraschung ihres Mannes fest.

»Ein Schmetterling benannt nach mir? Bliebe ihm der Name denn auch?«, wollte Franz Josef wissen.

Larounge nickte. »Der Schmetterling wird den Namen Seiner Majestät für alle Zeiten und in allen Büchern tragen.«

»Wir können stolz sein auf das eigenständige und ideenreiche Denken unseres Sohnes«, sagte Elisabeth und hängte sich bei Franz Josef ein.

»Also dann ...« Franz Josef winkte Rudolf zu sich und strich ihm über das Haar. Eine Geste, die Elisabeth kaum von ihm kannte. »Ich bin zufrieden mit deinem Fortschritt. Du mögest so weitermachen.«

Vom Kaiser unbemerkt nickte Elisabeth Oberst Latour zu. Der Oberst lächelte unter seinem dichten Schnauzbart bescheiden.

85

Ida saß in ihrem Zimmer im Dachgeschoss der Amalienburg, vor sich viele Blätter Papier, die sie in ihrer zierlichen Handschrift beschrieben hatte.

Nachdem sie alles noch einmal durchgelesen hatte, klappte sie eine Kartonmappe auf, die mit dunkelrotem Marmorpapier bezogen war. In der Mappe lagen bereits Aufzeichnungen über die Ereignisse der vergangenen Wochen, dazu die Zeitungsnachrichten über die Ermordung Ballarins. Die Seiten, die sie mit dem Bericht über den Faschingsball gefüllt hatte, kamen obenauf.

Von Amalie Buback hatte sich Ida eine Kopie des Fotos besorgt, das Elisabeth und ihre Schwestern zeigte. Sie legte es zu den anderen Unterlagen. Danach schloss sie die Mappe, verknotete sorgfältig die Bänder und schrieb auf das weiße Etikett in der Mitte des Deckels:

Sisi und der Ball der Mörder

Sie legte die Mappe in eine Holzschatulle, in der sich schon eine ähnliche Mappe befand. Diese war mit blauem Marmorpapier überzogen und auf ihrem Etikett stand:

Sisis schöne Leichen

Ida verstaute die Schatulle in der untersten Lade ihrer Kommode und bedeckte sie mit Wäschestücken. Im Frühling, wenn sie in ihre Wohnung in Schönbrunn zurückkehrte, würde sie das Kästchen in das Wandloch zurückstellen, das sich hinter ihrem Schreibtisch befand.

Niemand sollte zu ihren Lebzeiten erfahren, was die Kaiserin von Österreich herausgefunden hatte. Immerhin schickte es sich nicht für eine Kaiserin, ihre Nase in Dinge zu stecken, die ihrer unwürdig erachtet wurden. Aber Elisabeth war so anders, als die meisten dachten. Am Hof verstanden viele nicht, über welche Talente Elisabeth verfügte.

Ida war ihr treu ergeben und wollte der Nachwelt darüber berichten. Vielleicht würden spätere Generationen begreifen, wie einzigartig die Kaiserin Österreichs wirklich gewesen war. Sicherheitshalber hatte sie mehrere Mappen besorgt. Sie wollte auf alle Fälle vorbereitet sein.

Die Entstehung des Sisi-Krimis und großer Dank

„Wie morden wir diesmal?" Mit dieser Frage hat mich mein Freund, der Gerichtsmediziner Christian Reiter, bei unserem ersten Treffen für Sisis zweiten Fall begrüßt. Zu meiner Idee für die Geschichte lieferte er sofort einen mörderisch guten Vorschlag.

Während mir Mag.a Michaela Lindinger vom Wien Museum über Sisis Tagesablauf, ihre Speisepläne und Schönheitsrezepte erzählt hat, ist ein goldener Lipizzaner vorbeigeflogen. Es handelte sich zwar nur um einen Ballon, bleibt aber trotzdem unvergesslich.

Dr.in Elfriede Iby, Leiterin der wissenschaftlichen Abteilung von Schloss Schönbrunn, hat mir geholfen, die Wohnverhältnisse und Örtlichkeiten in der Hofburg zu verstehen und das Lebensgefühl von damals in Worte zu fassen.

Antworten auf Fragen wie „War es 1866 auf dem Michaelerplatz eigentlich stockfinster oder gab es schon Straßenbeleuchtung?" habe ich von Mag. Martin Mutschlechner vom Schloss Schönbrunn bekommen. Dadurch wurde Sisis Leben um einiges heller.

Dr. Martin Krenn, Abteilungsdirektor des Archivs für Wissenschaftsgeschichte im Naturhistorischen Museum, hat mir Informationen über die österreichischen Brasilienexpeditionen, die Weltumsegelung der Novara und die Naturaliensammlung der Hofburg gegeben, dem Vorläufer des NHM. Sogar Fotos von damals hat er gefunden.

Dr. Christian Ortner, Direktor des Heeresgeschichtlichen Museums, hat mir detailreich das Leben der Offiziere geschildert und sich so sehr in die Figuren des Romans vertieft, dass er am Ende jeder den richtigen Dienstgrad geben konnte.

Danke an alle Expert*innen für spannende und interessante Gespräche, bei denen ich viel Neues lernen konnte und die mir beim Schreiben geholfen haben, Sisis Leben und ihre Zeit detailreich und lebendig zu schildern.

Danke an Verleger Bernhard Salomon und das Team der edition a, die jedes Buch als neues Abenteuer sehen. Und an meinen Lektor Maximilian Hauptmann für seine Begeisterung und Genauigkeit.

Meine ganze Kraft kann in meine Geschichten fließen, da es drei Managementmusketiere gibt, die mein Werk und mich hochprofessionell betreuen. Danke an Walter Fischl, Michael Prügl und Bernhard Trenz von der TOM STORYTELLER GmbH.

Zu langes Sitzen ist ungesund. Mein Jack Russel Terrier Joppy verhindert es, indem er in regelmäßigen Abständen sein Spielzeug vor meine Füße wirft, wenn ich am Laptop festgewachsen scheine, und mich so zu Bewegung zwingt.

Mein lieber Mann Ivo hat sich mittlerweile daran gewöhnt, dass ich in intensiven „Schreibzeiten" den Großteil des Tages in Gedanken versunken bin und auch während den abendlichen Spaziergängen mit unserem Hund wenig rede. Nein, Ivo, ich bin nicht böse auf dich, ganz im Gegenteil. Danke für deine Unterstützung und die vielen aufmunternden Worte, wenn ich wieder einmal glaube, keine Ideen mehr zu haben.

Und natürlich ein Danke an euch alle, die ihr Sisi auf den Ball der Mörder begleitet. Ich hoffe, ihr seid auch wieder dabei, wenn Kaiserin Elisabeth auf einen dritten Fall stößt …